KB077708

시체를 보는 사나이

1부. 더 비기닝 ①

프롤로그

한 아이가 신이 난 목소리로 고개만 돌린 채 엄마에게 물었다.

"엄마, 저기로 건너가면 인사동이야?"

"응, 맞아. 저 횡단보도 건너서 조금만 더 가면 돼. 여보, 어서 와요."

"가고 있어. 철아, 뛰지 마!"

"빨리 와요, 엄마! 아빠도요!"

꼬마는 폴짝거리며 어서 오라고 손짓하며 말했다.

"저기, 꼬마야! 잠깐만."

하지만 아이는 낯선 이의 등장에 금세 겁에 질린 표정으로 뒷걸음질 쳤다.

"어, 엄마! 이 아저씨가⋯⋯."

"누구시죠?"

"아, 아닙니다. 꼬마가 귀여워서요. 저기⋯⋯."

"이리 와, 철아."

엄마는 잔뜩 경계하며 아이를 불렀고, 아이는 냉큼 달려가 엄마의 품에 안겼다.

"꼬마야. 무서워할 거 없어. 어머님 되시죠?"

"왜 그러시죠?"

"아, 다름이 아니라 여기서 잠깐만 기다려 주셨으면 해서요."

"뭐라고요? 여보!"

엄마의 외침에 뒤따라 오던 아빠가 다급하게 달려와 아이와 엄마의 앞을 막아 섰다.

"당신 뭐야? 지금 뭐 하는 거야?"

"아닙니다, 아무것도. 정말 잠깐이면 됩니다. 그냥 여기에 잠깐 계셨다가 가시면 돼요. 부탁드려요."

"뭐요? 지금 무슨 소릴 하는 거예요? 뭐 이런 사람이 다 있어. 자기야, 그냥 가자. 철아, 가자."

아빠가 불쾌하다는 듯 인상을 찌푸리며 말했다.

"그래, 여보. 이 사람 이상해. 어서 가자."

"저기, 어머님. 그런 게 아닙니다. 정말 믿어 주세요. 잠시만 여기서…… 어! 얼른 이쪽으로 더 오세요. 꼬마야, 아저씨 쪽으로 더 와."

"지금 뭐 하자는 거야? 우리 아이한테 손 안 떼? 철아, 엄마 옆에 붙어 있어."

"이게 뭐 하는 짓이에요? 계속 이러면 경찰에 신고할 거예요!"

부부는 잔뜩 흥분한 목소리로 몰아붙이듯 말을 뱉었다.

"그런 게 아니에요, 어머님. 제발 제 말을…… 어! 빨리 이쪽으로 오세요! 어서요!"

끼이익! 덜커덩!

그때, 보도블록 옆면에 부딪힌 트럭 한 대가 균형을 잃고 그들이 서 있는 횡단보도를 향해 달려오기 시작했다.

"어서 이쪽으로 더 오세요!"

"어머!"

"여보!"

"철아!"

끼이익! 쾅! 덜컥, 끼이익! 쿠웅! 쾅!

트럭은 횡단보도 신호등을 들이박고, 인도까지 올라와 상점 벽에 부딪혀서야 겨우 멈춰 섰다.

"이제 괜찮아, 꼬마야."

"엄마! 아앙!"

울음이 터진 꼬마는 휘청거리며 다시금 엄마의 품으로 안겨 들었다.

"철아, 괜찮아? 엄마 여기 있어. 괜찮아, 철아."

"자기야! 괜찮아? 철이는?"

"응, 여보. 괜찮아."

가족의 상태를 구석구석 살핀 후, 아빠는 놀란 표정으로 조심스레 감사 인사를 건넸다.

"저기, 감사합니다. 덕분에……."

"아니에요. 많이 놀라셨죠. 갑자기 죄송해요. 제대로 설명해 드렸어야 했는데…… 그게……."

"죄송하다니요. 아무튼 정말 감사합니다. 덕분에 살았습니다."

꼬마를 꼭 끌어안고 있던 엄마도 뒤이어 말했다.

"감사합니다. 그런데 트럭이 이쪽으로 오는 걸 미리 아셨던 건가요?"

"아……. 그게, 저 트럭이 좀 이상해 보였거든요. 아하하."

"그랬군요. 아무튼 정말 감사해요. 철아, 철이도 감사하다고 인사드려야지."

꼬마는 엄마 품에서 나와 꾸벅 고개를 숙였다.

"감사합니다, 아저씨."

"그래, 뛰지 말고 조심히 다니렴. 그럼, 전 이만 가 보겠습니다."

"정말 고맙습니다."

다행히 한 가족을 살릴 수 있었다. 그제야 입안 가득 머금고 있던 기다란 숨이 흘러나왔다.

사실 나는 다른 사람에게 없는 무언가를 가지고 있다. 그 사실을 알게 된 지는 얼마 되지 않았다. 그러니까 그건…… 어느 날 길을 걷다가 시작되었다.

제1화

시체를 보는 사나이

누군가 쓰러져 있다. 노숙자인가? 무심코 지나가려는데 가슴 위로 붉은색 액체가 흥건하게 흐르고 있는 것이 보였다. 사고가 난 걸까? 살았는지 죽었는지는 알 수 없었다. 가까이 다가가기가 겁이 났다.

나는 지나가던 행인 한 명을 붙잡아 확인해 봐 달라고 부탁했다. 그 행인은 위아래로 나를 훑어보더니, "미친놈, 뭘 확인하라는 거야." 하며 욕을 내뱉고는 그대로 지나가 버렸다. 순간, 정신이 혼미했다. 다른 사람을 붙잡아 물어보지만, 이번에도 무슨 말이냐며 못 본 척 무시하기는 마찬가지였다.

몰려오는 공포에 머리털이 곤두서는 기분이었다. 지나는 사람마다 붙잡고 쓰러져 있는 사람을 도와 달라 부탁했지만, 그럴 때마다 사람들은 날 미친 사람 취급할 뿐 도와주려 하지 않았다. 아무래도 다른 사람에게는 도움을 받지 못할 것 같다는 생각이 들어, 직접 경찰에 신고했다.

얼마 지나지 않아 경찰이 도착했다. 경찰은 주변을 살피더니 부상자가 어디에 있냐고 내게 물었다. 마치 아무것도 보이지 않는다는 듯한 태연한 말투와 행동이었다.

'대체 어떻게 된 거지? 바로 앞에 피 흘리며 쓰러져 있는 사람이 버젓이 있는데 왜 보지 못하는 거야?'

미칠 노릇이었다.

경찰관은 한동안 내 얘기를 듣다, 나를 빤히 쳐다보더니 정신 이상자인 것 같다고 자기들끼리 수군댔다. 아무리 설명을 해도 이해하지 못하는 눈빛이었다. 혼란스러웠다. 그 순간, 갑자기 머리가 지끈거리며 아파져 오나 싶더니 점점 눈앞이 흐릿해졌다.

다음은…… 기억나지 않는다.

눈을 떠 보니 병원 응급실이었다. 주위에는 아무도 없었다. 내가 왜 여기 있는 거지?

아, 맞다. 길에서 쓰러졌었지. 혹시 바닥에 쓰러져 있던 그 사람과 함께 병원에 온 건가? 그 사람은 괜찮은 건가? 혹시 꿈이었나? 아니다. 분명 있었던 일이다.

"저기…… 일어나셨어요?"

눈을 끔뻑이고 있는데, 옆에서 누군가 말을 걸어 왔다. 아까 신고를 받고 출동했던 그 경찰관이다. 이 사람이 나를 여기까지 데리고 와 준 듯했다.

"저기요. 괜찮으세요?"

"아……. 네, 괜찮아요. 감사합니다."

"아까 일, 기억은 하시죠? 그런 장난 전화는 하시면 안 됩니다. 일단 경찰서로 가시죠. 허위 신고 관련해서 경위서를 써야 하니 같이 가 주셔야겠습니다."

"장난 전화요? 허위 신고라니요?"

"잠깐이면 됩니다. 이제 괜찮아지셨으면 같이 가시죠."

"아니요. 허위 신고가 아니라 정말 사람이 피를 흘리고 쓰러져 있었다니까요. 그 사람은 지금 어디에 있나요? 여기 같이 온 거 아닌가요?"

"계속 같은 말을 하시네. 저희가 도착했을 때 부상자는 없었습니다. 지금 제 앞에 계신 분, 본인만 계셨다고요. 자꾸 이러시면…… 아닙니다. 우선은 서로 가서 얘기하죠."

"아니에요. 정말 사람이 쓰러져 있었어요. 분명 제 눈으로 직접 보고 신고했다니까요. 정말이에요."

"네, 네. 알겠습니다. 알겠으니까 일단 경찰서로 가서 얘기하시죠. 부모님께 연락해서 서로 와 달라고 하고요."

"아니……. 네……. 알겠습니다."

머릿속이 혼란스러웠다. 이게 대체 무슨 일이지? 내가 잘못 본 걸까?

"저기요! 이쪽이에요. 딴생각 마시고 저 따라오세요."

나는 경찰이 시키는 대로 경찰차에 올라 탔다. 살다 살다 헛것을 다 보다니……. 병원에 가서 진찰이라도 받아 봐야 하나. 아무래도 일진이 사나운 듯했다. 혹시 모르니 오늘 하루는 조심하는 게 좋을 것 같다.

　얼마 지나지 않아 경찰서에 도착했다. 죄를 지은 것도 아닌데, 경찰서에 들어서니 괜히 긴장되고, 왠지 무섭기까지 했다.

　"이쪽으로 오세요."

　"잠깐만요. 화장실 좀 다녀와도 될까요?"

　"그래요. 다녀와요. 저쪽으로 나가면 왼쪽에 있어요. 지갑 여기 있으니까 도망칠 생각 말고 여기로 바로 와야 합니다."

　"걱정 마세요."

　나는 정신도 차리고 물도 좀 뺄 생각으로 화장실에 갔다. 세면대에서 찬물로 연거푸 얼굴을 씻으니, 흐릿했던 정신이 조금은 맑아지는 것 같았다. 정신은 또렷해졌지만, 아까의 잔상이 남은 탓에 제대로 서 있는 것조차 힘이 들었다. 어쩔 수 없이 좌변기를 사용하기 위해 칸막이 문을 연 순간.

　"아악! 아으……."

　나는 바닥에 벌러덩 넘어지며, 비명을 내지르고 말았다.

　그리고 곧바로 다시 세면대로 뛰어가, 물을 틀고 찬물에 얼굴을 담갔다.

　"정신 차려야 해, 정신."

　혼잣말로 마음을 가다듬으려 애썼다. 숨을 한 번 길게 내뱉은 뒤, 다시 좌변기가 있는 문으로 더듬거리듯 천천히 걸어갔다.

　"허억!"

　이번엔 터져 나오려던 비명이 그대로 굳어 버리고 말았다.

한 남자가 천정에 매달려 있었던 것이다. 이미 숨이 멎어 버린 듯한 시체는 경찰복을 입고 있었다. 헛것이 아니다. 분명히 헛것이 아니었다. 나는 더는 보지 못하고 곧장 화장실 밖으로 뛰쳐나갔다.

누구든지 불러야 한다는 생각에 빽 소리를 지르자, 화장실 밖에 있던 남자가 날 붙잡고 무슨 일이냐며 물었다. 정확히 내가 무슨 말을 했는지는 모르겠지만, 내 얘기를 들은 남자는 황급히 화장실 안으로 뛰어 들어갔다. 난 다리가 풀려 그 자리에 풀썩 주저앉고 말았다.

'이게 다 무슨 일이지? 왜 나에게 이런 일이 생기는 걸까?'

오늘 하루 동안 벌써 시체를 두 번이나 봤다. 첫 번째로 봤던 그 남자도 죽은 걸까? 아니, 그럼 잘못 본 게 아니었나? 화장실에 그 경찰관도…….

잠시 생각에 잠겨 있을 때, 화장실에 들어갔던 남자가 달려나와, 내 어깨를 흔들며 묻는다.

"저기요. 괜찮으세요? 무슨 일로 그러세요?"

"……."

"화장실에서 무슨 일이 있었던 거예요? 강도라도 만난 거예요?"

"그게 무슨 말씀이세요? 저기…… 못 보셨어요?"

"뭘요? 뭘 보신 겁니까?"

"네? 또 안 보이나요?"

"뭐가 또 안 보인다는 겁니까? 괜찮으신 거예요?"

"저기…… 경찰관이 화장실 안에…… 목을 매고…… 아니, 당신이 왜 여기에……."

"여기가 어딘지 아시겠어요? 병원에 가 봐야 하는 거 아니에요? 저기요!"

그는 내가 이상한 이야기를 한다는 듯 계속 어깨를 흔들었다.

"당신은 방금 화장실에…… 화장실에서……."

"팀장님, 잠시만 여기로 와 주십시오. 여기 한분이 좀 이상합니다."

경찰인 듯한 그는 무전기로 자신의 팀장을 불렀다. 소란스러운 소리에 사람들이 복도로 나와 나를 둘러싸고 있었다.

내 앞에 있는 이 경찰관은 분명, 화장실 좌변기 천장에 목을 맨 채 죽어 있었던 바로 그 사람이었다. 나는 곧장 몸을 일으켜 다시 화장실 안으로 뛰어 들어갔다. 그리고 시체가 매달려 있던 그 문 앞에 섰다.

"이게 무슨……."

분명 같은 사람이다. 그런데 이 경찰관은 이렇게 죽어 있고, 또 밖에 버젓이 살아 있다. 죽은 경찰관이 어떻게 눈앞에 살아 있는 거지? 쌍둥이인가? 뭐야, 도대체!

그때, 목매달아 죽어 있는 경찰관과 똑같이 생긴 사복 차림의 남자가 또 다른 한 남자와 함께 화장실로 들어왔다.

"무슨 일입니까?"

"저기요. 진정하고 말씀해 보세요."

도대체 이 상황은 뭐지? 난 지금 어디에 있는 거지?

또 머리가 아프기 시작했다. 시야도 점점 흐릿해지며 정신이 혼미해졌다. 아…… 이러면 안 되는데……. 또 이러면 안 되는데…….

"저기요! 괜찮으세요? 팀장님, 정신을 잃었는데요."

"이 형사, 어서 업어! 대기실로 가지."

"네, 알겠습니다."

또 정신을 잃은 건가? 그런데 어찌 된 일인지 이번엔 대화 소리가 또렷이 들린다. 나는 왜 자꾸 정신을 잃는 거고 사람들은 왜 내가 본 시체를 보지 못하는 걸까? 혹시 정신을 잃은 뒤 꿈 속을 헤매고 있는 건가? 그래, 이건 꿈이다. 꿈이었어. 휴우, 가위에 눌려서 이런 꿈을 다 꾸나 보다. 그럼 이제 빨리 꿈에서 깨어나야 할 텐데…….

그런데 안간힘을 써도 눈이 떠지지 않았다. 정신과 몸이 따로 노는 느낌이었다.

"팀장님, 구급차 부를까요?"

"아니, 잠깐만. 저기요! 정신 좀 차려 봐요. 제 목소리 들려요?"

경찰관이 내 팔을 잡고 나를 흔들어 깨웠다. 이내 조금씩 정신이 돌아오는지, 나를 내려다보는 경찰관의 얼굴이 흐릿하게 보이기 시작했다.

"어! 깨어난 것 같은데. 이 형사, 물 좀 가져와."

"네, 팀장님."

"이봐요, 정신이 들어요?"

"팀장님, 무슨 일입니까? 어? 이분 또 쓰러지셨습니까?"

"뭐? 또라니? 그게 무슨 말이야?"

"인계받을 때 병원에서 오는 길이라고 했거든요. 갑자기 기절했다고……. 병원에 다시 안 가 봐도 될까요?"

나는 이마를 부여잡으며 말했다.

"아으……. 제가 또 정신을 잃었던 건가요? 죄송합니다. 병원은 괜찮아요."

"확실히 괜찮은 거 맞죠?"

"네, 조금만 쉬면……."

"괜찮다니 다행이네요. 진정 좀 되면 경위서 쓰는 거 얼른 마무리하고 돌아가요."

"여기 물 가져왔습니다."

화장실에서 봤던, 이 형사라고 불리던 경찰관이 물을 내밀며 말했다.

"고맙습니다."

차갑다. 온몸이 찌릿할 정도로 차가워 정신이 번쩍 드는 기분이었다. 물을 건네준 이 형사는 살아 있는 사람이 맞겠지? 그럼 방금 전 화장실에서 죽어 있던 사람은 대체 누구지?

경위서를 작성하기 위해 경찰관을 뒤따라 가면서도 머릿속이 복잡해 혼란스러웠다.

"저기요. 여기로 와서 앉아요."

"아, 네."

"경위서만 쓰고 보호자 오시면 바로 보내드릴게요. 앞으로는 절대 이러시면 안 됩니다. 아셨습니까?"

경위서를 작성하면서, 형사는 길에 쓰러져 있던 사람이 없었다는 것을 다시 한번 확인시켜 주었다. 덕분에 화장실에서 봤던 그 시체에 대해서도 더 이상 말하지 못했다. 분명 또 정신 이상자로 볼 것이 뻔했고, 계속 우기면 정신 병원에 입원시키려 할지도 모른다.

연락을 받고 급히 달려오신 아빠는 내가 한심해 보였는지, 한참을 말없이 빤히 쳐다보기만 할 뿐이었다. 자초지종을 설명할까 고민도 했지만, 공무원 시험이 얼마 남지 않았는데 스트레스를 이런 식으로 푸는 거냐며 야단을 맞을 것 같았다. 그래서 아빠에게도 말하지 못했다.

아빠는 어릴 적 일찍 아버지를 여의고, 서울에 올라와 공사장을 전전하며 악착같이 돈을 모았다. 그리고 그 돈으로 수원에 작은 분식집을 열어 가족의 생계를 책임졌다. 본인은 제대로 된 직장 없이 죽어라 힘든 일만 해 왔기에, 자식은 안정된 직장에서 편하게 일하기를 바랐다.

내가 공무원 준비를 하게 된 것도 그런 아빠의 바람…… 아니, 강요 때문이었다. 전문대학을 졸업한 뒤 2년간 공무원 준비를 하다 군대에 다녀왔고, 그 이후 3년째 고시원 생활을 하며 9급 공무원 시험을 준비하고 있다.

"아빠, 식사라도 하고 가세요."

"아니다. 내려갈게. 내일 아침 일찍 가게 문 열어야 한다."

경찰서에서 나온 아빠는 곧바로 다시 수원으로 내려갔다. 밤

늦게 버스 정류장으로 걸어가는 아빠 뒷모습을 보니 왠지 코끝이 찡했다. 버스 정류장까지 배웅하고 싶었지만, 그 시간에 공부나 더하라며 극구 말리는 탓에 결국 고시원으로 발길을 돌렸다. 고시원이라 하룻밤 자고 가시라는 말도 할 수가 없었다.

잘 준비를 마친 뒤, 침대에 누워 오늘 있었던 일들을 되뇌어 보았다. 길에 쓰러져 있던 그 사람, 피를 많이 흘리고 있었다. 죽었을까? 아니면 이미 죽어 있었던 걸까? 경찰서 화장실에서 본 이 형사라는 사람은? 그도 목을 맨 채 분명 죽어 있었다. 그런데 그게 모두 헛것이라고?

분명 이 형사라는 사람은 살아 있었다. 내 눈앞에 버젓이 살아서 말을 하는 것은 물론 물까지 건네주었다. 그럼 정말 나한테 문제가 있는 건가?

"에이, 모르겠다."

생각해 봤자 해결되는 건 없고 머리만 아프니……. 내일 생각하고, 오늘은 일단 잠이나 자자 싶었다.

드, 드르륵 드르륵. 드, 드르륵 드르륵.

휴대폰 진동 소리에 잠에서 깼다. 알람이 울리는 걸 보니 아침인가 보다. 아, 꿈이었구나. 다행히 모든 게 꿈이었다. 알람을 끄고 곧장 아빠에게 전화를 걸었다. 어제 일이 꿈이었다는 걸 확인받고 싶었다.

"아빠! 저예요."

"그래. 이제 일어났냐? 정신 똑바로 차려! 얼마 안 남았다."

"네, 너무 걱정 마세요."

"학원 빠지지 말고 또 쓸데없는 짓 하지 말고, 시험에만 집중해! 알았지?"

"알았다고요. 아빠, 저 학원 가야 해요. 이만 끊어요."

잔소리엔 역시 빨리 전화를 끊는 게 상책이다.

꿈이라고 믿고 싶었지만 역시 꿈이 아니었구나.

그래도 늦은 시간에 잘 내려가셨는지 안부라도 확인했으니 그걸로 됐다. 배에서 '꼬르륵꼬르륵' 소리가 났다. 그러고 보니 어제저녁부터 아무것도 먹지 못했던 것 같다. 배가 고픈지도 모를 정도였다니, 어제는 정말 정신이 없기는 없었나 보다.

방에 먹을 것이라고는 책상 위에 덩그러니 놓인 컵라면 하나가 전부였다. 나는 생수병에 남아 있던 물을 커피포트에 넣고 전원을 켰다. 뜨거운 라면을 들이켜듯 먹었지만 배는 차지 않았다. 대충 끼니를 때우고 나니 시간은 벌써 학원에 가야 할 때를 가리키고 있었다.

터덜터덜 도착한 학원에서는 첫 수업부터 만난 행정법에 눈꺼풀과의 사투를 벌였다. 일어난 지 얼마 되지도 않았는데……. 그러다 이번에도 떨어지면 어쩌나 하는 불안한 생각에 화들짝 잠에서 깼다. 잠깐 눈을 감았다고 생각했는데, 비몽사몽으로 듣던 행정법 수업이 어느새 끝나 있었다.

머리에 넣은 것도 없는데 금세 점심시간이 찾아왔다. 아침을 컵라면 하나로 때운 탓인지 배가 많이 고파, 나는 서둘러 책상을 정리하고 강의실을 빠져나왔다.

1층 학원 로비로 내려오니 달달한 밀크커피가 생각나 건물 뒤에 있는 야외 휴게실로 향했다. 자판기에 동전을 넣고 밀크커피 버튼을 눌렀다. '삑' 소리와 함께 '달카닥' 종이컵이 내려오고, 이내 '쏴' 커피 내리는 소리가 들렸다. 주위가 고요한 탓에 기계음이 더욱 요란하게 느껴졌다.

손을 뻗어 종이컵을 꺼내자마자 바로 한 모금을 들이켰다.

'캬, 이 맛이지.'

밀크커피의 맛을 음미하며 뒤돌아선 순간, 심장이 멈출 것처럼 온몸이 경직됐다. 이번에는 한마디 비명도 내지르지 못한 채 그대로 온몸이 굳어 버리고 말았다.

내 앞에 아까는 보이지 않았던 한 여자가 누워 있었다. 눈은 하늘을 응시한 채 머리에서 피가 흘러 바닥이 흥건한 상태였다. 혹시 이것도 헛것일까? 경찰에 신고를 해야겠지만 만약 또 내가 잘못 본 거라면? 하지만 분명 눈앞에 있는데…….

가만……. 나는 아무런 소리도 듣지 못했는데, 어떻게 갑자기 여기 있을 수 있는 거지? 그것도 이런 상태로?

그때, 사람들이 휴게실로 들어오는 소리가 들렸다.

"여, 여기요! 좀 도와주세요!"

내가 도와 달라고 소리치자 한 여자와 친구 두 명이 급히 이쪽으로 달려왔다. 그런데 달려오는 여자의 모습이 어딘가 낯설지 않다.

으윽! 머리의 통증과 함께 또다시 눈앞이 흐려지고 정신도 혼미해지기 시작했다. 이 여자…… 그래, 저기 쓰러져 있는 저여…….

나는 그대로 쓰러지고 말았다. 이번에도 사람들의 목소리는 고스란히 들렸다.

"저기요, 괜찮으세요?"

"어! 시보 아니야? 야! 시보야! 남시보! 괜찮아?"

여자는 친구에게 아는 사람인지 여부를 확인한 뒤, 119에 신고하지 않아도 괜찮은지 물었다. 나를 아는 사람인 것을 확인한 여자는 "그럼. 부탁드릴게요."라며 휴게실을 나갔다.

"야! 시보야, 정신 좀 차려 봐!"

나는 그제야 서서히 정신이 들었다. 흐릿하던 시야가 서서히 선명해지자, 걱정 가득한 친구들의 얼굴이 보이기 시작했다.

다행히 이번엔 응급실에 실려 가기 전에, 정신을 차릴 수 있었다.

"시보야, 괜찮아?"

"어, 어……. 괜찮아. 고마워. 근데 혹시 여자는……."

"어? 여자? 아, 아까 그 여자? 먼저 갔는데."

"아니, 저기 여자…… 안 보여?"

"여자? 뭐가 보여? 정말 괜찮은 거 맞아?"

옆에서 지켜보던 친구가 걱정스러운 목소리로 물었다.

이번에도 헛것을 보는 건가? 친구들은 피를 흘리며 누워 있는 여자를 보지 못했다.

"저기, 민철아."

"이 자식 멀쩡하네. 내 이름도 기억하고."

"방금 여기 있었던 여자, 아는 사람이야?"

"아니. 철수 넌?"

"음, 강의실에서 잠깐 본 것 같아. 예쁘잖아. 하하."

"이름은 모르고? 무슨 수업인데?"

"야야! 정신 차리자마자 여자부터 찾는 거냐? 정신 제대로 차렸나 보네."

친구들은 웃으며 장난스럽게 얘기를 이어 갔지만, 나는 누워 있는 여자를 앞에 두고 차마 같이 웃을 수가 없었다.

"음……. 기억은 안 나. 얼핏 수업 시간에 본 것 같아."

"야아, 예쁘다고 하니까, 찾는 거냐? 하하핫!"

"아니야, 자식아! 아무튼 고마워. 다들 점심은 먹었냐?"

"응, 먹고 들어오는 길이지."

"벌써? 난 이제 먹으러 가 봐야겠다."

정말 괜찮은 거냐는 친구들의 걱정을 뒤로한 채, 밖으로 나가다 문득 이런 생각이 들었다. 저기 쓰러져 있는 여자도 어제 그 형사와 마찬가지로 분명히 살아 있다. 그럼 혹시 앞으로 일어날 일은 아닐까?

그녀의 모습이 머릿속에서 떠나지 않아, 도무지 점심을 먹으러 갈 수가 없었다. 건물 위에서 떨어진 모습이었기에 혹시나 하는 마음에 학원 옥상으로 뛰어 올라가 봤지만, 그곳에 사람은커녕 개미 한 마리도 보이지 않았다.

설마, 늦은 건가? 난간으로 달려가 건물 아래에 있는 휴게실을 내려다보니, 그곳엔 그녀가 아까와 같은 모습으로 피를 흘리며 누워 있었다. 그 주위로 학생들이 아무렇지 않게 떠들며 휴식을 취하고 있는 모습이 보였다. 죽어 있는 그녀를 아무도 보지 못하는 것이 확실했다. 나만 볼 수 있는 거였다.

시계를 보니 시간은 12시 45분을 지나가고 있었다. 혹시 오늘이 아닌 다른 날, 이 시간에 여기서 떨어지는 건 아닐까? 설마…… 아니겠지. 에이, 아니야. 괜히 혼자 또 소설 쓰지 말라며 손을 휘저었다. 하지만 사라지지 않는 찜찜한 이 기분은 뭘까?

그날 이후 나는 점심시간이 되면 옥상부터 올라가 보았다. 하지만 그녀는 보이지 않았고, 누가 죽는 일도 일어나지 않았다. 지금까지의 일들을 이해할 수는 없어도, 실제로 일어나지 않으니 다행이라 생각하며 스스로 위안했다.

일주일 내내 점심도 제대로 못 먹고, 알지도 못하는 그녀를 기다리는 일이 참 바보 같다는 생각이 들어, 오늘은 신경 쓰지 않고 맘 편히 점심을 먹을 생각이다.

점심시간이 얼마 남지 않았을 때, 한국사 수업 진도를 좀 더 나간다는 안타까운 소식이 강사 입에서 흘러나왔다. 수업을 듣던 학생들이 일제히 크게 한숨을 내쉬었다. 배에서도 꼬르륵하고 배꼽시계 소리가 들렸다. 시계를 보니 시간은 이제 막 12시 30분에서 31분으로 넘어가고 있었다.

그때 갑자기 뒤에서 '쾅!' '쿵!' 하는 소리가 들려와 조용한 강의실을 가득 메웠다. 수업을 듣던 모든 학생들이 일제히 소리가 난 곳으로 고개를 돌렸다. 그리고 아무 일 없었다는 듯 다시 수업에 집중한다. 누군가 일어서다 의자를 뒤로 넘어뜨려 난 소리였다.

한 여자가 황급히 강의실 뒷문으로 나가는 것이 보였다.

시계를 다시 보니 12시 33분이었다. 어떻게든 수업에 집중해보려 했지만, 아무 소리도 귀에 들리지 않았다.

나도 모르게 자리에서 벌떡 일어섰다. 의자 끌리는 소리에 모든 시선이 나에게 몰렸다가, 이내 다시 앞으로 사라졌다. 나는 급히 밖으로 나가 옥상으로 뛰어 올라갔다. 옥상 문을 열자, 예상대로 여자가 난간 쪽으로 걸어가고 있었다. 뭐라 생각할 틈도 없이 그녀를 큰 소리로 불러 세웠다.

"저기요! 죽지 말아요. 제발요!"

"……."

"멈춰요! 가지 마요! 더 이상 가지 말라고요!"

그녀는 내 목소리가 들리지 않는지 계속해서 옥상 난간을 향해 걸어갔다. 난간에 한 발을 걸치는 모습을 보고, 재빨리 뛰어가 뒤에서 그녀의 허리를 세게 끌어안았다. 힘을 주어 당긴 탓에 그녀와 나는 함께 바닥에 굴러 넘어졌다.

눈을 뜨니 내 아래에 그녀가 깔려 있었다. 자칫 오해할 수 있는 자세였지만, 팔을 붙잡고 차분히 그녀를 진정시키려 했다. 그런데…….

"야, 이 자식아! 뭐야! 이런 변태 새끼를 봤나! 빨리 안 떨어져? 경찰 부른다!"

어느새 경비원 아저씨까지 올라와 졸지에 내가 치한으로 몰리게 되었다. 난감했다. 도대체 어디서부터 어떻게 설명해야 할지를 몰라, 아무 말도 못 하고 그저 경비원 아저씨를 쳐다보기만 했다.

"이 새끼야! 빨리 그 위에서 안 내려와! 아가씨 괜찮아요? 비명이라도 질렀어야지. 내가 안 올라왔으면 어쩔 뻔했어?"

"저기, 아저씨. 그런 게 아니고요."

"이놈이! 넌 나한테 죽었어. 아가씨 뒤를 따라가길래 이상해서 올라와 봤더니……."

"아저씨, 그게 아니라니까요. 저기요, 뭐라고 말 좀 해 봐요. 네?"

"이놈 봐라. 아가씨를 협박까지 해? 너 잠깐 기다려."

경비원 아저씨는 휴대폰으로 어딘가 전화를 걸었다.

"저기요. 경찰서죠? 여기 강간범 잡아 놓고 있으니까 빨리 와 주세요. 여기 명진학원 옥상입니다. 어서요."

"아저씨! 정말 아니에요! 정말이에요. 이분이 자살하려는 걸 제가 말린 거라고요!"

"그래. 경찰 오면 그때 삼자대면해 보자고. 아가씨 괜찮아요? 이쪽으로 와요, 어서."

또 경찰서라니. 또 경찰서에 갔다간 아빠에게 죽도록 맞을지도 모른다.

"아저씨, 정말 그런 거 아니에요. 저기요! 진짜 무슨 말이라도 해 봐요, 제발! 저한테 왜 이러는 거예요?"

"……흑흑, 흐으으……."

그녀는 갑자기 울음을 터뜨리는가 싶더니, 이내 대성통곡을 했다. 경비원 아저씨는 나에게 욕을 하며 그녀를 달래기에 급급했다. 내가 무슨 말을 하려고 하면 할수록 그녀의 울음소리는 점점 더 커져만 갔다. 망했다. 억울한 마음에 미쳐 버릴 지경이었다. 내가 왜 이런 일을 당해야 하는 거지? 그녀를 살리려고 옥상까지 쫓아왔는데?

경비원 아저씨와 내가 대치하고 있는 동안 그녀는 아무 말도 하지 않고 계속 울기만 했다. 얼마 지나지 않아 도착한 경찰관은 미란다 원칙을 설명하며 내 손목에 수갑을 채웠다. 수갑을 차는 동안에도 나는 말 한마디 하지 못했다.

그녀는 경찰관의 부축을 받으며, 내가 탄 경찰차 뒤에 있던 다른 경찰차에 올라탔다.

'또 경찰서라니.'

거의 일주일 만에, 이번엔 수갑까지 차고 경찰서에 들어섰다. 처음 왔을 때보다 긴장은 덜 됐지만 이러다 정말 잘못되는 건 아닌지 걱정이 되었다. 억울하기도 하고 화도 났지만, 상황 설명을 잘해야 오해를 풀 수 있으니 정신을 똑바로 차려야 했다.

"어? 이놈 또 뭐야? 어째서 또 온 거야?"

"팀장님, 이 자식 강간 미수 현행범입니다."

"뭐? 강간 미수? 미친 거 아니야!"

"학원 옥상에서 여학생을 강간하려 한 것을 경비원이 신고해서 현장에서 체포했습니다."

"그래? 최 형사! 이 자식 데리고 가서 조사해!"

"네, 팀장님."

나는 분통이 터져 목에 핏대를 세우며 억울함을 토해 냈다.

"팀장님! 아니에요. 강간 미수라니요? 저 정말 아니에요. 제가……."

"야, 야! 시끄러워. 빨리 데리고 가!"

"이리 와요. 거 얌전하게 생긴 양반이 참……. 여기로 오라고요!"

경찰서 분위기는 티브이에서 보던 것처럼 무서웠다. 경찰관들 얼굴이 모두 죽을상이었다. 한 경찰관은 범죄자로 보이는 사람과 마주 앉아, 험상궂은 얼굴로 큰소리치며 욕설을 내뱉었다. 주위에서 들리는 욕설과 험악한 분위기에, 난 그저 최 형사가 오라는 곳으로 가서 그가 앉으라는 곳에 몸을 앉힐 뿐이었다.

낯설지 않은 장면이다. 최 형사는 신원 확인을 위해 이름, 주민 등록 번호, 주소 등을 물으며 호구 조사로 심문을 시작했다. 신원 확인이 끝나자 학원 옥상에서 있었던 일에 관해 물었다.

"그래서 옥상에 왜 올라갔어요?"

"그게, 그 아가씨가 자살해서…… 아니, 옥상에서 뛰어내리려고 해서 올라갔어요."

"그 여성분이 옥상에서 뛰어내릴 줄 알고 거길 올라갔다는 겁니까? 당신에게 뭐, 자살이라도 한다고 말했다는 거예요?"

"그게 아니라……. 그러니까 형사님, 제가…… 형사님, 그러니까요. 제 말이 이상하게 들리실 수 있겠지만요. 그 아가씨가 옥상에서 떨어져…… 아니, 옥상인 건 제가 그냥 추측한 거고요. 그러니까 자살…… 아니, 학원 야외 휴게실에서 피를 철철 흘리면서 쓰러져 있는 걸 봤거든요. 그래서……."

"저기요! 무슨 말을 하는 거예요. 그 여성분이 옥상에서 떨어졌다는 말이에요? 지금 당신이 강간하려다 여기로 잡혀 온 거 몰라요? 참 답답하네."

나는 잠시 숨을 고르고 말을 이어 갔다.

"그러니까 제가…… 제가. 아휴, 못 믿으시겠지만, 사실 저도 믿기 어렵지만요. 분명 그 아가씨가 학원 야외 휴게실에 죽어 있었다고요. 아니, 정확히는 죽어 가고…… 아니, 그것도 아닌데……. 아무튼, 근데 그 아가씨가 제 눈앞에 나타나서, 그래서 제가……."

"대체 무슨 말이에요? 죽어 있다가 다시 살아났다는 거예요?"

"그게 아니라요……. 믿기 어려우신 거 알아요. 저도 믿기지 않으니까요. 근데 정말 그 아가씨가 죽어…… 아니, 죽는다는 걸 미리 알게 된 거죠. 제가요. 그래서 추측해 본 거예요. 옥상에서 떨어져 죽는 게 아닌가 하고요. 그래서 제가 일주일 동안 매일 옥상에 올라가 그 아가씨를 기다렸다가……."

최 형사는 이제야 좀 이해가 된다는 표정으로 입을 열었다.

"아하, 그러니까 일주일 동안 여성분을 옥상에서 기다렸다가 강간하려 했다는 거군요. 당신 스토커구먼? 오케이, 좋아요. 그럼 다음……."

"스토커라니요? 그게 아니라 제발, 제 말 좀 들어 주세요. 저도 미치겠어요. 아니면 그 여성분에게 물어봐 주세요. 그분은 다 알고 있다고요. 그분 지금 어디에 있나요? 그분이랑 만나게 해 주세요, 네?"

"거기서도 여성분을 협박했다고 하더니. 피해자는 현재! 해바라기 센터에 안전하게 모셨으니까! 당신께서는 여기서 저랑 토킹 어바웃 하면 됩니다. 아시겠어요? 그럼 다시. 그러니까, 일주일 동안 피해 여성을 옥상에서 기다리다 범행을 저질렀다, 그거죠?"

"아니, 저는 그 아가씨를 살려야겠다는 생각에 옥상으로 쫓아 올라간 거라니까요!"

"이제야 실토하네. 옥상으로 그 여성분을 쫓아 올라갔다? 오케이. 일주일 동안 지켜보고 있다가, 피해 여성분이 옥상에 올라가는 것을 보고 뒤따라가 범행을 저질렀다. 맞죠?"

"형사님! 후우……. 계속 그러시면 저 이제 아무 말도 안 할 겁니다."

"묵비권을 행사하시겠다? 좋아요. 뭐, 여성분 증언을 받으면 당신은 더 가중 처벌받을 테니까. 좋습니다. 그럼 여기까지 하죠. 여기서 대기하고 있어요. 딴생각 말고."

도저히 말이 통하지 않는 형사였다. 말을 하면 할수록 더 꼬이기만 하는 기분이다. 하긴 나도 내가 겪은 일들이 이해가 안 되는데, 다른 사람에겐 어떻게 설명해도 이해시킬 수 없는 게 당연한 걸지도 모르겠다. 그저 그녀가 빨리 해명해 주기를 기다리는 수밖에.

"팀장님, 저 자식이 범행을 부인하는데요. 그리고 이상한 말만 해요. 뭐, 여자가 죽었다 살아났다느니. 무슨 말이 돼야 조서를 쓰죠."

"또 그래? 저번에도 허위 신고로 잡혀 와서 이상한 소리만 하더니……. 정신이 좀 이상한 거 아니야?"

"아, 맞다. 그때? 그러네요. 근데 이번에는 피해 여성을 살리려고 옥상에 따라 올라갔대요. 혹시 모르니 피해자 진술 내용 확인해 볼까요?"

"그래? 그럼 해바라기 센터에 연락해서 확인해 봐. 아마 지금쯤이면 진술했을 것 같은데."

"네, 그럼 제가 전화해서 확인해 보겠습니다."

대체 이게 무슨 꼴이람? 사람 구하려다 강간범으로 몰리기나 하고. 헛것이 아니지만 헛것이라고 말할 수밖에 없는 것들을 보게 되면서 계속 일이 꼬이는 것 같다. 나도 믿기지 않는 사실들을 어떻게 설명하고 이해시킬 수 있을까? 혹시 그 여자가 이상하게 말을 하진 않았겠지? 자살하려고 했던 사실을 숨기려 날 치한으로 몰면…… 에이, 설마……. 그래도 자신을 살려 준 사람인데…….

발소리에 고개를 돌리니, 팀장이 이쪽으로 걸어오고 있는 것이 보였다. 저번 일도 있고 하니 내 얘기를 어느 정도는 믿어 주려나? 그래서 더 이상한 사람 취급을 할지도 모른다는 생각도 들었다.

"젊은 친구. 이름이 시보라고 했죠?"

"네, 이름을 기억하시네요?"

"뭘 기억해요. 조서 보고 알았지."

"아……. 팀장님, 저분께도 계속 말씀드렸지만 저는 억울해요. 전 단지 그 여자분을 살리려고 했을 뿐이에요."

"최 형사가 이상한 말을 하던데, 그 여자가 죽었다가 살아났다고. 맞아요?"

"아니요. 그게…… 혹시 저번에 제가 여기 왔을 때 말씀드렸던 얘기 기억나세요?"

"음, 허위 신고로 잡혀 와서도 사람이 피를 흘리며 쓰러져 있는 걸 봤다고. 맞나?"

"맞아요. 근데 그런 사람이 없다고 말씀하셔서 제가 참 곤란했었죠. 그때도 못 믿으셨지만……."

"믿을 수 있어야 믿지. 그날 신고를 받고 갔을 때는 부상자는 커녕 아무도 없었다고. 안 그래요?"

"그랬죠……."

나는 잠시 고민하다 입을 열었다. 어떻게든 내가 본 것들에 대해 증명을 해야 했다.

"그럼 혹시 최근에 노량진에서 일어난 살인 사건이나, 죽은 사람 신고는 없었나요?"

"그런 사건이 한두 건이라야 말이지. 혹시 차림새나 정확한 위치라도 알 수 있을까? 아니지, 뭐야? 지금 미래에 일어날 일을 본다는 거야? 그것도 죽을 사람을? 지금 나랑 장난해!"

"아니, 저도 정확히는 모르지만……. 아, 제가 그때 버거킹에 햄버거를 먹으러 가는 길이었어요. 노량진로를 따라 걸어가다 봤는데, 푸른 셔츠를 입고 있었고 가슴에서 피가 흐르고 있었다고요."

민 팀장은 잠시 눈을 굴리더니 살짝 흥분한 목소리로 말했다.

"노량진로? 푸른 셔츠에 가슴에서 피가 흘러? 잠시만…… 잠시만. 저기, 김 형사! 잠깐만 여기로 와 봐!"

그날은 내가 그곳을 왜, 어디로 가고 있었는지 계속 기억이 나지 않았었는데, 어찌 된 일인지 불현듯 그날의 일이 어제 일처럼 생생하게 떠올랐다. 저녁으로 햄버거를 먹기 위해 버거킹으로 가다가 그 시체를 본 것이었다.

이미 일어난 일일까? 아니면 아직일까?

"며칠 전에 노량진로에서 살인 사건 하나 있지 않았나?"

"네, 삼 일 전인가? 아니, 이틀 전이네요. 노량진로 편의점 근방에서 살인 사건이 있었습니다. 현재 조사 중인데 왜 그러세요? 혹시 뭐라도 찾으신 게 있으십니까?"

"그 피해자가 그때 푸른 셔츠를 입고 있었나? 가슴에 자상*

---

*　　**자상** : 칼 같은 물건에 찔린 상처

이 있고?"

"맞습니다. 심장 부위가 정확히 두 번 칼에 찔린 상태로 발견됐습니다. 근데 민 팀장님이 그걸 어떻게…… 아니, 그건 왜 물어보시는 건데요?"

"아니……. 아니야 고마워."

민 팀장은 김 형사의 말이 믿기지 않는지 고개를 갸웃거렸다. 김 형사가 자리로 돌아가자, 민 팀장은 묘한 눈빛으로 나를 위아래로 훑어보았다. 아무리 생각해도 말이 안 된다는 듯한 표정이다. 무슨 말이라도 해 주면 좋으련만 아무 말 없이 한참을 쳐다보기만 했다.

"저기…… 팀장님, 제가 본 사람이 진짜 죽은 건가요? 정말 제가 본 그 장소에서 죽은 게 맞나요?"

민 팀장은 매서운 눈빛으로 나를 계속 주시하고만 있었다.

"저도 믿어지지 않지만요. 그게 사실이라면…… 아니, 제가 분명 그 여성분이 죽은 것도 봤거든요. 그분은 괜찮은 거죠? 혹시 또 자살을 시도하는 건 아니겠죠? 팀장님! 무슨 말씀이라도 좀 해 보세요."

"남시보 씨, 그러니까 당신 말이…… 죽은 사람 아니, 앞으로 죽을 사람이 어디서 어떻게 죽는지를 미리 알 수 있다는…… 아니! 말도 안 돼. 단순히 우연의 일치겠지. 어떻게 그럴 수 있지? 무슨 예지 능력이라도 있다는 건가?"

"모르겠어요, 예지 능력까지는. 그냥 제가 본 걸 말씀드린 것뿐이에요. 근데 왠지 진짜로 일어날지도 모른다는 생각이 들었고, 그래서 그 여성분을 우연히 구한 것뿐이라고요! 제가 뭘 그렇게 잘못했나요?"

민 팀장은 길게 숨을 내뱉으며 말했다.

"잘못했다는 게 아니라, 믿기 어려워서 그러죠. 지금 21세기예요. 최첨단 과학 기술이 엄청나게 발달한 이런 세상에 그걸 누가 믿을 수 있겠어요? 안 그래요?"

"그렇죠. 알아요. 그래서 저도 미치겠어요. 어떻게 설명해야 할지도 모르겠고요. 그냥 믿어 달라고밖에 할 수 없는 저도! 억울해서 팔짝 뛰겠다고요."

"그럼 혹시…… 다른 건 없어요? 그 여성분 말고 또 시체를 미리 본 게 있냐 말이에요."

"아, 저번에 제가 여기 잡혀 온 날에요. 머리가 아파서 화장실에…… 맞다! 그날 같이 계셨는데……."

"누가요? 뭐라도 본 게 있어요?"

나는 잠시 망설이다 조심스럽게 입을 열었다.

"팀장님……. 혹시 이 형사라고……."

"어? 이 형사? 이연우 경위를 알아요?"

"아니, 그날 화장실에서……."

"화장실? 화장실이라면 혹시……."

민 팀장과 나는 동시에 "목을 매……." 하고 같은 말을 내뱉었다.

"그걸 어떻게 아세요?"

"시보 씨야말로 어떻게 알지? 그날 그걸 봤다는 건가?"

"네? 혹시…… 죽었나요?"

"음……. 어제 새벽에 발견됐어요. 아직 조사 중이라……."

"아……."

"아직 외부에 알려진 사건이 아니니 말조심해 줘요. 타살인지 자살인지도 확실하지 않고요."

"네, 걱정 마세요."

민 팀장은 자세를 고쳐 앉더니 내 눈을 바라보며 말했다.

"그러니까 허위 신고로 여기 온 날, 그 모습을 봤다는 거죠? 자세히 좀 설명해 봐요."

"그게……. 사실 그날 일을 떠올리기가 겁나요. 너무 무섭기도 하고요. 목을 맨 채 죽어 있는 사람을 본 건 처음이라……."

"아, 그렇지. 미안해요. 나도 살인 사건 현장을 볼 때마다 힘든데 일반인은 더 힘들겠지. 트라우마가 생길 수 있으니 힘들면 말 안 해도 돼요. 단지 사건에 도움이 되지 않을까 해서 물어본 거니……. 내 생각이 짧았네요."

"아……. 이유는 모르겠지만 제가 본 걸 기억하려고 하면 머리가 너무 아파요. 시야가 흐릿해지고 어지러운 것도 있는데 저번엔 그러다 기절까지 한 거라……. 죄송해요."

"그래서 그랬군요. 그래요. 괜찮아요. 그럼 혹시, 나중에라도 괜찮아지면 부탁할 수 있을까요?"

"네, 그럼요. 이해해 주셔서 감사합니다……. 근데 저는 어떻게 되는 건가요? 저 정말 그런 사람 아니에요. 단지 살리려고 허리를 잡아끌다가, 저도 모르게 자세가 그렇게 된 거라고요.

믿어 주세요.”

민 팀장은 고개를 끄덕였다. 내가 본 것들을 이해할 순 없겠지만, 실제 있었던 일이라는 것을 믿어 주는 듯했다.

“그래요. 만약 시보 씨 말이 맞는다면 그 여성분이 오해를 풀어 주겠죠. 조금만 기다려 봅시다.”

“감사합니다, 팀장님. 믿어 주셔서 정말 감사합니다. 나중에 괜찮아지면, 그때는 꼭 이 경위님 일도 도와드릴게요. 진심이에요.”

“고마워요.”

한 명이라도 믿어 주는 사람이 있어 다행이었다. 이제 그 여성분이 사실대로 진술만 해 준다면 일이 쉽게 풀릴 것 같았다.

아무도 보지 못하는 시체를 나만 볼 수 있다. 그것도 앞으로 죽을 사람의 시체를……. 그런데 왜 갑자기 이런 일이 나에게 일어나고, 어째서 나에게만 이런 초자연 현상이 보이는 거지? 대체 이유가 뭘까?

혼자 상황을 곱씹으며 초조하게 기다리고 있을 때, 최 형사가 다가와 민 팀장에게 말을 걸었다.

“팀장님, 이거 골치 아프게 생겼는데요.”

“왜 그래?”

“피해자가 아직 아무 말도 하지 않고 있다고 하네요. 어쩌죠? 저 자식은 아니라고 하는데, 피해자도 말을 하지 않으니 말입니다.”

“최 형사, 저 자식이 뭔가? 남시보 씨라고 해야지. 아직 확실한 범죄자도 아닌데 그렇게 불러야 쓰겠어?"

"네? 아까 팀장님도……."

"뭐?"

"아, 아닙니다. 주의하겠습니다. 근데 팀장님, 저 자…… 남시보 씨 진술 들어 보셨어요? 이해가 가십니까? 도대체 무슨 말인지 이해가 안 되던데……. 아니, 말이 안 되잖아요?"

"맞아. 말이 안 돼. 근데 이 세상에 말이 안 되는 게 한두 개야? 어렵게 범인 잡아 놔도 돈 있고 백 있으면 며칠 유치장에 있다 나오는 세상인데. 그건 말이 된다고 생각해?"

"팀장님, 갑자기 왜 그러세요? 하지만 그거랑 이건 다르잖……."

"알았어. 알았으니까, 해바라기 센터에 전화만 걸지 말고 무슨 일인지 직접 가서 확인해 봐. 확인되면 바로 전화 주고. 알았지?"

최 형사는 어리둥절한 표정으로 물었다.

"직접 가라고요?"

"어."

"아니, 팀장님……. 전화로도 확인할 수 있고, 지금 아시잖아요? 새벽…… 그 사건으로 일손이 부족한 상황이에요."

"최 형사야말로 왜 그래? 이런 일이 하루 이틀이야? 언제까지 이 일 붙들고 있을 거야. 빨리 해결하고 새벽에 있었던 일에 집중해야지."

"무슨 말씀인지 알겠지만, 지금 감찰에서 내사 들어간 사건을 저희가 건드려도 되는 겁니까?"

"어어! 최 형사, 왜 이리 말이 많아졌어? 빨리 가서 확인하고 처리해."

"아……. 네, 알겠습니다. 그럼 다녀오겠습니다."

최 형사는 잔뜩 이마를 찌푸리며 날 한 번 쳐다보더니, 내키지 않는 발걸음으로 뒤돌아 나갔다. 잘 들리진 않았지만 뭔가 불만 섞인 볼멘소리도 내뱉었다. 괜스레 민 팀장이 더 고맙게 느껴졌다. 그래서 조금이나마 도움이 될까 싶어 이 경위 일을 떠올려 봤지만, 역시나 생각할수록 머리만 아팠다. 무슨 이유에서인지 그날의 잔상이 잘 떠오르지 않는다. 단지 흐릿하게 이 경위가 매달려…… 아윽! 떠올리려 할수록 머리가 깨질 것만 같았다.

이 경위는 분명 내가 처음 본 사람이었다. 푸른 셔츠를 입은 남자도 학원 옥상에서 본 여자도 마찬가지였다. 그런데 왜 하필 나에게 이 사람들이 보였을까? 그것도 시체로…….

어느덧 저녁 시간인지 배에서 꼬르륵하고 신호가 왔다. 오늘 저녁은 글렀구나 생각하고 있을 때, 갑자기 민 팀장이 말을 걸었다.

"시보 씨! 설렁탕 먹을래요, 짜장면 먹을래요?"

"네? 아……. 제가 지갑을 두고 와서요."

"하하. 걱정 말고, 뭐 먹을래요?"

"아, 그럼 전 감사히 설렁탕 먹겠습니다."

민 팀장이 직접 주문을 하려는 듯했다. 그때 어디선가 전화

벨이 울렸다. 그는 급히 자리로 뛰어가 수화기를 집어 들었다.

"어, 최 형사! 그래? 알았어. 저녁은 먹었어? 그럼 거기서 저녁 먹고 모시고 와. 그래. 수고했어."

전화를 끊은 민 팀장은 온아한 표정으로 밝게 웃으며 걸어왔다.

"아이고, 시보 씨. 좋은 소식이네요. 맘 편하게 설렁탕이나 먹으면서 기다리면 되겠어."

"좋은 소식이요? 그럼 그 여성분이⋯⋯."

"그래요. 대학생이라고 하던데. 말문을 열었나 봐. 시보 씨한테 감사 인사를 하고 싶다고 하길래, 저녁 먹고 이쪽으로 오라고 했어요. 괜찮죠?"

"네, 저야 오해가 풀렸으니 상관없어요. 저녁도 공짜로 먹고 좋네요. 하하하."

"하하, 그래요. 그럼 우리도 설렁탕 한 그릇 때리면서 기다리자고."

"설렁탕을 때려요? 아하하, 하하하."

"하하하."

민 팀장 웃음소리에 맞춰 함께 웃기는 했지만, 억울하고 짜증이 났다. 옥상에서 그 여자가 한마디만 동조해 줬으면 여기까지 오지도 않았을 텐데⋯⋯. 그래도 직접 와서 감사 인사를 한다고 하니 아주 나쁜 사람은 아닌가 보다.

그래, '좋은 일 했다' 생각하고 넘어가면 되지. 맞아, 남시보! 오늘 좋은 일 하나 한 거야! 좋기는 개뿔. 시험도 며칠 남지 않았는데 계속 이런 일에나 휘말리고. 이게 뭐야!

확실히 이상한 게 보이고 나서 혼잣말도 많아졌다.

"남시보 씨! 남시보 씨!"

"아, 깜짝이야!"

"무슨 생각을 그렇게 해? 몇 번을 불렀는데. 못 들었어요?"

"아, 죄송해요. 잠깐 딴생각 좀 하느라……."

"설렁탕 왔어. 이리 와서 소파에 앉아 편하게 먹어요."

"네, 감사합니다."

"이래 봬도 70년 전통 원조 설렁탕집이에요. 맛있을 거야. 맛 있게 먹고 오늘 일은 좋게좋게 넘어가자고. 알았죠? 어서 먹어 요, 시보 씨."

"야아! 정말 국물이 끝내주네요."

"하하! 그렇다니까. 내 말이 맞죠?"

70년 전통 원조라 그런지 배가 많이 고파서 그런지 밥이 술 술 넘어가기는 했다. 빨리 먹고 집에 가고 싶었다. 비록 작은 방 이지만 이곳보다는 내 고시원 방이 백배는 더 편안하고 안락했 다. 일분일초가 아까운 상황인데 내가 왜 그 여자를 기다려야 하는 거야.

"저기, 팀장님."

"네?"

"저는 설렁탕만 먹고 먼저 가면 안 될까요? 그분께는 괜찮다 고 전해 주세요."

"어? 그게 안 되는데. 학생 오면 경위서 쓰는 거 마무리하고 보내 줄게요.”

“또 경위서요? 제가 꼭 있어야 하나요?”

“자살 미수 사건이라 시보 씨가 참고인으로 그때 상황을 설명해 줘야 해서. 미안하지만 밥 먹고 조금만 기다려 줘요. 그 학생 오면 몇 가지만 확인하고 보내 줄게요. 괜찮죠?”

“저는 다 말씀을 드렸는데…….”

“그게, 그 학생이 자세하게 설명을 못 해서 그래요. 시보 씨가 나쁜 짓을 하려고 한 건 아니라고 하는데, 자기가 옥상에 왜 올라갔는지는 기억이 안 난다고 하더라고. 무슨 말인지 알죠?”

“아……. 네.”

자신이 옥상에 왜 올라갔는지도 모른다니 참 이상한 여자네. 혹시 우울증 환자인가? 좋은 일 한번 하려다가 하루 종일 골치만 아프게 생겼네. 그래도 날 나쁜 사람이 아니라고 해 줘서 고맙다고 해야 하나. 참 고달픈 하루다.

“팀장님! 저희 왔습니다.”

“어이, 고생했어. 이분이 그 대학생?”

“네, 팀장님. 강소담 씨라고 민국대 학생이에요.”

“아, 우선 여기로 앉으세요.”

최 형사는 손으로 나를 가리키며 말했다.

“강소담 씨, 여기 이분이 소담 씨를 구해 준 남시보 씨예요. 인사하세요.”

“……”

“안녕하세요.”

말이 없기에 먼저 인사를 건넸지만 그녀는 나를 쳐다보지도 않는다.

"아직 불안한 상태라 그래요. 시보 씨가 이해해요."

나는 마뜩잖게 입꼬리를 끌어올리며 살짝 고개를 끄덕였다.

"저기 소담 씨! 괜찮으면 몇 가지 질문해도 될까요?"

"……죄송…… 해요……. 그리고 감…… 감사해요."

"아, 네. 아니에요."

말하는 걸 보니 아무래도 정상적인 상태는 아닌 듯했다.

"그래요. 강소담 씨, 옥상에는 왜 올라갔습니까?"

"……죄송합니다……. 죄송해요. 그때는 제가…… 으흐흑."

"강소담 씨, 진정하세요. 안 되겠다. '예, 아니요.'로만 대답하세요. 알겠죠?"

"흐으……. 네."

"옥상에 올라가서 자살하려고 했나요?"

"네, 그게……."

"좋아요. 그럼 여기 남시보 씨가 강소담 씨를 구해 준 게 맞습니까?"

"……네."

"그래요. 남시보 씨, 그럼 남시보 씨가 옥상 위에서 본 상황을 좀 설명해 주세요."

"그러니까 옥상에 올라갔는데, 이분이 옥상 난간 쪽으로 걸어가고 있었어요. 제가 소리치며 말려 봤지만 듣지 못했는지 난간에 오른발을 걸치는 거예요. 그래서 허리를 붙잡고 끌어

내렸다가 이런 일이……."

"그래요. 강소담 씨, 지금 남시보 씨가 말한 게 맞습니까?"

"누가 뒤에서 붙잡아 줬는지는 모르겠어요……."

"알았어요. 그 정도면 돼요. 그럼 강소담 씨 자살 미수 건으로 경위서 작성해서 제출하겠습니다. 팀장님! 들으셨죠?"

"그래, 수고했어. 강소담 씨는 자살 예방 센터로 연결해드려. 강소담 씨, 내가 봤을 땐 병원이나 자살 예방 센터에 가서 상담을 받아 보는 게 좋을 것 같아요. 최 형사가 자살 예방 센터 연락처 알려드릴 거니까, 거기로 전화해서 심리 상담 한번 받아 보세요. 아니면 병원에 가서 전문 상담을 받아 보는 것도 좋고요. 사실 우울증이 아닐까 싶은데……. 그래도 모르니 꼭 병원에서 심리 상담받아 보세요. 알겠죠?"

"……네, 감사합니다."

나는 상황을 살피다 민 팀장에게 물었다.

"팀장님, 그냥 이게 끝이에요? 병원으로 모셔 가서 검사를 받게 하는 게 좋을 것 같은데요."

"그러면 좋은데, 그게 우리가 강제로 할 수 있는 게 아니라서 말이죠. 자살 예방 센터 쪽에 연결해드릴 수는 있지만 강제로 검사를 받게 할 수는 없어요."

"그렇군요……."

"그러니 강소담 씨, 대학생이라고 했죠? 이렇게 젊은데 다시는 그런 생각하지 말고, 꼭 병원이나 저희가 알려드린 센터에 가서 상담받아요. 그리고 부모님은 안 계시니까…… 혹시 보호자로 연락할 사람 없을까요? 친척이나 지인이라도?"

"……."

"이거 큰일이네. 보호자한테 인계해야 하는데 부모님은 안 계시고. 친척이나 지인도 없는 것 같은데……."

"저기, 제가 보호자로 하면 안 될까요?"

"정말? 괜찮겠어요?"

"네, 같은 학원에 다니는 사이기도 하고요. 제가 할게요. 어떻게 하면 되죠?"

"사실 강소담 씨가 미성년자가 아니라서 상관은 없는데, 자살 미수 건이다 보니……. 부담되면 안 해도 돼요."

"아니에요. 보호자로 해 주세요."

경위서와 보호자 인계 서류에 서명하고, 그녀와 함께 경찰서를 나왔다. 어느덧 밤 9시가 다 되어 가고 있었다. 그녀에게 무슨 사연이 있는진 모르겠지만, 그냥 문득, 보호자가 되어야겠다는 생각이 들었다. 설마 이 여자가 마음에 들어서? 아니, 뭐……. 예쁘기는 하지만 그것 때문만은 아니다. 이대로 혼자 보내면 또 안 좋은 시도를 할지도 모른다는 걱정이 되었다.

그녀도 혼자 원룸에 살고 있다고 했다. 무슨 사정인지는 모르겠지만, 최근에 혼자가 된 듯했다. 굉장히 쓸쓸하고 슬퍼 보이는 얼굴이었다. 하지만 그 슬픔 뒤에도 예쁜 얼굴이 그대로 드러났다. 사실 보호자를 자청한 건 그녀의 외모도 한몫하긴 했다.

왠지 모르게 그녀를 보고 있으면 마음이 편안해지고 정신이 또렷해지는 듯했다. 심지어 심장은 계속 콩닥콩닥하며 '이 여자를 보호해 줘. 그래야 해.'라고 말하는 것만 같았다.

눈과 뇌, 그리고 심장에서 그런 신호를 끊임없이 보내왔고, 난 그저 그 신호에 반응한 것뿐이었다.

우리는 아무 말 없이 길을 걸었다. 그저 땅만 보고 걸어가는 그녀에게 말을 걸기도 어색하고 어려웠다. 버스 정류장에 도착해서는 데려다주겠다는 말도 제대로 하지 못한 채, 얼떨결에 그녀를 따라 버스에 올라탔다. 뒤늦게 지갑이 없다는 것을 깨닫고 초면에 버스 요금까지 빚졌다. 덕분이라고 해야 할지, 그래도 그 덕에 그녀의 옆에 앉아 조금이나마 더 가까워질 수 있었다.

집까지 데려다주겠다고 했지만, 그녀는 몇 번이고 사양했다. 어색한 분위기를 깨기 위해 이런저런 실없는 농담을 늘어놓은 후에야 그녀는 비로소 수줍은 미소를 지어 보이며 감사하다는 인사를 건넸다.

'또 무슨 이야기를 해야 하나.' 하고 고민하고 있을 때쯤, 그녀가 정적을 깨고 조심스레 입을 열었다. 왜 자신이 옥상에 올라가 자살을 하려 했는지에 대한 이야기였다.

그녀는 어머니가 일찍 세상을 떠나 어렸을 때부터 할머니 손에서 자랐다. 고등학생 때 할머니마저 세상을 떠난 뒤로는, 택시 운전기사로 일하는 아버지와 단둘이 살았다. 대학에 입학한 뒤 3학년이 되던 해에 휴학하고 아르바이트를 하며 7급 행정직 공무원 준비를 시작했다. 지난 2년간 합격할 기미가 보이지 않아 다시 복학하려고도 했지만, 등록금을 낼 수 있는 형편이 아니었다. 아르바이트를 하나 더 구해 등록금을 벌 계획이었는데, 하필이면 그때 아버지가 취객에게 폭행을 당해 병원에 입원하게 되었고, 설상가상으로 폭행범을 잡지 못해 병원비까지 자비로 해결해야 했다. 어쩔 수 없이 살던 전셋집을 내놓아 그 돈으로 병원비를 충당했다. 그러나 그녀의 아버지는 끝내 고비를 넘기지 못한 채 숨을 거두고 말았다. 그게 바로 얼마 전 일이라고 했다.

그녀는 폭행범을 잡기 위해 아버지가 병원에 입원했을 때부터 계속 경찰서에 찾아가 도움을 청했지만, 담당 경찰관에게선 증거가 없어 어렵다는 말만 돌아올 뿐이었다. 포기하지 않고 계속 재수사를 요청했지만, 끝내 아무런 도움도 받지 못한 채 수사가 종결되고 말았다.

그 후 그녀는 경찰이 돼야겠다 결심하고 경찰 공무원 시험준비를 시작했다. 하지만 아버지의 장례를 마친 다음 날, 충격을 떨치지 못하고 수면제에 취한 채 난간에 오른 것이었다.

소담 씨는 자신의 이야기를 아주 담담하게 천천히 털어놓았다. 어느새 버스는 종점 분기점을 지나, 다시 왔던 길을 돌아가고 있었다. 그녀는 이야기를 마친 듯 고개를 들어 창밖을 바라보았다. 그리고 또 한동안 아무 말도 하지 않았다. 내려야 할 정류장에 도착해서야 작은 목소리를 남기며, 그녀는 자리에서 일어났다.

버스에서 내린 우리는 말없이 길을 걸었다. 그녀가 조금 앞장서서 걸어가면, 난 그 뒤를 바짝 붙어 걸어갔다. 한참을 그렇게 걷기만 하다, 어느 작은 건물 앞에서 그녀가 뒤를 돌아보며 말했다.

"저기……. 고맙습니다. 여기가 집이에요."

"아! 네."

"조심히 들어가세요."

"먼저 들어가세요."

"아니에요. 늦었는데 어서 가세요. 저 때문에 여러모로 힘드셨을 텐데, 정말 죄송해요."

"아, 아니에요. 정말 괜찮아요."

"그럼…… 조심히 가세요. 먼저 들어갈게요."

"네, 편히 주무세요."

그녀가 돌아서는 모습에 나는 잠시 망설이다 입을 열었다.

"저기……."

그녀가 걱정돼 연락처를 물어보려 했지만, 입이 떨어지지 않았다.

"아! 잠시만요. 여기요. 택시 타고 가세요."

그녀는 교통비가 없어 머뭇거리는 거라고 생각했는지, 서둘러 만 원을 꺼내 건네주었다.

"아, 그게 아니라……."

"그럼……."

"제가 걱정이 돼서…… 전화번호를……."

"전화…… 번호요?"

"네, 혹시나…… 아니, 돈을 갚아야 하는데, 연락처를 알아야 드릴 수 있으니까요. 하하."

"아, 정말 안 주셔도 되는데……. 휴대폰 주시면 입력해드릴게요."

혹시나 또 안 좋은 생각을 할까 봐 걱정되는 마음이었지만, 사실 그녀를 또 만나고 싶은 마음이 컸다.

그녀는 학원을 기준으로 내가 사는 고시원과 정반대쪽 원룸촌에 살고 있었다. 거리는 학원에서 고시원까지의 시간과 비슷한 듯했다. 버스로는 서너 정거장 정도 될 것 같았지만, 걸어가도 상관은 없었다.

그녀가 건물 안으로 들어가는 것을 확인하고, 천천히 걷다가 건물 쪽을 다시 돌아보았다. 3층 계단 불빛이 켜졌다가 꺼지고, 이어서 3층 창가에 불이 들어온 것을 보고 난 후에야 안심이 되어 발걸음을 옮겼다.

나도 모르게 흥얼흥얼 콧노래가 흘러나왔다. 그런 내 모습에 놀라 잠깐 걸음을 멈추기도 했지만, 더 크게 콧노래를 부르며 길을 걸었다. 이른 오후부터 밤까지 너무 힘든 하루였는데, 이상하게 집으로 걸어가는 길은 발걸음이 가벼웠다. 버스 안에서 봤던 그녀의 미소가 머릿속을 자꾸 맴돌았다.

잠시 그녀의 미소에 빠져 있다가 최근 나에게 일어났던 일들을 돌이켜 보았다. 내가 보았던 초자연 현상들은 모두 현실에서 나타났다. 두 명은 시체로 발견되었고, 그녀는 살아 있다.

그녀는 정말 괜찮은 걸까? 그녀에게 잘 자라는 짧은 안부와 함께 집에 잘 도착했다는 내용의 문자를 보냈다. 하지만 답장이 오지 않자 괜스레 마음이 초조해졌다. 다시 돌아가 볼까? 고민되는 마음에 걸음을 멈춰 세웠다. 머리로는 안 된다고 하면서도 눈은 휴대폰을 보고 있었다.

더는 기다리지 못하고 다시 그녀 집으로 돌아가려는 찰나, '띵동!' 하고 문자가 왔다. 감사하다고, 편히 주무시라는 정중하면서도 간단한 내용이었다. 문자를 받고 안심은 됐지만 왠지 서운한 기분이 들었다. 서운함, 서운함이라. 왜일까?

나는 그 기분을 몇 번이고 곱씹으며 발걸음을 옮겼다.

제2화

옛 기억

아침 햇살에 눈을 뜨니 아주 작은 틈 사이로 들어온 빛이 환하게 방안을 비추고 있었다. 이렇게 몸이 가뿐하게 느껴지는 건 살면서 처음이었다. 알람 소리 없이 이른 시간에 일어나는 것도 정말 오랜만이다.

나는 일어나자마자 휴대폰을 확인했다. 오전 5시 52분이었다. 혹시나 했지만 역시…… 도착해 있는 문자는 아무것도 없었다. 소담 씨에게 먼저 문자를 보내려다, 너무 이른 시간인 것 같아 휴대폰을 내려놓았다. 참 새롭고 낯선 하루다. 이런 날은 거의 없었기에, 뭘 해야 할지 몰라 그냥 뜬 눈으로 누워 있었다.

아침이나 제대로 차려 먹을까? 그러기엔 너무 귀찮았다. 일찍 일어난 김에 공부나 할까? 잠시 생각해 봤지만 그것도 귀찮아 그냥 멀뚱멀뚱 눈만 껌벅였다.

어제 그녀는 어떻게 그리도 담담하게 자기 이야기를 할 수 있었을까? 너무 아픈 상처가 분명한데 마치 남의 일처럼 이야기하는 모습에 조금 놀라기도 했다. 어쩌면 그래서 나도 덤덤하게 들을 수 있었는지 모른다.

그녀의 안타까운 상황과 아린 마음이 고스란히 전해져 가슴이 따갑게 느껴졌다. 모든 것을 혼자 감당해야 했던 삶의 중압감이 얼마나 컸을까? 아무리 애를 써도 나아지지 않는 상황이 얼마나 화나고 힘들었을까?

그런 소담 씨에 비하면 나는 공부도 가족도 너무 좋은 환경에서 자라고 있었다. 군대 갔을 때도, 막 제대하고 난 뒤에도 부모님에게 효도하겠다고 맹세했었는데……. 어느새 그 마음은 사라진 지 오래였고, 여전히 철없는 모습만 보여드리고 있는 내가 부끄럽고 한심했다.

군대……. 아! 군에 있을 때……. 왜 이제야 그 일이 생각나는 걸까? 그럼 그때도 내가 잘못 본 게 아니었던 걸까?

❖

나는 수원 공군 비행장 헌병 대대 3소대에서 복무를 했다. 그날은 이형진 이병과 함께 야간 근무를 한 뒤, 경비 초소에서 교대 후 부대로 복귀를 하던 중이었다.

공군 비행장 외곽에 있는 초소는 초소 간의 거리가 꽤 됐다. 특히 야간에는 매우 어두워 시야가 거의 확보되지 않을 정도였다. 차량으로 초소 근처까지 이동하긴 하지만 마지막엔 초소까지 걸어서 올라가야 했기에, 신병 때는 야간 초소 경비를 설 때마다 어둠에 대한 두려움을 떨칠 수가 없었다. 상병이 되어서야 어느 정도 그 어둠에 익숙해질 수 있었지만, 어디선가 낯선 소리가 들리거나 움직임이 보일 때마다 가슴이 철렁거리기는 마찬가지였다. 대신 부사수와 함께 있을 때에는 두려운 감정을 농담으로 넘기곤 했다.

그날도 아주 소름 끼치는 날로 기억한다.

초소에서 다음 조와 교대한 후 차량이 대기하는 곳으로 내려갈 때였다. 잠깐이었지만, 평소엔 들리지 않던 소리와 함께 이상한 움직임이 눈에 들어왔다. 너무 놀란 나머지 빠르게 걷던 걸음을 멈추고, 이형진 이병의 팔을 붙잡았다. 이 이병도 갑작스러운 내 행동에 놀라 걸음을 멈추며 물었다.

"남 상병님, 왜 그러십니까?"

"잠깐만. 조용히 해 봐."

"예? 무슨 일이십니까?"

"아니, 뭔가 움직이는 것 같아서 말이야."

"어디 말씀입니까?"

"저기⋯⋯."

이 이병은 내가 가리키는 곳을 둘러보며 말했다.

"남 상병님, 교대 차량 기다립니다. 그냥 빨리 가시지 말입니다."

"무슨 소리 안 들려?"

"무슨 소리 말씀이십니까?"

"잠깐만 여기 그대로 있어."

"남 상병님, 어디 가십니까!"

나는 이 이병을 그 자리에 두고, 열 걸음 정도를 걸어 풀숲 안으로 들어갔다. 분명 언덕 위에 뭔가가 있는 듯했지만, 짙은 어둠에 덮여 잘 보이지 않았다. 그때 바람이 불면서 다시 흔들거리는 형체가 보였다. 그리고 서서히 초점이 맞춰지며 좀 더 또렷한 모습이 눈에 들어왔다. 그 순간, 나는 뒤로 벌러덩 넘어지며 비명을 지르고 말았다. 짧은 비명에 놀란 이 이병이 다급하게 달려와 주위를 살폈다.

"남 상병님! 괜찮으십니까? 뭐가 있는 겁니까? 누구냐? 멈춰! 율곡! 율곡!"

"……."

"남 상병님! 뭘 보신 겁니까? 아무것도 없지 말입니다."

"이 이병, 저기, 저…… 저기 안 보여? 흔들거리는 거 말이야!"

"저기? 어디 말씀이십니까?"

"저저…… 저기 위 말이야! 사람이 매달려……."

"사, 사람 말씀이십니까?"

나무를 자세히 살펴보던 이 이병은 이내 긴장이 풀린 목소리로 말했다.

"남 상병님! 장난치지 마시지 말입니다. 아휴, 그냥 나뭇가지가 흔들리는 거 아닙니까? 너무하십니다. 얼마나 놀랐는지 모릅니다."

"어? 아니……. 저기……."

"이제 빨리 교대 차량으로 가시지 말입니다. 시간이 지체돼서 괜히 오해할지도 모릅니다."

"아니, 저게 안 보여?"

"아유, 남 상병님! 그만 좀 하시고 빨리 가시지 말입니다."

이 이병은 인상을 찌푸리며 내 팔을 잡아 일으켰다. 그리고 팔짱을 낀 채로 날 거의 끌고 가다시피 하며 앞서 걸어갔다. 교대 시간이 지체되면 무슨 문제가 있는 것으로 오해를 살 수 있기에, 나는 어쩔 수 없이 이 이병을 따라 빠른 걸음을 옮겨야 했다.

분명 사람의 형체처럼 보였다. 하지만 이 이병이 가까이 가서 살펴본 뒤 나뭇가지라고 하니 그렇다고 믿을 수밖에 없었다. 솔직히 겁이 나기도 했다. 그래서 그냥 잘못 본 것이라고 맘편히 생각해 버렸다.

교대 차량에 올라탄 이 이병은, 내가 자신을 놀리려 했다고 다른 선임들에게 푸념을 쏟아 냈다. 덕분에 그 일은 내가 이 이병을 겁주기 위해 장난을 친 것으로 마무리되었다.

그리고 그날 일이 잊혀 갈 때쯤, 강 중사가 담배를 피우며 김 하사와 나누는 수상한 대화를 우연히 듣게 되었다. 하지만 그 당시에도 아무 일 아니라는 생각에 가볍게 흘려들었다.

"강 중사님, 그게 정말 사실입니까?"

"몰라! 물어보지 마."

"아이, 강 중사님. 저도 들은 소리가 있어서 그렇습니다."

"김 하사! 말조심해. 어디서 그런 소리 했다가 큰일 난다. 너 아끼는 마음에 하는 말이야. 알아서 잘 행동해."

"넵! 감사합니다."

"지금 내부에서 조용히 해결하려고 하는 중이니까 어디 가서 자꾸 물어보지 말고. 지금 헌병 대대 발칵 뒤집혔다. 그 정도만 알고 있어. 괜히 쓸데없이 여기저기 들쑤시지 말란 말이야. 알았어?"

"아, 네! 알겠습니다. 근데 타살입니까?"

"어허, 이 사람. 쓸데없는 소리 하지 말라고 방금 얘기했는데도. 더는 궁금해하지 마. 어서 가서 점호 준비나 해!"

"네, 가 보겠습니다. 필승!"

그들의 대화를 우연히 들었을 당시에는 '무슨 일이 생겼나.' 하고 잠깐 생각했지만, 다른 일에 신경 쓰다 보니 기억에 깊게 남진 않았었다. 지금 와서 생각해 보면 그때 내가 본 것도 시체 환영일 수 있었다는 건데…….

드, 드르륵. 드, 드르륵. 드르륵.

"아! 깜짝이야."

알람 소리였다. 군 시절에 있었던 일을 생각하다 보니 시간이 훌쩍 지나 버렸다. 이젠 정신 차려야 할 시간이다. 생각하는 것만으로도 무서웠는지 땀이 많이 흘러 온몸이 끈적한 기분이었다. 공동 샤워실에서 씻고 돌아오니 어디선가 맛있는 냄새가 방안을 타고 들어왔다. 꼬르륵하는 배의 신호를 들으며 편의점으로 가 지난번 봐 두었던 도시락을 샀다. 전자레인지에 데워 올라오니, 냄새만으로도 입안에 군침이 가득 고였다. 얼른 오리고기 한 점을 집어 먹고 맛을 음미하다 보니, 문득 소담 씨 생각이 났다. '소담 씨는 아침 식사를 챙겨 먹었을까? 혹시 힘들어하고 있지는 않을까?' 하는 걱정이 들었다.

그녀에게 전화해 볼까 싶었지만, 아침 일찍 전화하는 건 예의가 아닌 듯해 휴대폰만 만지작거렸다. 우선 먹던 밥이나 빨리 먹자 싶어 젓가락으로 오리고기를 집었다가 다시 내려놓았다. 아, 아무래도 신경이 쓰인다. 밥이 넘어가지 않았다. 시간이 무슨 상관이야. 그냥 전화해 보자.

휴대폰에서 그녀의 전화번호를 찾아 통화 버튼을 눌렀다. 잠깐의 신호음 뒤로 그녀의 목소리가 들렸다.

"여보세요."

"아, 네. 안녕하세요."

"……."

"어, 잘 잤어요?"

"……네."

"저기…… 아침은 먹었어요?"

"……아니, 아직."

"아, 그렇구나……."

이야기가 끊겨 중간중간 어색한 침묵이 흘렀다.

"음……. 오늘 학원 오세요?"

"……아니요. 오늘은 수업이 없어서."

"아, 그래요. 저도 없는데……."

"……."

"그럼 점심 같이 먹을래요?"

"네? 점심……."

"아, 좀 그런가요?"

"아니요 그게 아니라…… 제가 알바를 해서 점심은 따로 챙겨 먹을 시간이……."

"아……. 혹시 저녁은 괜찮으세요?"

"죄송해요. 저녁도 늦게 끝나서……. 그런데 무슨 일로 그러세요?"

그녀의 물음에 잠시 말문이 막혔다. 무슨 일이 있는 건 아닌데. 뭐라고 말을 해야 하지.

"그게……. 갚을 돈 대신 식사로 대신하면 어떨까 해서요."

"저 괜찮은데……. 정말이에요."

"제가 마음이 편치 않아서 그래요. 다음에라도 괜찮은 날 있으세요?"

"음, 그럼 오늘 밤에…… 술이나 사 주세요."

나는 입을 벌린 채 잠시 얼빠진 사람처럼 있다가 한 박자 늦게 대답했다.

"네? 네네. 그래요. 어디서 볼까요?"

"제가 문자 보내드릴게요."

"아! 네, 알겠습니다. 그럼 밤에 뵐게요."

와우……. 밥도 겨우 꺼낸 말인데 술을 마시자고 한다. 혹시 소담 씨가 나를……. 하하하. 김칫국 먼저 마시지 말자. 사실 오늘은 수업이 꽉 차 있었다. 하지만 그녀를 만나고 싶은 마음에 수업이 없다고 거짓말까지 했다.

여자에게 적극적으로 구애해 본 적이 언제였더라. 기억이 가물가물할 정도인 내가 대체 왜 그랬을까? 그녀를 좋아하는 건가? 그건 아니겠지. 그냥 걱정돼서 신경이 쓰이는 거겠지.

사실, 술을 사 달라는 그녀의 말에 함박웃음을 짓고 있다는 걸 깨달았을 때부터 나는 이미 알고 있었는지도 모르겠다. 통화하는 내내 모처럼 심장이 쫄깃쫄깃했다.

수업 시간이 어쩌면 이렇게도 더디게 흘러가는지, 아직 점심 시간도 지나지 않았다. 수업에 집중하려 노력해 봤지만 강사의 목소리가 하나도 들리지 않았다. 소담 씨는 문자를 주기로 해 놓고 아직 감감무소식이다. 다시 전화해 봐야 하나 싶다가도 재촉하는 건 아닌 것 같아 기다리고 있지만, 마음과 달리 자꾸만 휴대폰에 손이 간다. 이러니 강의가 귀에 들어올 리 없지.

온갖 생각들에 빠져 있을 때 '드르륵 드르륵' 휴대폰 진동이 울렸다. 바로 휴대폰을 들어 확인했지만 소담 씨의 문자가 아니었다. 낯선 번호로 온 문자엔, 동작 경찰서의 김범진 형사라는 짤막한 소개와 함께 시간 될 때 전화 달라는 내용이 담겨 있었다. 무슨 일로 경찰이 나를 찾는 거지? 죄도 짓지 않았는데 가슴이 철렁 내려앉는 기분이다. 김범진 형사……? 처음 듣는 이름인데.

오전 수업이 모두 끝나고 점심을 먹기 위해 학원 밖으로 나왔다. 컵밥으로 해결하려 노점상을 찾았지만 점심시간이라 벌써 줄이 길게 서 있었다. 나는 줄 맨 끝에 서서 기다리는 동안 김범진 형사에게 전화를 걸었다.

"네, 동작 경찰서 강력 1팀 김범진 형사입니다."

강력팀 형사라는 소리에 쉽게 입이 떨어지지 않았다.

"말씀하세요."

"아……. 네, 남시보라고 합니다. 문자 주셔서……."

"아하, 남시보 씨? 아이고, 감사합니다. 다른 게 아니고 남시보 씨가 저번에 시체를 봤다고 신고했었잖아요? 한 일주일 전인가?"

"시체요? 아, 푸른 셔츠에…… 남자 말씀이세요?"

"어어! 맞아요. 그거 때문에 잠시 경찰서에 와 주셨으면 하는데……."

"지금요?"

"아니, 뭐……. 지금도 좋고."

내가 올해 경찰서에 액운이 꼈나.

"아……. 전화로 말씀드리면 안 될까요? 제가 오늘 수업도 있고 약속도 있어서요."

"그래요? 그때 본 걸 좀 자세히 듣고 싶은데."

"근데 그때 제가 본 거라면…… 혹시 사정을 다 알고 계시는 건가요?"

"아, 알아요. 민 팀장님께 들었어요. 민 팀장님도 관련이 있어서 시보 씨가 좀 도움을 줬으면 하는데……. 부탁해요."

"네? 민 팀장님도 연관이 있다니 그게 무슨 말씀이세요?"

"그건 만나서 얘기하죠. 오늘 힘들면 내일이라도 좋아요. 내일 오전 8시까지 서로 와 주세요."

"8시요?"

"그렇게 알고 기다리겠습니다. 강력 1팀 찾아오면 됩니다. 아셨죠?"

"아……. 네, 알겠습니다."

순간 짜증이 났다. 왜 마음대로 나를 오라 가라 하는 거지? 그날 내가 본 건 이미 다 설명했고 설명할 땐 믿어 주지도 않았으면서. 그리고 민우직 팀장이 연관되었다는 건 또 뭐지? 어째서 이 경위 일이 아니라 푸른 셔츠 남자 일로 날 찾는 걸까?

잠시 생각하는 동안 기다리던 컵밥이 나왔다. 한적한 강의실로 올라가 밥을 먹으면서도 머릿속은 오만 가지 생각으로 뒤죽박죽 뒤엉켜, 컵 바닥이 보일 때까지 밥알이 입으로 들어가는지 코로 들어가는지도 알 수가 없었다. 마지막 남은 밥풀을 긁어 입에 넣으려 할 때 휴대폰 진동이 울렸다.

이번엔 그녀였다. '강소담'이라는 이름을 보자마자 확인 버튼을 눌러 내용을 확인했다. 오늘 밤 10시에 '퍼 주는 펍(Pub)'에서 만나자는 문자였다. 다른 내용 없이 딱 그 말만 있었다. 기다린 사람 생각해서 앞에 뭐 미안하다든지, 깜박해서 늦었다든지 그런 말 좀 쓰면 손가락이 아픈가? 딱 본론만 적혀 있는 문자가 괜히 서운하게 느껴졌다. 역시 김칫국이었나?

길고 길었던 수업 시간이 드디어 끝이 났다. 더운 날씨 탓에 땀을 많이 흘려, 씻고 옷도 갈아입을 겸 고시원으로 향했다. '퍼 주는 펍'까지는 20분 거리였지만, 조급한 마음에 서둘러 외출 채비를 하고 일찍 고시원을 나섰다.

덕분에 10시까지는 아직 여유가 있어 가까운 인형 뽑기 가게로 향했다. 소담 씨에게 인형을 선물하면 좋아할지 모른다는 자기 합리화로 순식간에 만 원을 날렸다. 다행히 작은 펭귄 인형 하나를 뽑았다. 내가 인형 하나에 이렇게 기뻐할 줄이야.

'퍼 주는 펍'은 지하에 있었다. 지하 계단으로 내려가 가게 문을 열자 시끄러운 노랫소리가 밀려 나왔다. 여러 테이블이 있었지만 사람은 그렇게 많지 않았다. 10분 전이라 그런지 소담 씨는 아직 오지 않은 듯했다. 빈자리에 앉아 메뉴판을 보고 있자 종업원이 다가왔다.

"오셨어요?"

"네, 여기……."

"잘 찾아오셨네요?"

"어! 소담 씨?"

"놀라셨어요? 여기서 파트타임으로 일하고 있거든요."

"아, 그래서 여기서 만나……."

"잠시만요."

소담 씨는 손님이 부르는 소리에 다른 테이블로 뛰어갔다. 여기서 일을 하는 거였구나. 그것도 모르고 혼자 쓸데없는 상상을 했나 싶어 피식 웃음이 터져 나왔다.

주문을 해야 하나 말아야 하나 고민하고 있을 때 그녀가 다시 내 자리로 왔다. 그러고는 조금 있으면 일이 끝난다는 말과 함께 들고 있던 치킨과 소시지 모둠 안주를 테이블에 내려놓았다. 시키지 않았다고 말했지만, 듣지 못했는지 또 급히 자리를 떴다. 교대 시간이 가까워져서 그런지 정신이 없어 보였다.

그러다 잠시 나와 눈이 마주쳤는데, 그녀는 살짝 눈웃음을 지으며 테이블에 있는 안주를 가리켰다. 하지만 나는 소담 씨의 눈웃음에 푹 빠져 손동작을 제대로 이해하지 못했다. 그저 그녀를 바라보며 바보 같이 웃고 있기만 했다.

그녀는 옆에 있던 동료 직원에게 뭐라고 말을 하더니, 나에게 빠른 걸음으로 다가왔다.

"시보 씨, 술이 없어서 그래요?"

"아, 아니요. 소담 씨, 일 끝나면 같이 마셔요. 아, 그리고 이 안주는 제가 시킨 게 아닌데 놓고 가셨어요."

"크크, 시보 씨 드시라고 놓고 간 거예요. 제가 계산할 테니 걱정 마시고요."

"아니, 제가 사드려야 하는데……."

"일단 먼저 드시고 계세요. 금방 교대하고 옷 갈아입고 올게요."

"아, 네. 천천히 다녀오세요."

소담 씨는 살짝 웃어 보이며 다시 계산대로 갔다. 그녀의 웃는 얼굴을 오늘만 벌써 두 번이나 봤다. 어제와 같은 슬프고 우울한 표정이 아닌 예쁘게 웃음꽃이 핀 얼굴도 가지고 있구나. 새삼 색다른 여자란 생각이 들었다. 슬픈 얼굴에는 무언가에 집중한 듯 성숙하고 지적인 모습이 묻어 있다면, 미소 짓는 얼굴에는 순박하면서도 청순한 모습이 잔뜩 묻어 있었다.

나 정말 이 여자에게 홀딱 빠져 버린 걸까. 갑자기 심장이 두근두근 뛰기 시작한다. 사랑이 이런 건가? 지금까지 아무렇지도 않았는데 그녀의 웃는 얼굴을 보니 기다렸다는 듯 심장이 요동쳤다. 오랜만에 내 심장이 누군가를 향해 반응하고 있다.

내가 처음 느꼈던 두근거림이 언제였더라. 아마도 풋풋한 고등학생 때였던 것 같다.

고등학교 2학년 때 수원으로 이사하게 되면서 남녀 공학으로 전학을 가게 되었다. 중학교 3년, 고등학교 1년 동안 남자들하고만 학교생활을 하다가, 처음으로 여학생과 함께 학교에 다니게 된 것이다. 처음엔 그 사실이 너무 생소했다. 같은 반에 여학생이 있어 좋다기보다는 괜히 어색하고 부끄럽게 느껴졌다.

나는 원래 성격이 소심한 편이었는데, 동성끼리 있을 땐 대범한 장난을 치며 일부러 더 강한 척을 하기도 했다. 하지만 전학을 와서는 친한 친구도 없고, 그 와중에 여학생과 함께 생활을 하게 되면서 점점 예민해져 갔다. 결국 소심함은 극에 달했고, 누구에게도 먼저 다가가지 못하게 되었다.

그러던 어느 날 한 여학생이 눈에 들어왔다. 키는 조금 작았지만 아담한 키처럼 얼굴도 작고 귀여웠다. 그 아이는 항상 웃는 얼굴로 나에게 먼저 인사해 줬다. 반에서 유일하게 밝게 웃으며 먼저 인사해 주는 아이였다. 나는 그 아이 앞에만 서면 부끄러워서 고개를 들지 못했고, 항상 땅을 보며 들릴 듯 말 듯한 작은 목소리로 인사를 건넸다. 괜히 얼굴이 붉어지고 가슴이 두근거렸다. 그 아이가 좋았지만, 마음과 달리 얼굴도 한 번 제대로 보지 못했다.

그러다 그 일이 벌어졌다.

나는 종종 혼자 딴생각에 빠져 늦게까지 교실에 남아 있고는 했다. 그날도 하교 시간이 지나 아이들이 모두 나가고, 교실에는 나 혼자만 남아 있었다. 혼자 남았다는 사실을 뒤늦게 깨닫고 급히 자리에서 일어날 때쯤, 처음 보는 얼굴의 남학생 세 명이 교실로 들어왔다. 우리 학년이 아닌 것 같아 명찰을 자세히 살펴보니 3학년 형들이었다. 조금 놀라기는 했지만, 무슨 일로 들어왔는지는 딱히 궁금하지 않았다. 그냥 볼일이 있어 들어왔겠거니 생각하며 깍듯이 인사하고 뒷문으로 나가려던 그때, 거친 목소리가 들려왔다.

"야! 네가 시보냐?"

"네? 네, 제가 남시본데요."

"잠깐 이리 와 봐."

"저요? 무슨 일로……."

"잔말 말고 오라면 와, 이 새끼야!"

나는 무슨 영문인지도 모른 채, 겁에 질려 무거운 발걸음으로 선배들 앞에 섰다.

"야! 너 서울에서 왔다며? 서울 뭐! 강남에서 왔냐?"

"아……. 아니요. 왕십리에서 왔어요. 무슨 일로 그러세요?"

"왕십리면 강북이지?"

"네, 맞아…… 억!"

이렇다 할 기색도 없이 갑자기 주먹이 날아와 내 배를 가격했다.

"이 자식이! 야! 강남에서 온 것도 아닌 주제에 어디서 잘난 체야!"

"으윽……. 아으, 그게 무슨 말……."

팍!

"아윽! 으윽……."

배를 맞아 허리를 굽히고 있을 때 내 머리를 누군가 손바닥으로 내리쳤다.

"무슨 말? 야, 처신 똑바로 하고 다녀. 알았어?"

"남시보, 너 한국희 알지?"

"한국희요? 그게 누구……."

퍽!

"아악! 으으……."

누군가의 무릎이 내 배를 또 가격했다.

"더 터져 봐야 정신 차리나. 하아, 한국희를 몰라? 이 새끼 더 맛을 봐야……."

"조용히 해. 남시보. 한국희 말이야, 한국희. 여기서 모른 척 하면 그냥 넘어갈 줄 아냐? 웃기는 놈이네. 뭐 이런 놈을…… 야, 됐다. 별거 아니네. 서울 촌놈 주제에. 앞으로 조심해라. 한 번만 더 우리 국희한테 찝쩍대기만 해, 알았어? 다음엔 진짜 그 냥 안 둔다. 야! 가자."

"야아, 저거 완전 꼴통이네. 뭐 이런 새끼를 그년은……."

"야, 년? 말조심해라."

"아, 미안. 미안해. 아이, 저 새끼 때문에."

"그만하고 가자!"

그 형들은 교실을 떠나면서도 나에게 욕을 계속해서 쏟아 냈다. 한심한 놈으로 매도하고 낄낄대며 웃었다. 복도에 울려 퍼지는 웃음소리에 나도 모르게 울컥 눈물이 났다. 한국희? 내가 대체 언제 그 애한테 찝쩍댔다는 말인가. 내가 뭘 잘못해서 저 자식들에게 맞은 거지? 억울한 마음에 나는 자리에 주저앉은 채 한참 동안 눈물을 삼켰다.

한국희. 처음 이름을 들었을 때는 누구인지 바로 떠오르지 않았다. 그런데 국희는 바로 그 아이였다. 나를 볼 때마다 밝게 웃으며 인사해 주었던 그 아이. 그런데 왜? 왜 내가 그 아이에게 찝쩍댔다고 생각하는 걸까?

화장실에서 찬물로 세수를 했다. 거울에 비친 내 몰골은 말이 아니었다. 눈물범벅인 얼굴이 처참하게 느껴졌다. 물로 한참을 씻어 냈는데도 충혈된 눈만큼이나 벌겋게 부어올라 있는 얼굴을 보니 더욱 화가 났다.

왜 맞아야 했는지보다 더 참을 수 없었던 것은, 맞고도 가만히 있었던 바보같은 내 모습이었다. 한 놈이라도 잡고 같이 때렸어야 했는데……. 하지만 나는 겁에 질린 채로 온몸이 굳어, 그냥 때리는 대로 맞고 있기만 했다. 모멸감에 울분을 참을 수가 없었다.

진정되지 않은 상태로 학교를 터벅터벅 걸어 나갔다. 한국희에게 가서 따져야 할지, 아니면 그냥 무시하고 넘어가야 할지 고민이 됐다. 확실한 것은, 다시는 그냥 맞고만 있지는 않겠다는 다짐이었다.

다음 날, 평상시와 같이 버스를 타고 학교로 향했다. 정류장 두 곳을 남겨 두고 버스가 신호를 기다리고 있을 때였다. 교차로 횡단보도 앞에 차량 한 대가 비스듬히 서 있었는데, 조수석 부분이 움푹 들어갈 정도로 심하게 파손되어 있었다. 사고가 난 것처럼 보였다.

그런데 사고가 난 차 주위로 사람들이 아무렇지 않게 횡단보도를 오갔다. 분명 횡단보도 바로 앞에서 차가 크게 파손되어 있었고, 그 안엔 아직 빠져나오지 못한 사람도 있어 보였다. 그런데 사람들은 아무도 구조 현장을 들여다보지 않았고, 심지어 경찰에 신고하려 휴대폰을 꺼내 드는 사람도 전혀 보이지 않았다. 빨리 경찰에 신고하기 위해 어른들에게 부탁하려 했지만, 버스 안의 승객들 역시 전혀 보이지 않는 것처럼 행동하고 있었다.

"아저씨!"

"어? 왜 학생?"

"저기 사고가 났는데 경찰에 신고해야 하지 않을까요?"

"사고? 어디? 어디 사고가 났어?"

"네? 저기요. 저기 차 사고가……."

"어디 사고가 났다는 거야?"

나에게 되묻는 기사 아저씨가 당혹스러웠지만, 손가락으로 횡단보도를 가리키며 다시 한번 말했다.

"저기요."

"학생! 꿈꿨어? 싱겁기는. 요즘 많이 힘든가 봐? 허허허."

"꿈이요? 아니요, 저기에……."

그때 신호등이 파란 불로 바뀌어 버스가 출발했고, 얼마 안 가 학교 앞 정류장에 도착했다. 기사 아저씨는 버스에서 내리는 나를 보며 무어라 혼자 말을 했다. 잘 듣지는 못했지만 대충 '요즘 학생들이 공부하느라 힘든가 보네.' 하는 내용이었다. 나는 사고 현장이 계속 눈에 밟혔지만, 누군가 경찰에 신고했을 것이라 생각하고 머릿속에서 지워 버렸다.

버스에서 내려 교문을 향해 걸어가는데 그 앞으로 차 한 대가 멈춰 섰다. 차에서 내린 여학생은 운전석의 누군가에게 손을 흔들고는, 가벼워 보이는 발걸음으로 교문을 들어섰다. 한국희였다. 국희를 본 순간 다리가 풀리고 어지러움이 밀려왔다. 어제 일이 떠올라 다시금 울분이 치민 탓이라고 생각했다.

국희가 타고 온 차가 내 옆을 지나쳐갔다. 어딘가 낯이 익다는 생각이 들었지만 이내 시선을 돌려 그 아이의 뒷모습을 노려보았다. 그러다 문득 나도 모르게 주위를 살피며, 일부러 먼 길을 돌아 교실로 들어갔다.

평소보다 힘들게 교실에 들어와 자리에 앉았을 때, 국희가 뒤돌아보며 반갑게 인사했다. 하지만 나는 머리를 숙인 채 책을 꺼내는 척 가방을 뒤졌다. 이쯤이면 국희가 앞으로 시선을 돌렸겠지 생각하고 고개를 들었다. 하지만, 국희는 여전히 날 보고 있었다. 나와 눈이 마주치자 방긋 웃으며, 다시 '안녕'하고 인사를 건넸다.

"나한테 인사하지 마."

"뭐? 남시보, 왜 그래?"

"그게…… 앞으로 나한테 인사하지 말아 줘. 그리고……."

"……그리고 뭐?"

"아니야."

"흥! 별꼴이야."

국희는 화가 잔뜩 나 씩씩거리며 앞으로 고개를 돌렸다.

사실 선배들과 있었던 일을 설명하고 무슨 일인지를 물어보려 했지만 막상 국희를 보니…… 아니, 학교에 있을 그 선배들이 생각나 겁이 났다. 그렇게 단호히 말하려던 건 아니었지만 차라리 잘된 일이라 생각했다.

그날 이후로 국희는 더 이상 나에게 인사하지 않았고, 우연히 마주쳐도 고개를 돌리며 나를 무시했다.

어느덧 새로운 달이 시작되었다. 당번이라 학교에 일찍 도착해 교실 정돈을 끝낸 뒤, 대걸레로 교실 앞 복도를 닦고 있으니 아이들이 하나둘 등교하기 시작했다. 청소를 마무리하고 자리에 앉았을 땐 조회 시간이 다 되어 가고 있었다. 그런데 웬일인지 국희의 자리가 비어 있었다.

'지각 한 번 한 적 없었던 아이인데, 설마 결석인가?'

조회 시간이 되었는데 담임 선생님도 나타나지 않았다. 무슨 일이 있는지 확인하기 위해 반장이 교무실로 향했다.

아이들은 선생님과 반장이 없는 틈을 타 야단법석 떠들기 시작했다. 신나게 떠들고 있을 때 반장이 침통한 표정으로 교실 문을 열고 들어왔다. 금방이라도 울음이 터질 것 같은 표정이었다. 교탁 앞에 선 반장은 목이 멘 목소리로 조회는 없다는 말만 하고 자리로 돌아갔다. 그러고는 책상에 얼굴을 묻은 채 미세하게 어깨를 들썩였다. 영문을 모르는 우리들은 잠시 조용했다가, 아무 일도 없었다는 듯 또 신나게 떠들어 댔다.

수업 종이 울리고 1교시 국어 선생님이 들어왔다. 아이들은 선생님이 들어와 교탁에 설 때까지도 떠들었지만, 선생님이 고개를 들어 눈물을 훔치는 모습을 보고 일제히 조용해졌다. 국어 선생님 얼굴에서도 반장과 같은 침울함이 느껴졌다. 선생님이 왜 우는지 알 수 없어 멀뚱멀뚱 쳐다만 보다, 다시 반장을 바라보았다. 반장 역시 어깨를 들썩이며 울고 있었다. 선생님은 손수건을 꺼내 잠시 눈물을 닦은 다음 숨을 깊게 들이쉬었다.

"학생 여러분, 잠시 집중해 주세요. 오늘 담임 선생님은 학교에 안 나오셨어요. 오늘은 제가 일일 담임 선생님을 맡게 됐어요……. 반장은 들어 알고 있을 테고, 여러분…….”

“선생님, 울지 마세요. 무슨 일 있으세요?”

“네에, 선생님 울지 마세요.”

울지 말라는 아이들의 말에 선생님은 감정이 북받치는 듯 인상을 찌푸렸다.

“여러분, 오늘…… 국희 양이…… 한국희 양이 아버님과 함께…… 하늘나라로 떠났어요.”

“네?”

“선생님! 농담이시죠?”

반 아이들은 믿을 수 없다는 표정으로 잠시 선생님을 쳐다보았다. 그러다 한 여자아이가 울기 시작하자, 교실 곳곳에서 울음소리가 들려왔다.

“등굣길에 교통사고를 당해 병원으로 옮겨졌지만 그만…….”

“말도 안 돼요, 선생님! 말도…….”

선생님은 차마 말을 잇지 못한 채 눈물을 보였고, 그 모습에 반 친구들도 모두 울음이 터지고 말았다. 나 또한 주르륵 눈물이 흘러내렸다. 믿기지 않는 것도 있었지만, 내 행동이 너무 후회되고 미안해서 맘 편히 소리 내어 울 수가 없었다.

이틀 후, 장례 차량이 교내로 들어와 운동장을 한 바퀴 돌고, 잠시 멈췄다가 교문을 빠져나갔다. 나는 장례식에도 가지 못했다. 장례식에 가는 게 맞는 건지, 가야 한다면 어떻게 해야 하는지 방법을 전혀 몰랐다.

나중에 듣기로는 담임 선생님이 반장을 통해 장례식장에 가고 싶은 아이들을 모아 같이 다녀왔다고 한다. 하지만 반장은 나에게 같이 갈 것인지 묻지 않았다. 반장은 국희에게 무례하게 굴었던 나를 많이 미워하고 있었고, 국희를 짝사랑하고 있었기 때문이다.

그리고 또 한참을 지나서야 알게 된 사실이지만, 국희가 날 많이 좋아했다고 한다. 처음엔 전학생이라 도와줘야겠다는 마음에서 반갑게 인사했는데, 볼수록 내 반응이 재미있고 귀여웠다나. 그런 나에게 관심을 가졌고, 그래서 매번 앞에 나타나 반갑게 인사를 해 준 것이었다. 먼저 말도 걸어 보려 했지만 워낙 부끄러움 많고 소극적인 나의 행동 때문에 제대로 말을 걸지 못했다고 한다. 국희는 나에 대한 마음을 친구에게 말했고, 그 친구는 3학년 선배의 여동생이었다고 한다. 이만하면 스토리가 그려지지 않나?

"남시보 씨!"

"아! 네?"

소담 씨는 내 앞에 앉아 나를 빤히 쳐다보고 있었다.

"무슨 생각을 그렇게 하세요? 제가 얼마나 불렀는지 모르죠?"

"아, 죄송해요. 일은 끝난 거예요?"

"네. 그런데 무슨 일 있으세요? 혹시⋯⋯ 우셨어요?"

"울어요? 아니요. 울기는요. 눈이 좀 아파서⋯⋯."

"좀 먹고 계시지. 아무것도 손을 안 대셨네요. 안주가 별론가요?"

소담 씨는 의아하다는 듯 나를 바라보며 물었다.

"아니에요. 소담 씨랑 같이 먹으려고⋯⋯."

"아아, 네. 그럼 맥주 마실래요?"

"네! 맥주 좋아요."

"여기! 오백 2잔 부탁해!"

첫사랑이었을까? 그 아이한테 내가? 아니, 나한테도? 그때 그 아이를 볼 때 느꼈던 두근거림과 지금 내 심장이 느끼는 두근거림은 같은 것일까? 지금 내 심장은 기분이 너무 좋다고 말하고 있었다. 소담 씨를 보니 나도 모르게 얼굴에 미소가 번졌다.

"시보 씨, 궁금한 게 있어요."

"뭐예요?"

"어제 잠이 들다 문득 생각났는데요. 왜 이게 이제야 생각나는지⋯⋯. 아하하."

어색한 웃음에 내가 가만히 바라보기만 하자, 잠시 망설이던 소담 씨가 조심스레 말문을 열었다.

"내가 옥상에 올라가서⋯⋯ 그런 선택을 할 거라는 걸 어떻게 알았을까 하는 생각이 들어서요."

"아, 그게⋯⋯."

"옥상에 올라갈 때 정신이 없긴 했지만 분명 아무도 없었거든요. 그땐 수업 시간이라…….”

“네, 그렇죠. 아마 소담 씨는 말해도 못 믿을 거예요.”

“왜 못 믿을 거라 미리 단정 지으세요. 말해 주기 싫으면 안 하셔도 돼요.”

“아이, 뭘 또 그렇게 삐지고 그래요?”

“제가 언제요?”

내가 장난치듯 짓궂게 말하자 소담 씨도 큭큭 하며 작게 웃음을 지었다.

“얘기해 줄 테니 듣고 웃지나 말아요.”

“아이참, 알았어요. 절대 안 웃을게요.”

나는 그녀에게 그날의 일들을 하나하나 얘기해 주었다. 그런데 예상과 달리 의외의 반응이 돌아왔다. 원래대로라면 믿지 못하거나 어이없다는 듯한 웃음을 보여야 하는데……. 소담 씨는 꽤 진지한 표정으로 이야기를 끝까지 들어 주었다.

모든 이야기가 끝난 후에도 소담 씨는 한참 동안 아무런 말도 하지 않았다. 그녀의 눈은 마치 이야기를 곰곰이 한 번 더 되새겨 보는듯 테이블에 고정되어 있었다.

“그렇군요. 근데 왜 이걸 못 믿죠? 세상엔 시보 씨가 겪었던 일보다 더 황당하고 믿지 못할 일들이 얼마나 많이 일어나는데요.”

“정말요? 와아, 제 말을 이렇게 바로 믿어 주다니. 처음이에요. 진짜.”

“우리 아빠에게 일어난 일도…… 아니, 아니에요.”

“아…….”

소담 씨는 잠시 입술을 꾹 깨물다, 이야기를 정리하듯 말을 덧붙였다.

"그러니까 시보 씨가 겪은 일들이 믿지 못할 일은 아니라는 거죠. 언제부터 그런 걸 보게 된 거예요?"

"언제부터인지는 모르겠어요. 아까 혼자 있을 때 생각해 봤는데, 보기 시작한 건 어릴 적부터였던 것 같아요. 근데 그 사실을 이제야 알게 된 거죠. 어렸을 때는 그게 뭔지도 모르고 그냥 지나쳤고요."

"참 신기한 능력을 가지셨네요. 정말 고마워요, 시보 씨. 그런 신기한 능력이 없었다면 제가 여기서 맥주를 마실 수 있었겠어요? 그 능력은 정말 대단한 거예요. 절대 나쁘게 생각하지 마세요. 아셨죠?"

"네. 고마워요, 소담 씨. 소담 씨는 이제 괜찮은 거예요? 아버님 일로 아직 힘들 것 같은데……"

"아직은 좀…… 힘들어요. 그래도 이겨 내려고요. 마음 단단히 먹었어요. 경찰 돼서 아빠 죽인 범인을 내 손으로 꼭 잡을 거예요. 이게 다 시보 씨 덕분이에요."

"힘내요. 저도 응원할게요."

"고마워요."

소담 씨는 처음 만났을 때와 다르게 밝은 면이 가득했다. 시간 가는 줄 모르게 이야기를 나누는 사이 점점 그녀에게 빠져드는 깊이도 더해 가고 있었다. 속마음을 드러내지 않으려 노력했지만, 완전 실패다.

그녀의 어떤 말에도 싱글벙글 웃고 있는 얼굴이 맞은편 유리를 통해 그대로 비쳤다. 이런 나를 그녀가 좋아해 줄까? 좋아해 줬으면 좋겠다.

"소담 씨, 늦었네요. 집까지 모셔다드릴게요."

"정말요? 밤마다 혼자 가는 길이 무서웠는데……. 고마워요."

"뭘요. 당연히 밤길에 혼자 보내면 안 되죠. 하하."

"아까부터 궁금했는데……. 시보 씨, 인형 좋아하세요?"

"인형이요?"

소담 씨는 고개를 끄덕이며 옆에 놓여 있던 인형을 가리켰다.

"아! 깜빡했네요. 선물이에요."

"저 주시는 거예요?"

"네, 소담 씨 드리려고 가져왔어요."

"정말요? 히히, 고마워요. 펭귄 좋아하거든요. 계속 눈이 갔는데……. 너무 귀엽지 않아요?"

"네, 그럼요. 귀엽죠. 하하."

인형보다는 소담 씨 얼굴에 눈이 더 가는 것을 참기 힘들었다.

"시보 씨는 별로 안 좋아하나 봐요?"

"네? 아니요. 아니에요. 아하하. 좋아해요."

어색한 나의 대답에 소담 씨는 "치." 하며 입술을 삐죽였다.

"아니, 정말 좋아하는데……."

"네에, 누가 뭐래요? 이렇게 하면 어때요?"

소담 씨는 가방 앞주머니에 인형을 달아 보여 주며 말했다.

"괜찮네요. 가방이랑 잘 어울려요."

"그쵸? 고마워요. 계산은 제가 할게요."

"어! 아니, 아니에요. 제가 계산할게요."

"제가 낼게요. 집까지 에스코트해 주시는 답례로……. 그리고 인형도요."

다음엔 꼭 내가 계산하겠다고 하자 소담 씨는 "다음이요?" 하며 짓궂게 말하고는 계산대로 향했다.

그녀가 동료들과 인사하는 사이 나는 먼저 밖으로 나왔다. 하늘엔 보름달이 되기 바로 직전의 약간 일그러진 달이 흐릿한 구름에 걸려 있었다. 그와 달리 유흥가는 색색의 네온사인들로 반짝이며 어두운 밤거리를 환히 밝히고 있었다. 자정이 넘은 시간에도 길가의 주점과 상가는 여전히 손님들을 맞이하고 있었고 거리에도 사람들로 북적거렸다.

소담 씨와 대화하며 걸어가는 이 길이 계속되길 바랐다. 누군가와 이렇게 즐겁고 편하게 이야기해 본 게 언제였는지 기억도 나지 않는다. 특히 여자와 단둘이 긴 대화를 해 본 적은 손에 꼽을 수 있을 만큼 몇 번 되지 않았다.

우리는 휘황찬란한 유흥가를 벗어나, 달빛이 선명해지는 어두운 골목길로 접어들었다. 주변이 점점 어두워질수록 그녀는 내 옆에 가까이 붙어 걸음을 옮겼다. 그녀의 흔들리는 팔이 살짝 살짝 내 손등에 와 닿는다. 그녀의 매끄러운 피부가 닿을 때마다 온몸에 삐쭉삐쭉 소름이 돋는 듯했다. 또다시 심장이 콩닥콩닥 뛰었다. 널뛰는 심장 소리가 그녀에게 들릴 것만 같았다.

나도 모르게 한 걸음 앞서 걸으며 그녀와 거리를 뒀다. 그러자 그녀는 빠른 걸음으로 내 걸음 속도에 맞추어 따라붙었다. 붙었다 떨어지기를 반복하던 그녀가 갑자기 자리에 멈춰 섰다.

"소담 씨, 왜요?"

"시보 씨, 급한 일 있으면 다시 돌아갈까요? 여긴 택시도 잘 안 오는데."

"네? 무슨……. 저 괜찮아요."

"근데 왜 그렇게 빨리 걸으세요? 혹시……."

"아……. 아니에요. 그런 거 정말 아니에요."

"뭐가요? 제가 뭘 물어볼 줄 알고?"

"그게 그러니까…… 좋아……."

"시보 씨도 어두운 곳이 무서운 거죠?"

"네?"

나는 순간 얼빠진 표정으로 소담 씨를 바라보았다.

"저도 무서워서 시보 씨 옆에 붙어 걷는데, 시보 씨는 자꾸 더 빨리 앞질러서 걸어가고……. 천천히 좀 가요."

"아, 그렇구나……. 제가 눈치가 없죠? 미안해요."

나는 꿀꺽 침을 삼켰다. 하마터면 좋아서 그런 게 아니라고 말할 뻔했다. 세상에, 그런 말을 할 바에야 앞뒤 맥락 없이 좋아한다고 고백하는 게 낫지.

"시보 씨도 무서우시면 우리 같이 팔짱 끼고 걸을까요?"

"팔짱…… 이요?"

"네, 이렇게."

감탄사가 나오다가 쏘옥 들어가 버렸다.

소담 씨가 팔짱을 끼자 다시 심장이 나대기 시작했다. 어찌해야 할지 몰라 숨이라도 힘주어 참아 보지만, 심장 소리는 작아지기는커녕 더 커지기만 할 뿐이었다. 행여나 그녀에게 들리기라도 할까 온 신경이 심장에 쏠렸다. 호흡 하나하나에 신경 쓰느라 정작 그녀와 팔짱을 끼고 있다는 사실은 잊은 지 오래였다. 심장이 왜 이렇게 날뛰고, 얼굴은 또 왜 불같이 타오르고 있는지……. 심장 소리에 정신이 팔려 그저 앞만 보고 걸었다.

"밤공기가 찬데 팔짱 끼니 따뜻하고 좋네요. 시보 씨, 시보 씨는 참 따뜻한 사람이에요."

"……."

"고마워요. 모처럼 많이 웃을 수 있어서 좋았어요. 덕분에 살아갈 용기도 생겼고요."

"……."

"시보 씨?"

"아, 네! 네? 네."

나는 고장 난 로봇처럼 삐거덕거리며 소담 씨를 바라보았다.

"아하하. 다 왔어요. 제가 한 말 못 들으셨죠?"

"네? 아……. 네, 미안해요."

소담 씨는 살짝 서운한 표정을 지어 보이며 말했다.

"이만 들어갈게요. 어서 가세요. 오늘 고마웠어요."

"저도 고마웠어요. 그럼 편히 주무세요."

건물 안으로 들어서던 소담 씨가 다시 뒤를 돌아보았다.

"아, 그러고 보니 나이가 어떻게 되는지도 못 물어봤네요."

"제 나이요? 스물일곱이에요. 하하. 좀 많죠? 하하."

"정말요? 젊어 보여서 저랑 동갑인 줄 알았어요. 저는 스물다섯이에요, 오빠."

"오…… 빠?"

"저보다 나이가 많으니 당연히 오빠죠!"

"하하. 네. 오빠. 그렇죠. 아하하."

"이제 말 편하게 하세요. 그럼 저 먼저 들어갈게요. 조심히 가세요, 오빠!"

"아……. 네." 하고 대답만 했을 뿐인데 어느새 고시원 앞에 도착해 있었다. 고시원까지 어떻게 왔는지 기억도 나지 않는다. 오는 내내 온통 그녀와 함께한 순간들만 생각났다. 그녀가 나에게 했던 말들을 한 마디 한 마디 소중하게 곱씹으며, 그냥 길을 따라 걸어왔던 것 같다.

제3화

살인범의 등장

나는 아침 일찍 경찰서로 향했다. 들어오기 전 미리 연락 달라던 김 형사의 말이 생각나 전화를 거니, 김 형사는 지금 바로 나오겠다며 정문 앞에서 기다리라고 했다. 그리고 잠시 후, 한 남자가 반갑게 손을 흔들며 나를 향해 걸어왔다.

"남시보 씨! 고마워요, 이렇게 와 줘서."

"네, 그런데 무슨 일로 그러세요? 민 팀장님하고는 이 사건이……."

"그건 차차 얘기하고 잠깐 나랑 어디 좀 같이 갑시다."

"네? 어디요?"

"에이, 겁먹지 말고. 요 근처니 멀지 않아요. 자, 타요."

"아……. 네."

남자는 나오자마자 자신의 차에 나를 태웠다. 아마 이 남자가 김 형사인 듯했다. 그는 차에 타서도 아무 말 없이 운전만 하다가, 경찰서를 빠져나오고 나서야 입을 열었다.

"시보 씨, 민 팀장님 잘 알아요?"

"잘 알다니요?"

"아니, 보자마자 민 팀장님 얘기를 꺼내길래."

"아……. 잘 아는 건 아닌데, 민 팀장님하고 관련이 있다고 하셔서 좀 궁금했어요. 도움받은 것도 있고 그래서……."

"그래요? 아, 맞다. 저번에 성추행……."

"아……. 네."

"그랬구나. 그때? 그래! 얼굴 보니 생각나네."

"근데 김 형사님이 맞으시죠? 지금 어디로 가는 건가요?"

"아, 이런. 미안해요. 통성명도 안 하고. 하하. 여기, 김범진 형사라고 해요."

김 형사는 경찰증을 내밀며 자신을 소개했다.

"이진성 씨 사건 현장에 가는 길이니 걱정 마요. 아, 푸른 셔츠 입었던 남자가 이진성 씨예요."

"거기는 왜……."

"시보 씨가 이진성 씨 시체를 보고 신고한 적 있었잖아요? 실제 사건이 일어나기 한참 전에요. 아, 이건 최 형사한테 들었어요. 이상한 소리 하는 놈…… 아니, 사람이 있다고. 시보 씨에 관해 얘기하는 걸 우연히 들었거든요."

이상한 소리 하는 놈? 내가 그렇게 통하고 있었군. 뭐, 틀린 말은 아니지. 충분히 그렇게 생각할 수 있지.

"이상한 소리 하는 놈 맞아요. 하하."

"미안해요, 시보 씨. 내가 한 말이 아니라……."

"아니에요. 괜찮아요. 처음도 아닌데요, 뭘. 그래서 그 말 하나 믿고 저를 찾으신 거예요?"

"뭐, 믿어 볼까 하고……. 지난번엔 자살하려는 여대생을 구했다면서요? 미리 알고."

"네, 그랬죠."

"우선 현장에 가면 그때 본 걸 다시 떠올려 봐요. 그걸 자세히 말해 주면 됩니다. 사실 그날 현장이 잘 보존되지 않았거든요. 혹시 빠뜨린 것이 있지 않을까 해서 부탁하는 거예요."

"도움이 될지 모르겠지만 믿어 주신다니 최선을 다해 볼게요."

"그럼 부탁해요. 고마워요."

막상 아무것도 생각나지 않거나 또 정신을 잃고 쓰러지면 어쩌지. 장소에 가까워질수록 온갖 걱정이 앞섰다. 그래도 나에게만 보이는 현상을 김 형사가 믿는다고 하니, 내가 할 수 있는 일에 한해서는 최대한 도와주고 싶었다.

얼마 지나지 않아 현장에 도착했다.

"여기네요. 여기가 이진성 씨가 쓰러져 있던 곳이에요."

"아, 네. 잠시만요."

"그래요. 천천히 생각해 봐요."

현장에 도착했지만 아무 것도 보이지 않았다. 과연 기억이 날까? 그날 봤던 시체를 떠올릴 수나 있을지 걱정이 됐다.

눈을 감고 그날 보았던 푸른 셔츠 입은 남자의 모습을 그려 보았다. 그리고 이내 그때의 장면에 서서히 윤곽이 잡히기 시작했다. 마치 눈앞에 시체가 놓여 있는 것처럼 느껴질 정도였다. 다행히 걱정했던 머리 통증은 느껴지지 않았다.

얼굴은 반대편을 향하고 있었고, 푸른 셔츠엔 붉은 피가 흥건하게 젖어 있었다. 바닥까지 흘러내려 넓게 퍼진 피 웅덩이에 미간이 절로 찌푸려졌다. 검은 정장 바지와 검은 구두. 딱히 특별한 것 없이 처음 봤던 그때와 별반 다르지 않은 모습이었다.

시선을 위로 올려보니, 주머니에 종이처럼 보이는 무언가가 반쯤 삐죽 튀어나와 있다. 그땐 보지 못했던 것 같아 좀 더 가까이 다가가 자세히 들여다봤다. 무슨 영수증 같은데……. 종이에도 피가 묻어 있어 확실친 않았다. 아니, 택배 전표인가? 조금 더, 조금만 더. 아윽! 머리가…….

"시보 씨! 괜찮아요? 힘들면 잠시 쉬어요."

갑자기 머리에 통증이 느껴져, 나도 모르게 눈을 떠 버렸다.

"아……. 네, 잠깐 쉬고 다시 생각해 볼게요. 그때처럼 머리가 좀 아프네요."

"뭐가 보이긴 해요?"

"종이가 있는데 그게 영수증인지, 택배 전표인지……."

"정말 그게 보여요? 영수증이에요, 택배 전표예요?"

"택배 전표 같은데……. 아! 편의점 택배 영수증 같아요."

"주머니 안에 있다고 했죠? 그러면 증거품에 있겠네요. 뭐 또 다른 건 없었어요?"

"네, 특별히……. 근데 그분이 칼에 찔려 죽은 게 맞나요?"

"그건 왜요? 뭐가 또 보였어요?"

"시체 뒤통수가 움푹 들어가 있는 듯 보여서⋯⋯."

"맞아요. 부검 결과가 추락사로 인한 뇌출혈과 심정지로 나왔어요. 추락으로 뇌에 손상을 입었고, 그로 인해 뇌 안에 출혈이 있었어요. 심장이 칼에 찔려 심정지도 왔고요. 뭐가 먼저인지는 좀 더 검시를 해 봐야 한다고 해서⋯⋯. 뭐, 둘 다 사망 원인이긴 하겠죠."

"그럼 저 건물 위에서 떨어진 건가요?"

"주변 CCTV 영상을 봐서는⋯⋯ 네, 맞아요. 저 위겠네요."

"그래요? 그럼 CCTV에 범인이 찍혔겠네요."

"그날 이 건물을 출입한 사람들을 다 확인해 봤지만 의심할 만한 사람은 없었어요. 그런데⋯⋯."

나는 다음 말을 기다리듯 김 형사의 입만 보고 있었다.

"뭐⋯⋯. 아무튼 그렇더라고요. 이제 다시 한번 떠올려 볼 수 있겠어요?"

"아아, 네."

나는 숨을 고르고 다시 눈을 감았다.

이번엔 기억을 떠올리자마자 영수증을 향해 가까이 다가갔다. 영수증을 자세히 들여다보니, 흐릿하지만 조금씩 글씨가 보이기 시작했다. '강. 시. 민.' 주소지도 적혀 있었다. 서울시 동작구 노량진1동 서구⋯⋯ 서구 빌라? 이 주소가 왜 여기서⋯⋯. 이 주소는 소담 씨 집 주소인데⋯⋯. 이 시체와 소담 씨 사이에 무슨 관계가 있는 거지?

'강시민이 누구일까?'

잠깐만, 강시민? 성이 강 씨잖아. 그럴 리 없지만 설마 소담 씨 아버님은 아니겠지? 이걸 김 형사에게 말해야 할까?

"시보 씨! 뭐가 보여요?"

"아……. 아니요."

"그래요? 그럼 같이 경찰서에 가서 피해자 소지품 좀 봐 줄 래요? 그러면 뭔가 더 생각이 날 수도 있지 않을까요?"

"네, 그럴게요."

"그래요. 그럼 가죠."

급할 건 없으니 좀 더 생각해 보고 말해도 괜찮을 것 같다. 증 거품을 보면 어차피 영수증에 다 나오는 내용이니까 당장 말하 지 않아도 문제없겠지. 그렇게 생각하며 차에 탔다.

"형사님, 아직 의심할 만한 용의자는 찾지 못한 건가요?"

"네, 아직."

"제가 도움을 못 드려 죄송하네요."

"아니에요. 큰 도움 됐어요."

"근데 민 팀장님하고도 연관이 있다고 하셨잖아요. 여기에 무슨 연관이 있는 거예요?"

"맞다. 내가 그랬죠, 참……. 시보 씨, 민 팀장님 참 멋진 분이 세요. 능력 있고 동료들에게 인기도 많고. 그때 그 일만 없었으 면 경찰청 꽃길을 걷고 계셨을 거예요."

"왜요? 무슨 일이 있었나요?"

"무슨 일이라기보다, 시보 씨도 알잖아요? 대한민국에선 백 없고 돈 없으면 서러운 거. 능력 있으면 뭐 해요. 다 소용없는 걸⋯⋯."

"아⋯⋯. 네, 그렇죠."

"아무튼 딱 그거였어요. 민 팀장님이 경찰청으로 승진 발령이 날 거라고, 다들 그렇게 알고 있었거든."

"그런데요?"

"근데 갑자기 '채비로'라는 팀장님 이름이 튀어나온 거예요. 민 팀장님이 채 팀장님보다 연배도 한참 많고, 그동안의 성과로 보나 평가 점수로 보나 우리 민 팀장님이 승진 대상이었는데⋯⋯. 결국에는 채 팀장님이 경찰청으로 승진 발령이 났지 뭐예요."

"정말요? 나이가 한참 많다면서요? 근데 같은 팀장이에요?"

"민 팀장님은 강력계의 전설이었어요. 순경부터 시작해서 지금 경감까지 올라오셨으니. 그에 비해 채비로 팀장은 경찰대 출신이라 팀장 자리까지 아주 꽃길만 걸어왔죠."

"아, 경찰대 출신이라서⋯⋯."

"뭐 그것 때문만이겠어요. 그때 소문이 파다했어요. 채비로 팀장 부친이 채이돈 국회의원이거든. 그 채 의원 나리가 경찰청장에게 로비해서, 채 팀장이 경찰청 형사과 계장으로 승진할 거라고 말이죠. 아니 글쎄, 그게 민 팀장님 귀에도 들어간 거예요. 동료들이 경찰청에 진정서 올리고 고발하자고 했는데, 민 팀장님은 조금 더 생각해 보자고만 하시더니⋯⋯. 나중엔 그냥 없었던 일로 하자고 하시더라고요."

"왜요?"

"자신도 그럴 자격이 없다나 뭐라나. 그날 이후로 민 팀장님이 많이 달라지시기는 했어요. 정말 좋은 분이신데……. 아……. 내가 왜 이런 말까지……. 어디 가서 말하면 안 됩니다."

"네, 그럼요. 그런 일이 있었군요."

민 팀장에 관해 새로운 사실들을 알게 된 건 나쁘지 않지만, 이게 전부 사건과 무슨 연관이 있다는 건지. 잠시 머릿속을 정리하기 위해 말을 아꼈다.

"사실…… 증거물을 찾다가 현장이랑 멀지 않은 곳에서 칼이 발견됐어요."

"칼이요? 그럼 칼에…… 아, 지문이 없었군요."

"아니요. 지문이 나왔어요."

"네? 정말요? 그럼 저를 왜……."

"민 팀장님이 시보 씨를 도와줬다고 했죠?"

"네. 유일하게 저를 믿어 주시고, 그때 일도 잘 처리해 주셨고요."

"그래서 시보 씨에게 부탁하는 거예요."

"예? 그게 무슨?"

김 형사는 잠시 숨을 고르는가 싶더니 이내 말을 이어 갔다.

"잘 들어요. 오해하지 말고. 칼에서 민우직 팀장님 지문이 나왔어요."

"……뭐요? 뭐라고 하셨어요? 지문이요?"

"많이 놀랐죠? 나도 믿기지 않아서……. 민 팀장님이 사람을 죽이고 그럴 분이 절대 아니라서 말이죠. 시보 씨는 민 팀장님을 잘 모르겠지만, 절대 그럴 분이 아니에요.”

“아니, 하지만 칼에 지문이 나왔다면 범인이 맞잖아요.”

“그래요. 맞아요. 근데 뭐라고 말해야 할지…… 경찰들은 직감이라는 게 있어요. 촉 말이에요. 나는 절대 민 팀장님이 아니라는 생각이에요.”

“그래도 증거가 명확하게 나왔는데…….”

“알아요. 시보 씨, 본인 눈에만 보이는 시체 이야기를 다른 사람이 믿어 주지 않을 때 어땠어요? 힘들지 않았어요? 근데 그걸 믿어 주고 이해해 준 게 민 팀장님이잖아요. 시보 씨도 믿기 어렵겠지만, 믿어 볼 수 없을까요? 민우직 팀장님은 절대 그럴 분이 아니에요.”

“네……. 무슨 말씀인지 알겠지만…….”

“힘들겠지만 좀 더 증거가 될 만한 것을 찾을 수 있게 도와 줘요. 시보 씨, 부탁해요. 그날 현장에서 우리가 놓친 것은 없을까? 그걸 남시보 씨는 보지 않았을까? 아니, 볼 수 있지 않을까? 그런 생각에 시보 씨를 찾은 거예요.”

나는 천천히 고개를 끄덕이며 말했다.

“네, 무슨 말씀인지 알겠어요. 저도…… 할 수 있는 한 그날 현장에 있었던 건 무엇이든 떠올려 볼게요.”

“정말 고마워요.”

그냥 얼버무리기 위해 하는 말은 아니었다. 김 형사 말대로 나도 민 팀장을 믿어 보고 싶었다. 조사를 받으면서 잠깐 본 게 다였지만, 사람을 죽일 정도로 나쁜 사람처럼 보이진 않았다.

나는 다시금 눈을 감고 시체를 떠올렸지만 이미 끔찍한 시체들을 여러 번 봐서 그런지 더 이상 무섭거나 겁이 나지 않았다. 이것도 내성이 생기는 건가. 아니면 내가 아직 더 끔찍한 시체를 보지 못해서 그런 걸까.

경찰서로 돌아가는 내내 그날의 현장에서 추가로 증거가 될 만한 것이 있는지 시체를 떠올리며 살펴보았다. 하나라도 놓치지 않으려 꼼꼼히 현장을 떠올렸지만 더는 새로운 것이 보이지 않았다. 다만, 옆으로 돌아가 있던 시체의 얼굴과 왼쪽 손이 잘 보이지 않았다는 점이 마음에 걸렸다. 왼쪽 손에 뭔가 있지 않았을까?

더 깊은 기억을 끄집어내려다, 문득 그런 생각이 들었다. 나에게 능력이 생긴 이유가 바로 이런 일을 하라는 하늘의 뜻은 아니었을까……. 갑자기 머리가 맑아지는 것 같았다.

"다 왔네요. 내리면 돼요."

"형사님, 깜박했는데 제가 오늘 학원 수업이 있어서요. 증거품은 형사님이 보시고 따로 연락 주시면 안 될까요?"

"증거품? 아니, 소지품은 직접 봐야 할 것 같은데."

"정말 중요한 수업이 있어서……. 빠지면 안 되는 과목이거든요."

"아……. 그래요? 어쩔 수 없죠. 알았어요. 그럼 확인하고 연락할게요. 혹시 뭐라도 기억나면 바로 연락 줘요."

"네, 감사합니다."

"저기, 시보 씨. 민 팀장님 일은 비밀이에요. 누구에게도 말해서는 안 돼요. 알았죠?"

"네, 비밀! 걱정 마세요."

"그래요. 조심히 가요."

김 형사에게 거짓말을 했다. 사실 수업 때문이 아니라, 영수증에 있던 택배 주소지가 자꾸만 신경이 쓰이는 탓이었다. 분명히 무슨 연관이 있을 것 같은데 아직 형사들은 그 영수증을 보지 않은 듯했다. 김 형사는 소지품이라고 했지만, 나는 증거품이 될 거라고 생각했다.

기억 속에서 택배 영수증을 본 순간, 분명 그 택배에 증거가 될 만한 것이 있을 거라는 확신이 들었다. 택배라면 가장 먼저 소담 씨가 확인했을 테니까. 한시라도 빨리 그녀를 만나 확인을 해야 했다.

나는 경찰서에서 나오자마자 곧장 택시를 타고 소담 씨에게 전화를 걸었다. 다행히 오늘은 소담 씨가 야간 근무여서 엇갈리지 않고 바로 약속을 잡을 수 있었다.

민 팀장은 정말 범인이 아닐까? 김 형사는 민 팀장이 절대 범인이 아니라고 하지만 증거는 그를 가리키고 있었다.

잠깐밖에 보지 못하긴 했지만 민 팀장은 성품이 좋은 사람 같았다. 무뚝뚝한 듯해도 누구보다 친절하게 챙겨 주었고, 유일하게 터무니없어 보이는 자신의 이야기도 진심으로 들어 준 사람이었다. 게다가 나를 믿어 주기까지 하지 않았나. 하지만,

정말 혹시라도 민 팀장이 범인이면 어쩌지?

민 팀장을 믿어야 할지 의심해야 할지 갈피를 못 잡는 사이, 택시는 어느덧 소담 씨 집 앞에 멈춰 섰다. 택시에서 내리며 소담 씨에게 다시 전화를 걸자, 곧이어 수화기 너머로 계단을 내려오는 듯한 목소리가 들려왔다.

얼마 지나지 않아 빌라 정문을 열고 나온 소담 씨는 나를 향해 반갑게 손을 흔들었다.

"안녕하세요, 오빠!"

"다행히 집에 있었네요. 뭐 좀 확인하려고 왔어요."

"뭘요?"

"그게…… 혹시 최근에 택배 받은 거 있어요?"

"택배요? 음…… 최근엔 없는데요."

"그래요? 그럼 마지막으로 온 택배는 언제쯤이에요?"

"여기 이사 와서는 택배를 받은 적이 없었어요. 뭘 사야 오죠. 누가 보내 줄 사람도 없고."

소담 씨는 살짝 토라진 듯한 얼굴로 말했다.

"무슨 일로 그래요? 난 또 보자고 해서……."

"미안해요. 무슨 일인지는 나중에 꼭 얘기해 줄게요. 오늘 알바는 몇 시부터예요?"

"오후 11시요. 자고 있었는데 오빠 전화 받고 깼어요."

"아……. 더 자야 하는 거 아니에요?"

"이제 잠도 안 와요. 깨운 사람이 책임지세요."

"미안해요……. 밥은 먹었어요?"

소담 씨는 고개를 가로저으며 같이 점심을 먹자고 했다. 계속 존댓말 하는 내가 마음에 들지 않았는지 콕 집어 물어보기에, 아직은 그래야 할 것 같다고 얼버무리자 그런 나를 보며 하는 말…… 귀엽단다.

"귀…… 귀여워요? 아하하."

이 나이 먹고 귀엽다는 말을 듣게 될 줄은 몰랐는데 기분이 나쁘지만은 않았다.

"오빠, 저기 내려가면 '남산 왕돈가스'라고 맛집 있어요. 거기 가요."

"그래요. 좋아요."

그녀의 밝은 말투와 미소가 내 마음을 흔들어 놓았다. 바로 옆에 찰싹 붙어 손이 닿을 듯 걷는 소담 씨를 보니, 어젯밤 그 순간이 떠올라 또다시 가슴이 콩닥콩닥 뛰기 시작한다. 주체할 수 없는 이 기분을 어떻게 말로 표현할 수 있을까? 할 수만 있다면 그대로 소담 씨에게 이 마음을 전하고 싶다. 하지만 지금은 때가 아니다. 나중에 때가 되면 제대로 고백할 거다.

"오빠, 다 왔어요. 여기예요."

"와아, 줄이 기네요. 좀 기다려야겠는데요."

"그러게요. 정말 맛집이긴 한가 봐요."

사람들 뒤로 줄을 서며 소담 씨가 다시 택배에 관한 이야기를 꺼냈다.

"근데 택배는 뭐예요? 여기 오는 동안 물어볼까 말까 고민 많이 했는데…… 말해 주면 안 돼요?"

"그게…… 택배가 오지 않았다고 하니 아닌 것 같아서요."

"뭐가 아닌데요? 혹시 나한테 와야 할 택배가 있는 거예요?"

"아니, 그건 아니고……. 그럼, 혹시 강시민이라고……."

"어! 아빠 이름인데……. 저희 아빠를 알고 계셨어요?"

휘둥그레진 눈으로 묻는 소담 씨에게 더는 상황을 숨길 수가 없었다.

"잘 들어요, 소담 씨."

나는 김 형사를 만나고 이진성 씨 사건 현장에서 있었던 일까지 모두 숨김없이 이야기했다. 소담 씨에 대한 믿음이 있었기에 가능한 일이었다. 소담 씨는 아버지 이름이 왜 그 사람의 영수증에 있었는지, 그리고 그 사람은 아버지와 무슨 연관이 있는 건지 의아해했지만, 집중해서 끝까지 이야기를 들어 주었다. 두 눈엔 호기심과 의문이 가득했다.

"아! 맞아요!"

"네? 뭐가요?"

"택배 말이에요! 아빠가 돌아가시고 정신없을 때, 그때 집으로 택배가 하나 왔었어요. 경황이 없던 때라 그냥 한쪽에 밀어 놓기만 하고 지금까지 잊고 있었는데……. 아빠 이름으로 온 택배였어요. 그땐 생각 없이 넘겼지만 대체 어떻게 아빠 이름으로 택배가 왔었는지 모르겠네요."

"왜요? 아버님을 아시는 분이 보낼 수도 있잖아요?"

"아빠가 병원에 계실 때 혼자 이사를 해서 아무도 지금 주소를 모르거든요. 아빠 지인분들도요."

"택배는 아직 확인 못 해 본 거죠? 그럼 집에 있겠네요?"

"네, 그럴 거예요."

"소담 씨, 미안하지만 돈가스는 나중에 먹고 택배 먼저 확인해 보면 안 될까요?"

"지금요? 아니, 그래도 여기까지 왔는데……. 그렇게 중요한 일인 거예요?"

"미안해요. 택배 확인하고 다시 와요. 급해서 그래요."

소담 씨는 잠시 고민하는가 싶더니 기운 없이 고개를 끄덕였다. 아버지의 이름이 등장하는 사건인 만큼 아마 소담 씨도 마음이 편치만은 않을 거라고 생각했다.

얼른 확인해야겠다는 생각에 빠른 걸음으로 소담 씨의 집까지 도착했다. 드디어 그녀의 집이다. 나는 소담 씨의 눈치를 보며 조심스럽게 집 안으로 들어섰다. 난생처음 여자 혼자 사는 집에 발을 들여 본다. 집 안으로 들어서자 향긋함이 콧속으로 확 스며들었다. 오랜만에 맡아 보는 좋은 향이었다.

소담 씨는 방으로 들어가더니 상자 하나를 들고 나왔다. 택배 상자였는데, 생각했던 것처럼 크지는 않았다.

"이거예요."

나는 잠시 망설이다 상자 위에 손을 올렸다. 조심스레 상자를 열자 몇 겹으로 쌓인 뽁뽁이가 보이고, 그 안으로 흐릿하지만 작고 검은 물체가 보였다. 뽁뽁이까지 걷어 내자 덩그러니 들어 있는 건 다름 아닌 블랙박스였다.

블랙박스 안에는 작은 메모리 카드도 들어 있었다. 메모리 카드를 꺼내 어떻게 확인을 해야 할까 고민하고 있을 때, 그녀가 놀란 얼굴로 입을 틀어막았다.

"소담 씨, 괜찮아요? 왜 그래요?"

"이 블랙박스…… 잠깐만……."

그녀는 건네받은 블랙박스를 한참 동안 유심히 살펴보았다.

"맞는 것 같아요. 아빠 택시에 있던 블랙박스……."

"아버님 택시요? 그 블랙박스라고요? 확실해요?"

"그런데 이게 왜 택배로……. 사고 당시에 블랙박스가 없어져서 범인이 누구인지 밝히지 못했었거든요."

"네? 이게 아버님 택시의 블랙박스라면 범인을……."

"범인 얼굴이 찍혔을지도 모르겠네요. 근데 어떻게 이게 택배로 왔을까요? 그것도 저희 집으로."

"아마 이진성 씨라는 그 사람이 아버님을 폭행한 게 아닐까요? 그리고 죽기 전에 속죄하는 마음으로 이걸 보낸 거죠."

"그럼…… 아빠를 죽인 사람이 정말 그 사람이라면……. 그 사람도 죽었다면서요. 그건 안 돼요! 아빠를 죽인 범인이 벌도 안 받고 그렇게 죽다니요! 안 돼……."

소담 씨는 아버지 생각에 감정이 북받쳐 오른 듯했다. 아버지를 죽인 범인이 죗값도 치르기 전에 죽어 버렸다는 사실에 분노하며 울부짖었다. 그 울음이 마치 피를 토해 내는 비명과도 같아, 나도 모르게 그녀를 끌어안았다.

"소담 씨, 진정해요! 소담 씨 마음 알지만 아직 확실한 건 아니에요. 이 안에 무엇이 찍혀 있을지 모르잖아요. 우선 블랙박스 영상부터 확인해 봐요."

잠시 떨리는 숨을 고르던 그녀는 조금 진정이 되었는지 머리를 쓸어 넘기며 말했다.

"네, 오빠……."

"좀 진정됐어요? 블랙박스 영상을 확인해야 하는데."

소담 씨는 고개를 끄덕이며 말했다.

"방에 노트북이 있어요. 이쪽이에요."

"아……. 그럼 잠시…… 실례할게요."

여자 혼자 지내는 방에 발을 들이는 것도 난생처음이다. 당연한 말이지만.

소담 씨 방은 아주 아담하고 심플했다. 책상 하나에 행거 그리고 침대 하나가 다였다. 물건들도 깔끔하게 잘 정돈되어 있었는데, 여자 방이라 그런지 남자 혼자 쓰는 내 방과는 천지 차이였다.

우리는 노트북 전원을 켜고 잠시 기다렸다. 그 잠깐의 기다림이 참으로 오묘했다. 크지 않은 공간에 그녀와 단둘이 있다는 사실이 좋으면서도 어색하고 이상했다. 전원은 또 왜 이리 늦게 켜지는 건지. 노트북 모니터만 한참을 쳐다보다, 나도 모르게 소담 씨를 힐끔 바라보았다. 그녀 역시 어색했는지, 자신의 팔 한쪽을 검지로 긁으며 노트북만 응시하고 있었다.

잠깐이었지만 한참처럼 느껴지던 시간이 지나고, 드디어 화면이 켜진 노트북에 메모리 카드를 꽂아 넣었다. 폴더 안엔 여러 개의 영상이 들어 있었다. 소담 씨의 기억을 따라 사고가 났던 시간을 찾고, 곧바로 영상을 재생했다.

영상에서 한 남자가 술에 취한 듯 택시에 탔다. 누군가 함께 택시에 올라타는가 싶더니, 술에 취한 남자를 안쪽에 앉히기만 하고 다시 내렸다. 택시는 남자만 태운 채로 출발했다. 그 이후로 택시 안은 아무런 움직임이 없었다.

영상을 빠른 배속으로 돌리다가 움직임이 포착되어 영상을 멈췄다. 다시 조금 더 뒤로 돌려, 뒤에 탄 승객이 움직이기 시작한 부분부터 보기 시작했다. 택시 운전석 앞으로 얼굴을 삐죽 내민 승객은 이마를 잔뜩 찌푸린 채로 운전 기사에게 뭐라 뭐라 말을 했다. 택시에 탈 땐 보이지 않았던 승객의 얼굴이 드러나는 순간이었다.

'이 사람이 왜 여기에……'

소름이 돋았다. 영상 속에 나타난 승객은 바로 민우직 팀장이었다.

그때, 민 팀장이 소담 씨 아버지의 얼굴을 주먹으로 때리는 장면이 보였다. 정확히 두 번, 얼굴을 빠르게 가격했다. 곧이어 그녀의 아버지는 핸들에 머리를 박았다. 충격에 기절한 듯 보였다.

폭행을 가한 민 팀장은 택시 밖으로 뛰쳐나갔다. 그리고 얼마 지나지 않아 조수석으로 다시 모습을 드러냈다. 잠깐 정신을 차리는 듯하던 소담 씨 아버지의 얼굴로 카메라 앵글이 쏠리더니, 또다시 주먹으로 얼굴을 무자비하게 때리는 모습이 화면 가득 채워졌다.

한참을 영상 속 상황에 몰입하다 보니, 그만 그녀를 생각하지 못했다. 정신이 번쩍 들었다. 서둘러 고개를 돌리자 소담 씨는 손으로 입을 막은 채 소리 없이 눈물만 흘리고 있었다. 하지만 눈물을 흘리면서도 끝까지 영상에서 눈을 떼지 못했다. 나는 그런 소담 씨를 그대로 둘 수 없어, 영상을 보지 못하게 품 안으로 끌어당겼다. 그제야 그녀는 큰 소리로 울기 시작했다. 나는 그저 등을 토닥여 주는 것밖엔 할 수 있는 게 없었다.

민우직 팀장……. 민 팀장이 역시 범인이었다. 그럼 이 영상 때문에 이진성 씨를 죽인 걸까? 이 블랙박스 영상을 찾기 위해 죽인 것이 분명했다. 그러면서 착한 사람의 가면을 쓰고 나를 속이고 있었다니……. 정말 무서운 사람이다.

빨리 이 영상을 김 형사에게 보여 줘야 한다는 생각이 들었다. 하지만 김 형사도 민우직이라는 작자와 같은 편일 수 있지 않을까? 그래서 민 팀장을 두둔했을지도 모른다. 그럼 어떻게 해야 하지? 다른 지역 경찰서에 신고해야 할까?

"소담 씨, 진정해요. 이제 범인을 찾았어요. 찾았으니, 이자를 잡아서 아버님 원한만 풀면 돼요."

'소담 씨, 앞으로 내가 항상 옆에 있어 줄게요. 진심이에요.'

어떻게든 소담 씨를 진정시켜 보려 했지만, 그녀는 쉽게 울음을 그치지 못했다.

"힘들겠지만 이제라도 아버님을 죽인 범인이 누군지 알게 됐으니 다행이잖아요. 좀 진정되면 진실을 밝히러 같이 경찰서에 가요."

"흐으……. 그게 다 무슨 소용이에요……. 아빠를 죽인 사람도…… 죽었다면서요……. 흐으으……."

"죽어요? 아, 그 푸른 셔츠 남자 말이에요? 아니에요. 영상 속 범인은 그 사람이 아니에요."

"네? ……그럼 죽은 사람이, 여기…… 이 사람이 아니라는, 말이에요?"

소담 씨는 말도 제대로 뱉지 못할 만큼 강한 울분에 눌려 떨리는 목소리로 말했다.

"네, 그래요. 잘 들어요."

말없이 고개를 끄덕이는 소담 씨에게 아버지를 폭행한 자에 관한 얘기를 해 주었다.

우리가 처음 만난 그날, 경찰서에서 봤던 팀장이 영상 속 승객이라는 말에 잠시 멈칫하던 그녀는 붉게 충혈된 눈을 부릅뜨며 나를 바라봤다. 승객이 민우직 팀장이라는 것을 이제야 알아챈 듯했다. 적잖이 당혹해하는 그녀에게 이진성 씨를 죽인 자도 민 팀장이라고는 차마 말하지 못했다. 감당하지 못할 충격에 힘들어할 수 있고, 반대로 겨우 진정된 마음이 다시 터져 버릴지도 모를 일이었다.

그녀는 당장 경찰서에 가서 민 팀장을 신고하자며 흥분을 가라앉히지 못했다. 하지만 현실적으로 생각했을 때 바로 경찰서에 신고해서는 안 될 일이었다. 어쩌면 같은 경찰 식구라는 이유로 증거만 빼앗고, 수사는커녕 사건을 조용히 무마하려 할지도 모르니 말이다. 지금도 김범진 형사가 민 팀장을 도와주려 하고 있지 않은가. 관할 경찰서에 신고하는 것은 더더욱 위험한 일이다.

그럼 다른 지역 경찰서라도 가자며 현관으로 나서는 그녀를 겨우 붙잡아 세웠을 때, 갑자기 초인종이 울렸다.

띵동.

블랙박스를 본 뒤라 그런지 모든 것이 예민해졌다. 나는 소담 씨에게 누구인지 확인한 후에 나가자고 나지막이 얘기하며 동태를 살폈다.

띵동, 띵동.

똑! 똑! 똑!

초인종을 누르고 문을 두드려도 아무런 인기척이 없자 밖에서 웅얼거리는 목소리가 들려왔다.

"사람이 없나?"

띵동, 띵동.

"저기요! 안에 아무도 안 계십니까? 김 형사님, 아, 팀장님. 아무래도 사람이 없는 것 같습니다. 어쩌죠?"

"한 번만 더 확인해 봐."

들리는 대화로 봐선 김 형사와 경찰인 듯했다. 나는 검지를 입술에 가져가 대며 소담 씨에게 조용히 하라는 손짓을 보냈다. 그녀는 무슨 영문인지 몰라 어리둥절한 표정이었지만, 심상치 않은 상황임을 느꼈는지 내 지시에 따라 주었다.

"저기요! 아무도 안 계십니까? 경찰입니다!"

띵동, 띵동.

"동작 경찰서에서 나왔습니다! 안에 아무도 안 계세요?"

"안 순경! 없는 것 같다. 그만 가자."

"네, 팀장님."

뒤이어 경찰들이 계단으로 내려가는 소리가 들렸다.

김 형사는 오전에 택배 영수증을 확인하고, 이제야 소담 씨의 집을 찾아온 것 같았다. 김 형사도 민 팀장을 돕고 있을지 모른다는 상황을 설명해 주자, 소담 씨는 조금 차분해지긴 했지만, 겁에 질린 듯한 표정을 지어 보였다.

일단 김 형사도 믿을 수 없으니 도움받을 수 있는 사람을 찾아야 했다. 주위에 도움을 청할 수 있는 사람이 있는지 물었지만, 소담 씨는 잠시 생각해 보고는 고개를 가로저었다. 나 또한 딱히 떠오르는 사람이 없었다. 소담 씨는 한동안 생각에 잠긴 듯 말이 없었다. 아마 지금의 상황을 쉽게 받아들이지 못하는 것 같았다. 내가 한 이야기와 들이닥치듯 밀려오는 상황들로 혼란스러운 게 당연했다.

그녀에게 혼자 생각할 시간을 주기 위해 기다리던 중, 이번엔 휴대폰 벨이 울렸다. 경찰서 번호였다. 전에 걸려 왔던 김 형사 내선 번호는 아닌데……. 받아야 할까? 나는 잠시 고민하다 통화 버튼을 눌렀다.

"안녕하세요, 남시보 씨."

낯익은 목소리……. 민우직 팀장이었다. 그자의 목소리를 듣자마자 소름이 돋았다. 놀란 나머지 순간적으로 목소리가 나오지 않았다.

"저기, 남시보 씨 전화 아닙니까?"

"……."

"동작 경찰서 민우직 형사라고 합니다. 남시보 씨 핸드폰 아닙니까?"

"네……. 네, 맞습니다."

"아, 네. 시보 씨, 지금 통화 괜찮아요?"

"네, 무슨 일이세요?"

"저번에 이연우 경위 일로 연락한다고 했는데…… 혹시 뭐라도 생각난 게 있나 해서요."

"아……. 아직 없어서요. 다시 연락드릴게요."

"아! 시보 씨, 잠깐만요! 지금 바빠요?"

서둘러 끊으려 했지만 민 팀장은 그럴 생각이 없는 듯했다.

"아, 네. 조금 바빠서……."

"급한 일이 있어 그런데, 미안하지만 시간 좀 내줄 수 있어요?"

"만나자고요? 왜요?"

"그건 만나서 얘기해 줄게요. 전화로 말하기 그래서요. 정말 급한 일이라……."

"제가 시간이 없는데……."

"시보 씨, 부탁합니다. 잠깐만 만나 줘요. 오늘 꼭 봐야 해요. 정말 시간이 없어 그럽니다. 부탁해요."

"어쩌죠……. 그럼 제가 바로 다시 연락드릴게요."

민 팀장은 갑자기 또 왜 이러지. 설마 벌써 눈치를 챈 건가? 블랙박스를 찾은 걸 알고 만나자고 하는 걸까? 타이밍도 절묘하게 하필 이때……. 경찰서로 가서 신고하는 게 맞는 건지 도통 답을 모르겠다.

날 미행하고 있었나? 혹시 밖에 경찰들이 지키고 있는 건 아닐까? 큰일이다. 이러다 소담 씨까지 위험해지면 어쩌지? 소담 씨와 함께 움직이는 것이 좋을까? 아니면 소담 씨를 안전한 곳에 피신시킨 후에 신고하는 것이 좋을까?

온갖 걱정들로 머릿속이 복잡해졌다. 김 형사와 민 팀장, 이들이 소담 씨에게 위해를 가할지도 모른다는 생각에 머리가 쥐가 날 것만 같았다. 방법을 생각해 내야 했다. 소담 씨를 지키기 위해선 일단 경찰들을 다른 곳으로 유인한 후, 소담 씨를 안전한 곳으로 데리고 가야 한다.

"아, 소담 씨."

소담 씨는 미간을 잔뜩 찌푸린 얼굴로 혼자 생각에 빠진 나를 쳐다보고 있었다. 통화 내용이 궁금한 듯했다.

"오빠, 누군데 그래요? 표정이 왜 그래요?"

나는 잠시 망설이다 소담 씨에게 통화 내용과 함께 솔직한 내 생각을 얘기했다. 어떤 방향으로 흐르게 될진 몰라도 나 혼자의 생각만으로 움직이는 건 아니라는 생각이 들었다. 소담 씨는 아무 말 없이 고개를 끄덕였다. 난 걸려 왔던 번호로 다시 전화를 걸었다.

"네, 동작 경찰서 강력 2팀 민우직 형삽니다."

"남시보예요. 혹시, 김 형사님과 함께 만날 수 있을까요?"

"김 형사요? 김 형사라면 누굴 말하는 거죠?"

"그, 김…… 진……."

"아, 김범진 형사 말인가요? 김범진 형사는 왜요?"

"그게……."

"시보 씨, 미안하지만 지금은 나랑 둘만 만났으면 해요. 그 이유도 만나서 얘기해 줄게요. 지금 김 형사는 다른 사건 조사 중이라 자리에 없어요. 이 사건하고도 상관이 없고요."

"아……. 그래요. 그럼 택배는 찾으셨나요?"

"택배요? 무슨 택배요?"

아무것도 모르는 듯한 민 팀장의 목소리에 '아차.' 하는 생각이 들었다.

"아, 아니에요."

"남시보 씨, 김 형사랑 만난 적 있어요? 택배는 또 뭐예요?"

"아니에요, 아니에요. 제가 착각했나 봐요. 그럼 명진 학원 앞에서 봐요. 제가 지금 거기 있거든요."

"그래요. 알았어요. 가서 전화할게요. 고마워요."

"네, 천천…… 아니, 조심히 오세요."

전화를 끊자마자 한숨이 새어 나왔다. 당황해서 나도 모르게 말을 잘못 내뱉었다. 하마터면 큰일 날 뻔했다.

확실한 건, 민 팀장은 택배에 대해 모르고 있다. 김 형사가 무엇을 조사하고 다니는지 전혀 모르는 목소리였다. 어쩌면 철저하게 모르는 척하는 것일지도 모른다. 일단 시간은 벌었으니

늦기 전에 소담 씨를 안전한 곳으로 데리고 가야 했다.

우리는 상의 끝에 부모님이 계신 집에 가기로 했다. 아무리 안전한 곳을 생각해 봐도 부모님 집밖에는 없었다. 잠시만 부모님 집에서 지내고 있으면 타 지역 경찰서에 신고해 해결해 보겠다고 소담 씨를 설득했다. 소담 씨가 자신이 직접 하겠다며 완강히 나서는 탓에, 꽤 오랜 실랑이 끝에 겨우 그녀를 납득시킬 수 있었다.

제4화

시체를 볼 수 있는 이유

혹시나 하는 마음에 주위를 살피며 밖으로 나왔지만, 다행스럽게도 의심스러워 보이는 사람은 없었다. 소담 씨에게 전화를 걸어 밖으로 불러낸 뒤, 우리는 손을 잡고 큰 대로변까지 무작정 뛰어가 택시를 잡아탔다.

"소담 씨, 이제 괜찮아요. 무서웠죠?"

"오빠, 정말 그 경찰이 우리 아빠를 죽……."

"여긴 우리만 있는 게 아니니 조용히 얘기해요."

나는 그녀에게 가까이 다가가 속삭이듯 말했다. 혹여나 택시 기사가 듣고 오해할지도 몰랐기 때문이다.

"아! 네, 알겠어요."

소담 씨가 택시 기사의 눈치를 한 번 살피더니 목소리를 줄여 말했다.

"만약 민 팀장이 아빠를 죽였다면, 증거를 찾기 위해 그 이진성이라는 사람도 죽인 게 아닐까요?"

"네, 아마도 그렇지 않을까……. 아, 그게 아닐 수도……."

소담 씨에게는 일부러 말하지 않았던 부분인데 어이없이 들켜 버리고 말았다.

"무섭네요. 이 블랙박스 때문에 사람이 죽다니……. 이제 어쩌죠? 난 괜찮을까요?"

"그럼요. 너무 걱정하지 말아요. 괜찮을 거예요. 내가 소담 씨 옆에 있어 줄게요."

"하지만…… 그럼 오빠도 위험해질지 몰라요. 그냥 경찰에 신고하는 게 낫지 않을까요?"

"그럴까요……. 사실 나도 뭐가 맞는 건지 잘 모르겠어요."

"미안해요. 저 때문에……."

"아니에요, 소담 씨. 정말 아니에요. 내가 좋아서 이러는 건데요."

오늘따라 말이 머리를 거치지 않고 튀어나오는 기분이다.

"좋아서요?"

"그러니까…… 아니……. 아, 잠깐만요. 전화가……."

중요한 순간, 아주 정확한 타이밍에 휴대폰 벨이 울렸다. 차라리 이게 나을지도 모른다. 도망가는 와중에 고백이라니, 괜히 서로 어색해질 뻔했다. 휴대폰 화면에 뜬 건 처음 보는 번호였지만 혹시나 하는 마음에 전화를 받았다.

"여보세요."

"나예요. 민우직 형사."

역시나 예상했던 대로 민 팀장이었다.

"아, 민 팀장님. 벌써 도착하셨어요?"

"네, 시보 씨. 학원 정문이에요."

"저기…… 어쩌죠? 제가 지금……."

"왜요?"

"죄송해요. 갑자기 급한 일이 생겨서 어디 좀 가는 길이거든요."

"네? 어디요? 제가 그쪽으로 갈게요."

"어……. 죄송해요. 제가 다시 연락드릴게요."

"시보 씨, 정말 미안한데 내가 정말 시간이 없어요. 오늘 만날 수 없을까요?"

"그게…… 저도 갑자기……. 죄송하지만 오늘은 힘들고 내일 일찍 연락드리고 찾아뵐게요."

"그러지 말고 늦게라도 잠깐만 만나요. 부탁해요."

"죄송해요. 오늘은 정말…… 혹시 내일 안 되시면 나중에 시간을……."

"아니, 아니에요. 알았어요. 그럼 내일 일찍 봐요. 내일은 꼭! 부탁합니다."

"네, 그럼 이만 끊겠습니다."

작은 한숨을 쉬며 소담 씨를 바라보니, 소담 씨는 피곤한 기색으로 의자 등받이에 머리를 기댄 채 창밖을 보고 있었다.

"소담 씨, 민 팀장 전화였어요. 피곤할 텐데 좀 자 둬요. 그리고 호프집에 연락해서 오늘은 쉰다고 해요."

"아, 네. 깜빡하고 있었네요."

"연락하고 좀 자요. 가려면 아직 멀었어요."

그 후로 우린 서로 아무 말이 없었다. 서울을 지나 경기 지역으로 들어설 때가 되어서야 그녀는 잠이 들었다. 아마 말은 안 해도 큰 충격을 받았을 것이다. 거기다 잠도 제대로 못 잤으니 많이 피곤하겠지. 꾸벅거리며 조는 모습을 바라보다, 그녀의 머리를 살며시 내 어깨 위에 올렸다. 어깨에 머리를 기댄 그녀는 새근새근 소리를 내며 깊은 잠에 빠졌다.

부모님 집에 도착했을 때까지도 그녀는 여전히 잠들어 있었다. 마음 같아선 깨우고 싶지 않았지만, 이렇게 계속 택시를 타고 있을 수도 없었기에 어쩔 수 없이 어깨를 살살 흔들었다. 이내 소담 씨는 크게 기지개를 켜며 잠에서 깼다.

"벌써 온 거예요? 나 많이 잤죠? 미안해요."

"아니에요. 괜찮아요."

"고마워요, 오빠. 어서 내려요."

우리는 택시에서 내려 초록색 대문 앞으로 걸어갔다.

"여기가 우리 부모님 집이에요. 지금은 안 계실 테니 너무 긴장하지 마요."

"일 나가신 거예요?"

"아, 여기 초등학교 앞에서 작은 분식집 하시거든요. 저녁 늦게 오실 거예요. 그리고 저희 부모님 무서운 분들 아니에요. 그러니 너무 긴장하지 않아도 돼요."

"그렇구나……. 집이 너무 예뻐요."

"그래요? 아빠가 이런 집을 갖고 싶어 하셔서 입에 달고 사셨거든요. 마당 있는 집에 개 두 마리 키우며 사시는 거요. 아직 개는 안 키우고 있지만요."

"와아, 꽃도 많은데요?"

"엄마가 꽃을 많이 좋아하세요. 꽃 사진으로 인스타도 할 정도예요. 하하."

"정말요? 멋지시네요. 부러워요."

"아……. 근데 배 안 고파요?"

자랑할 만한 일은 아니었지만, 소담 씨 앞에서는 가족 이야기가 모두 자랑이 된다는 걸 깊이 생각하지 못했다. 나는 서둘러 화제를 돌렸다.

"네에, 사실 많이 고파요."

"라면도 괜찮으면 라면 먹을까요?"

"좋아요."

"그래요. 그럼 조금만 기다려요. 여기서 TV 보고 있어요."

비록 요리는 할 줄 모르지만, 라면만큼은 잘 끓인다고 엄마에게 인정받은 몸이다. 아빠도 내가 라면을 잘 끓인다고 어릴 적부터 칭찬을 많이 해 줬다. 아빠는 라면 끓이기를 귀찮아 하셨는데, 사실 그런 연유로 계속 맛있다고 칭찬을 했던 것이다. 그걸 눈치챈 건 무려 고등학교 3학년이 다 되어서였다. 참 눈치도 더럽게 없었다.

소담 씨는 꼬들꼬들하게 익은 면발을 오물거리며 엄지를 치켜세웠다. 우리는 라면에 밥까지 말아 먹고서야 숟가락을 내려놓았다.

설거지를 하고 있을 때 바깥에서 대문 열리는 소리가 들렸다. 나는 설거지하던 냄비를 내려놓고 현관문으로 뛰어나갔다. 소파에 앉아 있던 소담 씨도 놀란 얼굴로 뒤따라 달려 나왔다.

"어? 누가 왔나? 문이 열려 있네."

"그러게요. 아드을, 왔니?"

"네, 엄마! 저 왔어요. 잘 지내셨어요?"

"어쩐 일이야? 전화도 없이. 무슨 일 있어?"

"아니요. 그게……."

"어! 뒤에는 누구냐?"

"아빠, 저기…… 같은 학원 다니는 동기예요."

"안녕하세요. 강소담이라고 합니다."

"오호, 그래요. 잘 왔어요. 같은 학원 동기라고?"

아빠는 묘한 눈으로 소담 씨를 살펴보며 말했다.

"네, 아빠! 학원 동기라니까요."

"그래. 내가 뭐라고 했냐?"

"여보, 그런 눈으로 보니까 그러죠."

"에이, 내가 무슨 눈으로 봤다고…… 참."

"배고프겠네. 아직 저녁 전이죠?"

엄마가 살가운 목소리로 소담 씨를 보며 물었다.

"저희 조금 전에 라면 끓여 먹었어요. 오늘은 왜 이렇게 일찍 오셨어요?"

아빠는 웬일로 장난기가 가득한 목소리로 물었다.

"왜? 우리가 방해했냐?"

"아이, 아빠. 아니라니까요. 왜 그러세요, 자꾸?"

"왜 그렇게 민감해?"

"아빠!"

"알았다, 알았어. 허허, 참."

엄마는 아빠 등을 살짝 밀치며 말했다.

"오늘따라 손님이 많아서 재료가 일찍 동이 났지 뭐니. 신기하게 말이야. 아마 우리 아들 온다고 일찍 들어가라고 그랬나 보다. 호호호."

"정말요? 아무튼 좋은 거네요."

"아니, 그나저나 넌 손님한테 라면이 뭐니? 아이고, 남자라 이렇다니깐. 아가씨, 잠시만 기다려요. 과일 좀 꺼내 올 테니까 먹고 있어요."

"아니…… 아니에요, 어머님. 괜찮아요."

"어머! 어머님? 듣기 좋네. 호호호. 괜찮아요. 우선 과일부터 먹고 있어요. 저녁 맛있게 해 줄게요. 아들이 데리고 온 손님인데 맛난 거 해 줘야지."

"그래요. 우리 엄마가 음식 솜씨 진짜 좋거든요. 헤헤. 엄마 기대할게!"

왠지 모르게 잔뜩 들뜬 엄마를 말릴 수가 없어 맞장구를 쳤다. 소담 씨는 난처한 표정이었지만 이런 분위기가 나쁘지 않은지 살짝 미소를 지어 보였다.

"흠, 아들. 잠깐 방으로 좀 와 봐."

"네? 왜요?"

아빠는 조용히 나를 부르더니, 아무 말도 없이 방으로 들어 갔다. 뒤따라 들어가자 문을 꼭 닫고는 낮은 목소리로 속삭이 듯 물었다.

"아들, 정말 여자 친구 아니야?"

"아…… . 아니래도요. 같은 학원 다니는 동기예요."

"정말이지? 알았다. 근데 무슨 일로 온 거야? 시험도 얼마 안 남았는데."

"소담 씨 고시원에 문제가 생겨서요. 며칠 잠깐 지낼 곳이 필 요해서 여기로 데리고 온 거예요. 아무 관계 아니니까 괜히 오 버하지 마시고요. 아셨죠?"

"내가 무슨 오버를 한다고…… . 알았다. 같은 고시원은 아니 고?"

"아니에요. 소담 씨는 여성 전용 고시원에 있어요."

"그래, 알았다. 근데…… ."

아빠는 무언가 할 말이 있는 듯했지만 "아니다." 하며 뒷말을 얼버무렸다. 궁금했지만 분명 소담 씨에 관한 얘기일 것 같아 나도 더 묻지는 않았다.

아빠와 방에서 나왔을 때 소담 씨는 자리에서 일어나 어찌할 바를 모르고 있었다. 상 차리는 것을 도우려 했지만, 손님한테 일 시키는 거 아니라는 엄마의 말에 이러지도 저러지도 못하 고 덩그러니 거실에 남아 있었던 것이다. 아빠는 아무 말 없이 거실로 가 TV를 켰다. 소담 씨와 나는 멀뚱멀뚱 앉아 어색하게 주위만 둘러보았다.

소담 씨를 데리고 방으로 들어갈까? 아니지. 안 그래도 예사롭지 않은 눈초리인데 부모님이 더 오해할지 모른다. 아빠에게 말을 걸어 볼까? 마침 TV선반 위로 아빠와 함께 찍은 할아버지 사진이 보였다. 할아버지에 대해 물어볼까? 나는 괜스레 아빠의 눈치를 살폈다. TV에 눈을 고정한 채 심각한 얼굴로 앉아 있는 아빠에게 최대한 아무렇지 않은 척 말을 걸었다.

"아빠! 저 사진이 언제라고 하셨죠?"

"어디? 저 사진?"

"네, 저기 할아버지랑 찍은 사진이요."

"음……. 아빠 8살 때 찍은 입학식 사진이야. 사진도 그때 찍은 사진들밖에 없다."

"그러고 보니 할아버지에 관한 이야기도 잘 안 해 주셨잖아요. 월남전에 파병 가셨다가 돌아가셨다는 얘기만 해 주셨고요."

"그래. 맞아. 내가 국민학교 2학년 때 월남전에 파병을 가셨어. 그 이후로 뵙지 못했지."

"할아버지는 직업 군인이셨죠?"

"그렇지. 군에 입대해서 말뚝 박은 케이스였어. 군대에 말뚝을 박지 말았어야 했는데……."

아빠는 추억에 잠긴 듯 사진을 바라보며 말했다.

"그럼 할아버지에 대한 기억은 많지 않으시겠네요?"

"그래. 그래도 국민학교 2학년 때까지 기억은 있다. 어릴 적 기억인데 아직도 선명해. 아버지에 대한 추억이 그때밖에 없어서 그런지도 모르지. 아버지는 날 꽤 예뻐하셨어. 가끔 아무것도 없는 곳을 가리키시면서 뭐가 보이냐고 물어 보셨는데, 그럴 때마다 나는 아무것도 없으니 당연히 아무것도 안 보인다고만 대답했지. 그럴 때마다 나를 힘껏 안아 주시며 참 많이도 좋아하셨다.”

아빠의 말을 듣는 순간 번쩍이듯 지난 일들이 떠올랐다.

“…….”

나는 천천히 고개를 돌려 아빠를 바라보며 물었다.

“뭐가 보이냐고 물어보셨다고요?”

“얘기했잖니. 아무것도 없었다고. 논 옆 도랑에 뭐가 있냐고 물어보시는데 거기에 뭐가 있겠어? 보이는 게 도랑이지. 그래서 ‘도랑이요.’라고 했지. 그랬더니 그거 말고 뭐 보이는 게 없냐고 또 물어 보시는 거야.”

“그래서 뭐라고 하셨어요?”

“뭐라고 하긴, 도랑에 뭐 개구리가 있지 않을까 해서 ‘개구리요.’라고 했지. 그랬더니 좋으셨던지 흡족한 표정으로 날 안아 주셨다. 참 싱겁기도 하시지.”

“그런 적이 많으셨나 봐요? 할아버지요.”

“아니. 뭐, 몇 번 그러고는 더는 안 물어 보셨어. 그러고 보니 네가 생김새랑 성격이 할아버지를 아주 쏙 빼닮았어.”

“제가요? 사진으로 봐선 잘 모르겠는데…….”

“흑백 사진이라 그럴 거야. 피부도 하야시고, 어머니한테 들었지만 살가운 분이라 하셨다.”

“할아버지는 월남전에 참전하셨다가 전쟁터에서 돌아가신

거죠?"

"그게…… 그래, 이제는 말해도 되겠지. 사실은 전쟁터에서 돌아가신 게 아니란다. 월남전에 참전하셨다가 정신이 이상해져서 정신 병원에서 생활을 하셨어. 그곳에서 그만 스스로 목숨을 끊으셨고."

"네? 정말이요?"

"그래. 어머님 말씀으로는 결혼하고도 좀 이상했다고 하셨어. 가끔 이상한 것을 본다고 하시지 뭐니. 죽은 사람? 시체를 본다고 말이야. 그래도 어쩌다 한 번씩 그런 거니 아무렇지 않게 넘어가셨는데, 월남에 계실 때 계속 시체가 보인다며 신경 쇠약 증세가 극도로 나빠지셨단다."

"시체를 보셨다고요? 할아버지가요?"

"정확히 말하면 환영이 보인 거지. 아무에게도 안 보이는 시체를 아버지만 보인다고 한 거야. 그런 이유로 정신 병원에 강제로 입원 조치되신 거지. 하지만 정신 병원에서도 신경 쇠약 증세가 호전되지 않고, 더 나빠져서 결국 스스로 목숨을 끊으셨다고 들었다."

"할아버지가 시체를……. 그럼 저만 그런 게……."

할아버지는 나와 똑같이 시체를 보셨다. 자신에게만 보이는 것인지 확인하기 위해 아빠에게도 몇 번이나 물어보셨던 거겠지. 그리고 아빠가 보지 못한다는 사실에 안심했던 게 아닐까 싶다.

"뭐라고?"

"아뇨, 아니에요."

"할아버지에 대해 말하지 않은 것도 그런 이유로 그랬단다. 어릴 적의 너에게 할아버지는 멋진 분으로 기억되길 바랐거든. 하지만 이제 다 컸으니 이해하겠지?"

"그럼요. 이제는 이해해요. 이해하고말고요."

그때 소담 씨가 나지막한 목소리로 나를 불렀다.

"시보 오빠……."

"괜찮아요."

그녀는 걱정스러운 얼굴로 나를 바라보고 있었다. 내 상태를 솔직하게 말해야 하지 않을까 하는 고민이 그녀의 눈빛에 비쳐, 나는 조용히 고개를 가로저었다. 부모님이 알면 걱정할 게 뻔했기 때문이다. 그녀에게 비밀로 해 달라고 부탁했고, 그녀도 그런 내 마음을 이해한 듯 고개를 끄덕였다.

엄마가 정성껏 차린 음식을 먹기 위해 식탁에 모여 앉았다. 4인용 식탁이라 매번 한 자리가 비어 있었지만, 오늘은 빈자리가 없어 가득 찬 느낌이 들었다.

"저녁만 먹고 바로 올라가."

"네? 아빠, 며칠만 있을게요. 아까 말씀드렸잖아요."

"아니, 여기 아가씨는 있고 너만 올라가라고. 네가 지내는 고시원에 문제 있는 건 아니잖아."

"왜 그래요, 여보? 이따 얘기해요."

"시험도 며칠 안 남았는데. 시간 없다. 아가씨는 걱정 말고, 올라가서 시험공부나 열심히 해."

"아니……. 예, 그럼 내일 일찍 올라갈게요."

"저녁 먹고 바로 올라가래도."

"여보, 많이 늦었어요. 재우고 내일 올려 보내요. 네?"

"이번이 마지막이라 생각하면 일분일초도 아까운 거야. 시험에 합격하면 그때 네가 하고 싶은 거 마음껏 할 수 있다. 그러니 올라가. 아무 소리 말고."

도움을 요청하는 눈빛으로 엄마를 바라보았지만, 아빠의 고집을 누구보다 잘 알고 있는 엄마였기에 어쩔 수 없다는 듯 내 눈을 피해 고개를 돌렸다.

"알겠어요."

식사를 마친 뒤 나는 먼저 집을 나섰다. 혹시 아빠가 나와 소담 씨의 관계를 의심하는 걸까? 그래서 서둘러 올려 보내는 건가? 신경은 쓰이지만 아빠의 고집을 꺾을 별다른 방법이 없었다. 배웅 나온 그녀에게 걱정 말라고, 내 집이라 생각하고 편히 쉬라고 했지만, 정작 내가 더 걱정되어 걸음이 떨어지지 않았다.

"괜찮아요? 그냥 같이 올라갈까요?"

"아니에요. 여기 있어요. 그래야 내가 안심돼요. 내일 아침에 바로 경찰서에 가서 신고할게요. 상황 봐서 연락할 테니까 너무 걱정 말고요."

"오빠 부모님께 말씀드리고 도움을 받는 건 어때요?"

"그것도 생각해 봤는데…… 그럼 부모님이 내 생각만 하실까 봐……."

"아, 그렇죠. 내 일인데……. 미안해요, 오빠."

"그런 뜻이 아니에요. 난 괜찮아요. 내가 말했잖아요. 소담 씨는 내가 지켜 주겠다고. 들어가요, 이제. 더 얘기하다가 막차 놓칠 것 같아요. 어서요."

"오빠, 정말 괜찮을까요?"

"경찰에 신고하면 잘 해결될 거예요. 어서 들어가요. 내일 연락할게요. 오늘은 아무 걱정 말고 푹 쉬어요."

"고마워요. 조심히 올라가고 도착하면 꼭 연락 줘요."

"네, 그럼."

나는 막차를 타고 겨우 노량진역에 도착할 수 있었다. 새벽 00시 04분, 어느덧 하루가 지나가 버렸다. 마지막 전철이라 그런지 내리는 사람도 많지 않았다. 복잡하기도, 답답하기도 하여 하늘을 올려다보니 둥근 달이 세상을 환하게 비추고 있었다. 잠시 달을 감상하다 고개를 떨구고, 천천히 승강장을 따라 출구 방향으로 걸어갔다.

승강장 벤치 앞 바닥에 누군가 누워 있었다. 잠깐 놀랐지만 노숙자라 생각하고 못 본 척 지나쳤다. 그런데 뒤따라오던 술에 취한 남자가 바닥에 누워 있는 사람을 보고도 아무렇지 않게 벤치에 털썩 몸을 앉혔다. 술 취한 남자의 발밑에 누워 있는 사람은 아무런 미동도 보이지 않았다. 역시 그냥 노숙자구나 하고 지나가려던 그때, 술에 취한 남자가 노숙자의 몸을 밟고 일어났다.

'……뭐지?'

밟고 있는 사람도 밟히고 있는 사람도 이해가 안 되는 광경이었다. 술에 취한 남자는 마치 발밑에 아무것도 없다는 듯 비틀거리는 걸음으로 노숙자 위를 지나갔다. 아니, 정확히는 밟았다고 할 수도 없었다. 아무것도 없는 것처럼, 그 위를 그냥 지나쳐 갔다.

지금 이거 또…… 내 눈에만 보이는 초자연 현상인가? 그럼 저 사람은 또 시체? 나는 숨을 고르며 주위를 빙 둘러보았다. 마음 같아선 피하고 싶었지만, 늘 그랬듯 뻔히 눈에 들어오는 모습을 못 본 척 피할 수만도 없었다. 마음을 단단히 먹고 벤치 가까이 걸어가 쓰러져 있는 사람을 자세히 살펴보았다.

"허억!"

뭐야! 어째서? 이 사람이 왜 여기에……. 쓰러져 있는 사람은 다름 아닌 민우직 팀장이었다. 도대체 왜…… 민 팀장이 왜 이런 곳에 피를 흘리고 쓰러져 있는 거지? 설마 진짜 시체는 아니겠지? 진짜 현실에 놓인 시체인지, 아니면 초자연 현상 속의 시체인지 확인할 필요가 있었다.

나는 휴대폰을 꺼내 바로 민 팀장에게 전화를 걸었다. 신호는 울리지만 민 팀장이 쓰러져 있는 곳에선 벨소리가 들리지 않았다. 계속되는 신호음에 전화를 끊으려던 순간, 휴대폰 너머로 목소리가 들려왔다.

"여보세요……."

"민우직 팀장님, 남시보입니다."

"어……. 시보 씨!"

"아, 지금 시간이……. 주무시고 계셨어요?"

"이런, 깜박 잠들었네요. 무슨 일로? 아! 혹시 지금 만날 수 있어요?"

"아니요. 내일 만나자고 연락드린 거예요. 늦게 연락드려서 죄송해요."

"아니에요. 고마워요, 이렇게 먼저 연락 줘서. 내일 일찍 학원으로 갈게요. 잠깐 봐요. 괜찮죠?"

"그럼 아침 9시에 학원 정문 앞에서 봬요."

"9시요? 그래요. 고마워요. 도착하면 전화할게요."

"네, 조심하…… 아니, 아니요. 편하게 주무세요. 아하하."

"그래요. 들어가요."

그렇게 전화는 끊겼다. 민 팀장은 현재 살아 있다. 그럼 앞으로 민 팀장이 죽는다는 것? 그런데 민 팀장이 이 시간에, 하필이면 여기서 왜? 설마 경찰에 쫓기다가 여기서……. 그래, 결국 민 팀장도 벌을 받는구나.

이런 상황에서 나는 민 팀장을 만나도 괜찮은 걸까? 분위기를 보니 블랙박스 영상 때문에 만나자고 하는 것 같지는 않았다. 블랙박스를 소담 씨가, 그리고 내가 확인했다는 사실을 모를 가능성이 훨씬 크지 않을까.

일단 민 팀장을 만나고 난 후에 앞으로 어떻게 할지 결정해도 될 것 같았다. 어쨌든 민 팀장이 죽는 걸 확인했으니 만나도 큰 문제는 없겠지. 도대체 무슨 얘기를 하는지 만나서 들어 봐야겠다.

떠나기 전, 민 팀장이 쓰러져 있던 곳을 다시 한번 살펴보았다. 다리와 가슴에서 흘러나온 피로 주위가 흥건하게 젖어 있었다. 다리에 한 발, 가슴에 두 발의 총상을 입은 듯 보였다. 하지만 민 팀장의 손에는 총이 없다. 다른 무기도 없었다. 무방비 상태로 쫓기다가 총에 맞은 건가? 민 팀장도 경찰이니 똑같이 총이 있었을 텐데…….

민 팀장의 입가로 피가 흘러내렸다. 눈까지 뜨고 있는 모습이 너무 참혹해, 나도 모르게 입을 틀어막았다. 죽음이란 이렇게 허망하고 비참한 거구나.

"어…… 라?"

민 팀장 눈동자에 어떤 형체가 비치고 있었다. 그런데 어딘가 좀 이상하다. 당연히 내가 비쳐야 하는데 내가 아닌 다른 사람이 보이는 것 같았다. 왜 다른 사람이……. 설마 그 당시 민 팀장이 본 장면이 그대로 보이는 걸까? 사복 차림인 걸 봐서는 민 팀장을 잡으러 온 형사일 가능성이 컸다.

혹시 이진성 씨의 눈에서도 무언가가 보이지 않을까. 그래, 그 남자의 눈을 볼 수 있다면 뭔가 단서가 될 만한 것이 나올지도 모른다. 그렇다면 이 경위의 눈에도 무언가가 있다는 건데……. 죽기 전에 마지막으로 본 장면이 잔상으로 남았거나, 그게 아니면 자신을 죽인 사람일지도 모른다.

"말도 안 돼."

잠깐, 이거 뭐지? 갑자기 뭔가를 찾아낸 듯한 기분인데. 만일 내 추측이 맞는다면 민 팀장이 진범인지 아닌지 확인할 수도 있다.

　지금이라도 다시 기억을 떠올려 보려 했지만, 머리만 아플 뿐 전혀 떠오르는 것이 없었다. 혹시 모르니 날이 밝자마자 이진성 씨 시체가 보였던 곳으로 가서 기억을 떠올려 봐야겠다고 생각했다. 그 남자 눈에 어떤 장면이 남겨져 있는지 확인하고, 다음으로 이 경위 눈도 확인해 보면 뭔가 유추해 낼 수 있을지도 모른다.

　벌써 내일 해야 할 일이 많아졌다. 공무원 준비생에서 갑자기 형사가 된 기분이었다. 나에게 이런 능력이 있었다니. 이게 정말 능력이라고 칭할 수 있을 만큼 좋은 걸까? 아니면 할아버지가 그렇게 생각하셨듯 나에게 문제가 있는 걸까.

　그런데 내가 찾은 증거들이 과연 도움이 될지도 의문이었다. 민 팀장과 김 형사는 나를 믿어 주었지만, 사건을 해결하는 데 증거로까지 채택될 수 있을까? 현실적으로 증명할 수 없는 것이라 아마 채택은 불가능하겠지만, 그래도 작은 실마리를 풀 수 있는 단서는 될 수 있을 거라고 생각한다. 뭐라도 도움이 되었으면 좋겠다.

　출구로 나가기 위해 계단을 걸어 올라갔다. 중간쯤 올랐을 때, 갑자기 머리가 어지럽더니 점점 정신이 혼미해지고 눈앞도 안개가 끼듯 흐릿해졌다. 나는 계단 손잡이를 붙잡고 겨우 몸을 지탱했다. 정신을 잃지 않으려 애쓰다 보니, 누군가 바로 앞 계단에 걸쳐 쓰러져 있는 것이 보였다. 취객인가? 어디선가 많이 본 체형이다. 입고 있는 옷도 어디서 많이 본…… 아, 어지럽다. 아무래도 쓰러질 것만 같다.

그래, 맞다. 앞에 쓰러져 있는 저 사람…….

바로 나였다. 나라는 걸 알아채는 그 순간, 나는 그만 정신을 잃고 말았다. 아무 소리도 들리지 않았다. 단순히 주위에 아무도 없어서 조용한 것인지도 모르겠다.

내가 왜 여기에 쓰러져 있지? 이곳에 쓰러져 있다면 설마…… 죽은 건가? 아니, 앞으로 나도 죽는다는 건가? 다시 확인해 보고 싶었지만 도저히 눈이 떠지지 않는다. 그때 누군가 나를 깨우는 소리가 점점 크게 들려왔다.

"젊은이! 어이, 젊은이! 이거 술 취했나? 술 냄새는 안 나는데……. 젊은이, 정신 좀 차려 봐요. 조금 있으면 역사 내 출입문이 닫힌다고. 젊은이!"

"아악!"

"아이구, 놀라라!"

나를 흔들어 깨우던 역무원 아저씨가 놀란 얼굴로 두 손을 휘저었다.

"아……. 아저씨, 죄송해요. 저 이제 괜찮아요."

"뭐야? 잠자고 있었어?"

"아니요. 잠깐 정신을 잃었는데…… 이제 괜찮아요."

"그래? 진짜 괜찮아요?"

"네, 괜찮아요. 감사합니다."

"그럼 다행이네. 이제 곧 있으면 여기 출입문 닫혀요."

"아, 네. 금방 나갈게요."

"그래요. 조금만 쉬다가 빨리 나가요."

역무원이 깨워 준 덕분에 겨우 정신을 차릴 수 있었다. 나는 역무원이 가고 난 뒤, 쓰러져 있던 내 시체를 보기 위해 주위를 둘러보았다. 하지만 그새 흔적도 없이 사라지고 보이지 않았다. 정말 내 시체가 맞긴 맞는 건가? 내가 잘못 봤다고 생각하기엔…… 그 시체는 틀림없이 나였다. 분명히 내 시체를 보자마자 정신을 잃고 말았다.

생각해 보니 정신을 잃고 쓰러지는 이유를 조금은 알 것도 같다. 소담 씨의 시체를 봤을 때 그녀가 눈앞에 나타나자 정신을 잃었고, 이 경위가 목을 맨 장소에서 이 경위를 봤을 때 정신을 잃었다. 방금 전에도 내가 내 시체를 봤고……. 그런데 푸른 셔츠 입은 남자 시체를 봤을 때는 왜…….

"설마."

그 남자가 그곳에 있었던 거구나. 내가 그 남자인 줄 모르고 지나쳤을 가능성이 높았다. 아니, 그래야 맞다. 그렇구나! 그래서 민 팀장의 시체를 보고는 정신을 잃지 않았던 거야. 초자연 현상이 나타난 곳에서 실제로 그 사람을 보면 정신을 잃는 것이었다.

그럼 시체를 보는 것에도 뭔가 규칙이 있는 건 아닐까? 눈을 감고 생각을 정리해 보려 했지만, 이번에도 머리가 깨질 듯 아프다. 머리에 강한 통증만 있을 뿐 보이는 건 아무것도 없었다. 민 팀장에 이어 나타난 내 시체라…….

"젊은이! 아직 안 갔어?"

"아! 죄송해요. 지금 나갈게요. 죄송합니다."

역사를 나가야 하기도 했지만 머리가 아파 더 이상 기억을 떠올리는 건 무리였다. 나는 어쩔 수 없이 역사에서 나와, 지금까지 내게 일어났던 사건들을 찬찬히 정리하며 걸었다.

집까지 먼 거리를 걷다 보니 발바닥과 종아리가 욱신거리기 시작했다. 아침 일찍부터 온종일 신경을 쓴 탓에 피곤하고 졸음도 쏟아졌다. 아직 정류장 한 곳 거리만큼 더 걸어야 하는데…… 택시를 탈까 잠시 망설였지만, 지금까지 걸어온 게 아까워 그냥 계속 걸었다.

문득 밤하늘을 올려다보았다. 달빛이 밝게 빛나고 있었지만, 그만큼 주위에는 짙은 어둠이 내려앉아 있었다. 지름길로 가기 위해 골목을 선택했는데 괜한 짓을 했나 싶다. 밤거리의 골목은 생각보다 훨씬 어둡고 무서웠다. 심지어 중간중간엔 가로등이 없는 곳도 많았다. 혹시나 시체 같은 걸 또 보진 않을까. 괜한 상상에 갑자기 온몸이 섬뜩해졌다.

이대로는 안 되겠다 싶어 무작정 뛰기 시작했다. 몸은 힘들었지만 무언가에 쫓기는 것처럼 아무 생각 없이 앞만 보고 뛰었다. 모퉁이를 돌아 마지막 골목을 지나자, 드디어 그리웠던 고시원이 보였다. 언제나처럼 고시원 앞은 가로등이 환하게 밝히고 있었다.

그렇게 안도하는 마음도 잠시, 골목길을 빠져나가는 끝자락에 웬 짙은 그림자가 보였다. 순간, 뛰는 걸 멈추고 검은색의 큰 물체를 물끄러미 바라보았다. 겁은 났지만 저곳을 지나가야만 들어갈 수 있었다.

　나는 천천히 앞으로 걸음을 옮겼다. 검은 물체는 가까이 다가갈수록 그 크기가 점점 작아졌다. 고시원 앞에 있는 가로등 불빛 때문에 물체의 그림자가 크게 보였던 것이다. 그 물체가 눈에 들어올 때쯤 나는 또 우뚝 걸음을 멈춰 세웠다.

　'이런⋯⋯.'

　시체였다. 어두워서 잘 보이진 않았지만 누워 있는 사람 얼굴 옆으로 피 같은 것이 넓게 퍼져 있었다. 또 초자연 현상이 보이는 건지 현실에서 일어난 일인지 구분이 되지 않아 조금 더 가까이 다가가 보았다. 환영인가 싶었지만 이번엔 아닌 것 같았다. 이전에 봤던 시체들과는 어딘가 달라 보였다.

　'정말 현실에 죽어 있는 사람이란 말이야?'

　차라리 초자연 현상이었으면 했다. 가만히 살펴보니 쓰러져 있는 사람은 고시원 총무였다. 자세히 보기 위해 미간을 찌푸리며 총무를 바라보던 그때.

　"아악!"

　하마터면 놀라서 뒤로 자빠질 뻔했다. 갑자기 총무의 몸이 옆으로 '휙' 하고 움직이는 게 아닌가! 나는 놀라움과 안도가 뒤섞인 숨을 크게 내쉬었다. 아직 살아 있다. 시체가 아니었다. 그런데 왜 이런 길바닥에 쓰러져 있는 거지?

　바로 앞까지 다가가 주변을 살펴보니, 총무는 신발을 가지런히 벗어 놓고 그 안에 양말까지 얌전히 벗어 놓은 채 잠들어 있었다. 멀리서 피처럼 보였던 것은 피가 아니라, 총무가 직접 만

들어 둔 아주 큰 파전이었다. 그 파전을 본 순간 나도 한 판 만들 뻔했다. 옆에 서니 아주 진하게 술 냄새가 진동했다. 아마 술에 취해 여기가 방인 줄 알고 잠이 들었나 보다.

총무를 깨우기 위해 흔들어도 보고 불러도 봤지만 도무지 일어날 생각을 하지 않았다. 추운 겨울은 아니라 그냥 두고 갈까 싶기도 했지만, 밖에서 무슨 봉변을 당할지는 아무도 모르는 일이었다. 덩치 큰 총무를 혼자 데리고 들어가는 건 무리였기에, 결국 고시원 경비 아저씨를 불러 총무를 그의 방에 눕혔다.

나는 지친 몸을 이끌고 겨우 내 방에 들어와 침대에 쓰러지듯 누웠다. 당장이라도 기절할 것 같은데 어디선가 역겨운 냄새가 났다. 어떻게든 참아 보려 했지만, 진동하는 냄새에 도저히 잠을 잘 수가 없었다. 겨우 일어나 불을 켜고 살펴보니 어깨와 등 쪽에 무언가가 묻어 있었다. 윗옷을 벗어 냄새를 맡아 보았는데 "웩." 하는 소리가 절로 나왔다.

얼른 옷들을 벗어 들고 공중 샤워실로 갔다. 몸에 밴 냄새를 빼기 위해 깨끗하게 씻고, 냄새나는 옷도 함께 빨았다. 이제야 좀 편히 자겠다 싶어 침대에 다시 누웠다. 시간은 벌써 새벽 2시 11분을 가리키고 있었다. 참 고달픈 하루다.

띠리리리리, 띠리리. 띠리리리리, 띠리리.
시끄러운 알람 소리에 눈을 떴다. 자기 전에 진동으로 해 놓는다는 걸 깜박했나 보다. 알람을 끄기 위해 휴대폰을 집어 들었는데, 화면을 보니 알람이 아니라 전화벨 소리였다.

'아, 맞다……'

민우직 팀장 전화였다. 시간을 보니 오전 9시가 약간 지나 있었다. 너무 피곤한 나머지 맞춰 둔 알람 소리를 못 듣고 계속 잠들어 있었던 것이다.

나는 몽롱한 상태에서 전화를 받았다.

"남시보 씨, 민 팀장이에요."

"……"

"지금 학원 앞에 와 있어요."

목이 잠겨 말이 바로 나오지 않았다. 큼큼, 목을 가다듬는데 휴대폰 너머로 다시금 민 팀장의 목소리가 들려왔다.

"시보 씨, 듣고 있어요?"

"……네, 안녕하세요."

"지금 학원 정문 앞인데 내려올래요?"

"죄송해요, 팀장님. 제가 그만 늦잠을 잤네요. 잠시만……"

"아, 그래요. 그럼 내가 그쪽으로 갈게요. 지금 어디예요?"

"여기가 고시원인데……. 노량 고시원이라고 혹시 아세요?"

"아아, 알아요. 그럼 가서 다시 전화할게요."

"고맙습니다. 빨리 준비할게요."

"아니에요. 그럼 이따 봐요."

나는 전화를 끊고 바로 나갈 채비를 했다. 나갈 채비를 마친 후 침대에 앉아 민 팀장 전화를 기다리는데, 어차피 기다리는 거 편의점에서 뭐라도 먹으며 기다리는 게 좋을 것 같아 밖으로 나갔다.

고시원 건물 옆 편의점으로 들어서려던 그때였다.

"어이, 시보 씨!"

민 팀장이 벌써 왔나 싶어 뒤돌아보니, 그곳엔 김범진 형사가 서 있었다.

"이 고시원에 살아요?"

"어……. 네. 안녕하세요, 형사님."

"시보 씨도 안녕."

"여기는 어쩐 일로?"

"순찰 중에 우연히 시보 씨가 보여서. 반가워 불렀지, 뭐."

"혼자 오셨어요?"

"아니, 저기 차에 부사수랑 같이 다니지."

"민 팀장님은 같이 안 오시고요?"

"민 팀장님? 민우직 팀장님 말이에요?"

"네, 같이 다니시는 거 아니신가 하고……."

"아닌데. 팀장님하고는 팀이 달라. 왜요?"

"아, 아니에요. 그냥 같이 다니시는 줄 알고요. 그럼 전 약속이 있어서 이만."

민 팀장을 만나기로 한 상황이다 보니 마음이 괜히 불안했다. 최대한 빨리 대화를 마무리 지으려 하는데 김 형사가 다시 나를 불러 세웠다.

"에이, 시보 씨! 바빠요? 뭐가 그렇게 급해? 이렇게 본 김에 잠깐 얘기 좀 해요."

"무슨 얘기요?"

"아니, 어제 일로 뭐 생각난 거 없나 해서 말이야."

"어제요? 아……. 네, 생각해 보긴 했는데…… 죄송해요."

"뭐가 죄송해? 괜찮아요. 아 참! 그리고 어제 그 종이, 택배 영수증이 맞더라고."

"아, 그래요? 그랬구나. 아하하…….”

어떡하지. 지금이라도 사실대로 말해야 할까? 아니면 우선 민 팀장부터 만나고 생각해 보는 게 좋을까.

"택배 주소지로 가 봤는데 아무도 없는 거야. 어제저녁에 다시 갔는데도 없고. 하는 수 없지, 뭐. 또 가 봐야지."

"피곤하시겠어요. 근데 가도 뭐…… 그러니까, 크게 중요한 건 아니겠죠."

그래. 아직은 모르는 일이니 좀 더 상황을 봐야 할 것 같다.

"시보 씨가 그렇게 말하니까 꼭 형사 같네. 정말 중요하지 않을까? 그래도 가서 확인은 해 봐야지. 안 그래요, 시보 씨?"

"그렇죠. 그러셔야죠. 하하…….”

"오우, 미안 미안. 내가 너무 붙잡고 있었네. 나중에 뭐라도 생각나면 꼭 연락 줘요. 알았죠? 어서 들어가 봐요."

김 형사는 인사를 건네고는 건너편에 주차되어 있던 차 조수석으로 갔다. 내가 편의점에 들어선 후에도 잠시 머물러 있다, 내가 차 방향으로 돌아서자 그제야 시동을 걸고 자리를 떴다. 나는 차가 멀어진 것을 확인한 뒤 삼각 김밥을 들고 계산대로 갔다. 알바생이 보이지 않아 주위를 두리번거리고 있는데, 편의점으로 불쑥 민 팀장이 들어왔다.

"어! 민 팀장님, 제가 여기 있는 줄 어떻게……. 아, 뭐 사러 오셨구나. 아하하."

"남시보 씨, 아직 아침 전이죠? 가요, 아침 먹으러."

"괜찮아요. 저는 이거 먹으면 돼요."

"그거 갖다 놓고 와요. 요 앞에 맛있는 순댓국집 있어요. 어서요."

"진짜 괜찮은데……. 근데 뭐 사러 오신 거 아니세요? 제가 여기 있는 줄 어떻게 아셨어요?"

"오다가 편의점에 있는 거 보고 들어왔죠."

나는 들고 있던 삼각 김밥을 다시 자리에 갖다 놓고 민 팀장을 따라 편의점 밖으로 나왔다. 민 팀장은 편의점에서 나온 뒤로 줄곧 앞서 걸었다. 무슨 생각을 하는지 아무 말도 하지 않고 그저 걷기만 했다.

도대체 어디 있는 순댓국집을 가겠다는 건지. 방금 막 순댓국집 한 곳을 그냥 지나쳤다. 민 팀장이 말한 맛있는 집이 아니겠거니, 하고 아무 말 없이 따라갔다. 그런데 계속해서 걸어가도 다른 순댓국집이 보이지 않자 괜히 불길한 기분이 들었다. 혹시 아까 그 식당을 못 보고 지나친 건 아닐까? 아니면…… 날 이상한 곳으로 데려가려는 건 아닐까?

먼저 말을 걸어야 할지 도망쳐야 할지 고민하고 있을 때, 민 팀장이 뒤돌아서며 말했다.

"남시보 씨, 여기예요. 요 골목집."

"이런 곳에 순댓국집이 있었네요. 처음 봐요. 매번 지나는 곳인데 그동안 몰랐네요."

"그랬어요? 야아, 여기 얼마나 맛있는 곳인데! 여기 유명해요. 몰랐으면 오늘 알면 되죠. 하하. 들어가요."

매번 지나던 곳이기는 했지만, 골목길 안쪽에 자리 잡고 있어 못 보고 지나쳤던 것 같다. 순댓국집 간판에 40년 전통이라고 써져 있는 것을 보니 유명한 곳이기는 한가 보다. 겉으로 봐서는 그리 오래된 곳 같지 않았는데, 아무래도 새롭게 인테리어를 한 듯 보였다.

순댓국집 안으로 들어서자 벽면엔 순댓국 맛있게 먹는 방법이 크고 자세하게 설명되어 있었다. 민 팀장이 먼저 자리에 앉으며 나를 불렀다.

"시보 씨, 여기로 와요."

"아, 네."

"여기 순댓국 정말 맛있어요. 순댓국 나오면 저 순서대로 넣어서 먹어 봐요. 진짜 끝내줘요. 이모, 여기 순댓국 특대로 두 개요."

"네에, 3번 테이블 순특 둘!"

"아니, 특대 말고 저는 그냥……."

"에이, 여긴 특대로 먹어 줘야 해. 순대하고 머리 고기가 예술이에요. 믿고 먹어 봐요."

"아……. 네, 감사합니다."

민 팀장이 살짝 가라앉은 목소리로 내 이름을 불렀다.

"시보 씨."

"네."

"아, 아니에요. 밥 먹고 얘기하죠."

"괜찮아요. 급하신 것 같은데 말씀하세요."

"그래도 될까요? 음, 사실 아까 편의점에서 김 형사랑 만나는 걸 봤어요. 무슨 얘기한 거예요?"

민 팀장은 표정을 살피듯 나를 바라보았다.

"아아, 뭐……. 근처 순찰 중에 우연히 절 보고 잠깐 인사하러 온 거였어요."

"순찰 중에 우연히요. 특별히 한 말은 없고요?"

"그런 건 없었는데. 왜그러세요?"

"아니에요. 그건 차차 설명할게요. 그리고 저기, 이연우 경위 살인 사건 때문에 그러는데……."

"네? 살인 사건이요?"

"아, 얘기를 안 했죠? 타살로 확인됐어요. 그래서 혹시 그날 본 것 중에 특별히 생각나는 건 없나 해서요."

"아직 누가 범인인지는 모르는 건가요? 또 증거가 없는 거예요?"

"또라니요? 김 형사가 이 경위 사건에 관해 물어봤나요?"

나는 아차 하는 마음에 입술을 깨물었다.

"아, 그게 아니고……. 말이 헛나왔어요."

"그래요. 아직 범인이 누구인지는……."

민 팀장은 잠시 머뭇거리다 말을 이어 갔다.

"남시보 씨, 갑작스럽겠지만 지금으로써는 날 도와줄 수 있는 사람이 시보 씨밖에 없어서 이렇게 보자고 한 거예요. 그래서 정말 시보 씨 믿고 말하는 거고요. 사실…… 범인이 밝혀졌어요."

"그래요? 근데 무슨 도움이 필요하세요?"

"시보 씨……. 날 믿어 줘야 해요. 그럴 수 있겠어요?"

나는 불안한 마음에 목소리를 낮추고 물었다.

"뭔데 그러세요?"

"시보씨……. 그…… 그 범인이 나예요."

"뭐라고요? 지금 농담…… 하시는 거죠?"

"많이 놀랐죠. 나도 농담이었으면 좋겠네요."

말문이 막힌다는 게 이런 기분이겠구나. 민 팀장이 살인 사건의 범인이라는 건 알고는 있었지만 그걸 스스로, 그것도 또 다른 사건의 범인이라고 자백하는 꼴이라니.

"알아요. 많이 무섭겠죠. 근데…… 믿어 줘요. 난 아니에요."

"저…… 죄송한데, 진짜 급한 일이 있어서 먼저 가 볼게요."

"잠깐만요! 알겠으니까, 정말 그날 기억이 하나도 안 나요? 그것만 말해 줘요."

"그날…… 네, 기억이 나지 않네요. 정말이에요. 다시 떠올리려고 하니 아무것도 기억나지 않더라고요. 그럼 됐죠? 그만 가 볼게요."

나는 민 팀장을 뒤로하고 서둘러 순댓국집을 나섰다. 덜컥 겁이 났다. 도대체 저 사람의 정체는 뭐지? 몇 명이나 죽인 거야? 혹시 나도 죽이려고 접근한 건 아닐까? 그렇다면 노량진역에서 날 죽이고 경찰에 쫓기다가 죽음을 맞이하게 되는 걸까? 내가 왜 만난다고 했을까……. 괜히 만나서는 듣지 말았어야 할 얘기까지 들어 버렸다. 이제 난 죽은 목숨이나 다름없었다.

그런데 민 팀장은 왜 자신이 범인인 것을 나에게 말했을까? 그러면서 또 자신이 한 일은 아니라고 한다.

도망치듯 순댓국집을 나왔지만 자꾸만 그의 얼굴이 눈에 밟혔다. 무덤덤하면서도 간절한 눈빛. 내가 자리를 떠나자 체념하는 듯한 표정……. 아니다. 연기일지도 모르는 그런 모습들에 속지 말자.

"……."

멈칫 걸음을 멈춰 세웠다. 이상하게도 민 팀장의 얼굴이 눈앞을 맴돌며 떠나지 않았다. 정말, 만에 하나 정말 범인이 아니라면……. 하지만 소담 씨 아버지를 죽이고 이진성 씨를 죽인 범인이잖아. 그래, 처음부터 나를 속이려 한 거였어. 다음으로 나를 어떻게 죽여야 할지 계획을 짜고 있을지도 모르는 일이었다.

하지만 생각과 달리 나는 순댓국집으로 발길을 돌렸다. 그의 눈빛을 다시 보기 위해서였다. 그가 진짜 범인이라고 해도, 내가 이 선택을 후회하게 되는 일이 있어도, 눈빛을 봐야만 의문이 풀릴 것 같았다.

막 골목으로 들어섰을 때, 순댓국집에서 나오는 민 팀장이 보였다. 본인도 순댓국을 먹지 않고 그냥 나온 듯했다. 그는 하늘을 보더니 크게 한숨을 내쉬며 다시 땅을 쳐다보았다. 한참을 그대로 서 있는 모습이 말 못 할 깊은 생각에 잠긴 것처럼 느껴졌다. 나는 좀 더 빠른 걸음으로 그에게 다가갔다.

"저기, 민 팀장님!"

"어? 시보 씨."

"순댓국 안 드시고 왜 여기 계세요? 어서 들어가요."

나는 순댓국집으로 들어가, 남은 순댓국을 치우려던 아주머니를 말렸다. 아주머니는 쟁반에 올린 순댓국을 테이블에 다시 내려놓고는 아무 말 없이 주방으로 들어갔다. 그사이 민 팀장도 다시 식당 안으로 들어왔다. 그는 고개를 갸우뚱거리며 걸어와 앉아, 가만히 나를 바라보았다.

"가는데 이 순댓국 생각이 떠나지 않아서 말이에요. 와아, 다시 말아도 정말 냄새가 장난 아니네요."

"……시보 씨, 고마워요. 다시 와 줘서."

"뭐가요? 순댓국 때문에 온 거라니까요."

"아, 그래요. 그래. 순댓국 먹읍시다."

"국물도 진하고 고소한데 엄청 싱겁네요."

"여기 새우젓이랑 들깨 넣어요. 양념장도."

"저기 쓰여 있는 대로 말이죠?"

"아, 그래요. 저기. 하하."

괜히 웃으며 대화를 나누던 우리는 순댓국을 다 비울 때까지 아무런 대화도 주고받지 않았다. 일단 순댓국을 맛있게 먹었다. 깍두기와 순댓국은 정말 환상의 궁합이었다. 민 팀장의 말대로 맛집은 정말 맛집이었다.

한 그릇을 뚝딱 비우는 동안 온몸의 땀구멍이 다 열린 듯했다. 휴지로 흐르는 땀을 닦으며 찬물 한 잔을 들이켰다. 찬물이 얼마나 시원한지 잠시 오싹하기까지 했다. 어쩌면 기분 탓일지도 모르지만…….

반면, 민 팀장의 순댓국은 절반이 넘게 남아 있었다. 입맛이 없었는지 숟가락을 들다, 내 빈 뚝배기를 힐끔 쳐다보고는 다시 숟가락을 내려놓는다. 얼굴을 자세히 보니 극도의 스트레스에 짓눌린 듯 심각하게 굳은 표정이었다. 이연우 경위 살인 사건에 대해 어떻게 하면 날 설득시킬 수 있을까? 그런 고민을 하는 듯했다.

"맛있죠? 잘 먹네요."

"근데 왜 그렇게 안 드셨어요?"

"난 아침을 먹고 나왔어요. 시보 씨, 이렇게 다시 와 줘서 고마워요."

"아니……. 자꾸 고맙다고 하지 마세요."

"……사실 어떻게 해야 할지 모르겠어요. 시보 씨가 그날 연우를 봤다고 했을 때 긴가민가했어요. 조금 놀랍기도 했고요. 그래도 설마 했죠."

"네."

"그런데 감식 결과, 연우가 목을 맨 그 줄에서 내 DNA가 검출됐다는 거예요. 또 내 머리카락 여러 가닥도 화장실에서 발견이 됐고요."

"정말요? 그런데도 정말 아니세요? 아, 그러니까…… 어떻게 거기에서 팀장님 DNA가 나오고 머리카락이 있을 수 있냐는 거죠."

"그래요. 못 믿겠죠? 이해해요. 나도 못 믿겠으니. 어떻게 거기서 내 DNA와 머리카락이 나올 수 있었는지 모르겠어요."

"팀장님이 모르면 누가 알아요?"

"그래서 곰곰이 생각해 봤어요. 누가 날 모함하고 있는 게 아닐까? 날 함정에 빠트려 뭔가를 얻어 내려 하는 건 아닐까? 하지만, 도저히 이유를 모르겠어요. 그래서…… 지푸라기라도 잡는 심정으로 시보 씨가 그날 그곳에서 무언가 보지 않았을까 하는 생각에……."

"제가 팀장님을 어떻게 믿죠? 솔직히 믿을 수가 없는 상황이잖아요."

"믿기 힘들겠죠. 무섭기도 하고. 하지만…… 그래요. 믿어 달라는 말밖에 못 하겠네요."

나는 섣부르게 대답할 수가 없어 말없이 민 팀장을 바라보았다.

"괜찮아요. 힘들면 어쩔 수 없죠."

"아니, 사실…… 혹시……."

"왜 그래요? 편하게 말해요. 괜찮아요."

"그게…… 제가 본 게 있어서요. 얼마 전 택시에서 기사를 폭행한 적 있으시죠?"

"뭐요? 아니……."

민 팀장은 말문이 막힌 듯 날 빤히 쳐다보기만 했다.

"왜 말을 못 하세요? 있으세요 없으세요?"

"시보 씨가 그걸 어떻게?"

"정말 폭행한 게 맞아요?"

"시보 씨, 어떻게 알았는지 물어봐도 될까요? 혹시 최 형사 만났어요? 최 형사가 그래요?"

"그게 중요해요? 폭행한 사실이 중요하죠. 그리고 사람까지 죽였잖아요!"

"죽였다고요? 그 택시 기사분이 죽었어요? 시보 씨! 그게 무슨 말이에요?"

"아니, 그렇게 죽도록 패 놓고 지금 죽었냐고 묻는 거예요? 이런 사람을 나더러 믿으라는 겁니까?"

"그게 무슨 말이냐니까요! 정말 그 택시 기사분이 내가 폭행한 그분 맞아요? 잘못 들은 거 아니에요? 아니, 그렇게…… 분명 의식이 있었는데……."

소담 씨의 아버지를 폭행한 사람은 민 팀장이 맞았다. 이로써 스스로 범인임을 인정한 거다.

"제가 직접 봤거든요. 폭행당하는 영상을 제 이 두 눈으로 직접 봤다고요."

"영상이요? 어디서요? 정말 나 맞아요? 아니에요. 분명 의식을 차리는 걸 보고 나왔다고요. 정말이에요, 시보 씨."

"민 팀장님, 이제 거짓말은 그만하시죠. 지금이라도 자수하세요. 전 도와드릴 수도 없고, 도와드릴 마음도 없어졌으니까요."

"그 영상이라는 게 블랙박스 영상인가요? 난 기사분을 죽이지 않았어요. 절대로. 사실 그때 술에 취해 분을 참지 못하고 그만…… 주먹이 나갔어요. 그날 나도 내가 왜 그랬는지 모르겠어요. 택시 기사분을 때리고 나서 너무 놀라 바로 내렸다가, 다시 기사분 의식을 확인했다고요. 의식 차리는 걸 보고 블랙박스를 떼어 내서 도망갔어요. 정말이에요."

"뭐라고 하셨어요? 블랙박스를 가져갔다고요? 아니, 블랙박스 가져갈 정신은 있었나 보네요? 그럼 그 블랙박스 영상 가지고 계세요?"

"아……. 그건……. 술에 취해 블랙박스를 갖고 뛰어가다가 그만 잃어버렸어요. 그때 한 남자랑 부딪쳤는데, 그때 떨어뜨렸는지 정신을 차려 보니 블랙박스가 없었어요. 블랙박스를 가지고 도망간 건 맞지만……."

"아, 그래요? 그래서 그 블랙박스를 주운 사람도 죽인 건가요?"

"네? 그건 또 무슨?"

이런……. 자백하듯 이야기하는 민 팀장과의 대화에 너무 흥분해서 하지 말아야 할 이야기까지 하고 말았다.

민 팀장이 블랙박스를 주운 이진성 씨를 죽이고, 그 사실을 안 이 경위도 죽인 거라면, 정말 그런 거라면 이제 나는 어떡해야 하지. 이 모든 사실을 알고 있는 나도 가만두지 않을 게 뻔한데. 설마…… 내가 모든 사실을 알고 있다는 걸 알게 돼 날 죽이는 건가?

민 팀장은 멍하니 날 쳐다보고 있었다. 내가 무슨 말을 하려는지 기다리는 눈치였다. 하지만 나는 아무 말도 하고 싶지 않았다. 범인이라는 걸 확인했으니 빨리 이곳에서 벗어나야겠다는 생각뿐이었다. 나도 여기서 죽는 건 아닐까 겁이 났다. 다른 사람들도 있는데 설마 여기서 날 죽이지는 못하겠지?

"시보 씨, 그게 무슨 말이에요? 내가 또 사람을 죽였다니?"

"아……. 그게……."

"시보 씨는 뭔가 알고 있는 거죠? 아니, 어떻게 택시 기사를 폭행한 걸 알고 있는 거죠? 블랙박스 영상을 가져간 게 시보 씨였어요? 아니지. 그럼 내가 죽이지 않았다는 걸 알았을 텐데……."

"제가 가져간 게 아니고 택배로 받았어요. 택배로요."

"택배요? 시보 씨한테 택배가 왔어요? 누가 보낸 거죠?"

"어, 누가 보냈는지는 택배 상자에 안 적혀 있어서 알지 못했지만……."

"계속 말해 봐요."

뭔가 상황이 잘못 흘러가는 것 같아 마음이 영 내키지 않았다.

"내가 왜 이런 얘기를 다 해야 하죠? 그것도 팀장님한테."

"시보 씨, 아직 내가 못 미덥겠지만…… 알고 있는 걸 다 말해 줘요. 그래야 오해가 있다면 풀 수 있잖아요."

"……그래요. 네, 그렇죠. 푸른 셔츠 입은 남자 기억나시죠? 그때 가슴에 칼……."

"이진성 씨 말인가요? 시보 씨가 봤다는 그 시체…… 아니, 환영."

"맞아요. 그 사람이 택배를 보낸 것 같아요. 그 이진성 씨라는 분 주머니에서 택배 영수증을 봤거든요. 그래서 그 택배 주소지에 찾아가서 택배 안에 있던 블랙박스 영상을 봤어요. 그런데……."

이걸 말해도 되는 걸까? 말하지 말까?

"시보 씨, 괜찮아요. 말해 봐요."

"그 영상에서 팀장님이 택시 기사분을 무참하게 폭행하는 걸 봤다고요."

"내가요? 아니에요. 뭔가 잘못됐어요. 아니…… 아니에요. 시보 씨, 정말 아니에요. 잘못 본 걸 거예요. 내가 확실해요?"

"뒷좌석에 타고 있던 건 확실히 팀장님이었어요. 그리고 내려서 조수석에 다시 왔을 때…… 아, 그러네요. 잠깐만요. 카메라가 기사분 쪽으로 쏠려서 팀장님 얼굴이 보이지는 않았어요. 그래도 분명…… 바로 조수석으로 와서 기사분을 무지막지하게 때리던데……."

"잘 생각해 봐요. 조수석에서 폭행한 사람이 분명 나였어요? 내 얼굴을 분명히 본 거냐고요?"

"팀장님이 조수석으로 들어온 것까지는 보였는데, 갑자기 카메라가 기사님 얼굴만 클로즈업돼 있어서……. 팀장님 얼굴은 안 보이고 주먹과 팔 정도만 보였어요. 하지만 뒷좌석에서 내리자마자 조수석으로 왔고 기사분을 폭행했다고요."

민 팀장은 고개를 가로저으며 말했다.

"아니에요. 그날 분명 취하기는 했지만 몇…… 아니, 주먹으로 정확히 두 번 때렸을 뿐이에요. 나도 내 행동에 놀라 바로 도망가려다 기사분이 걱정돼 다시 조수석으로 간 거고요. 그런데 의식을 차리는 걸 보니 겁이 나서 블랙박스를 가지고 도망친 거예요. 그때가 진급 심사 중이었을 때라 불이익이 될 것 같아서 일단 도망갔지만 죽이지는 않았어요. 맹세할 수 있어요. 혹시, 그 택시 기사분이…… 시보 씨 아버님인가요? 아니면 친척분? 그렇다면…… 정말…… 정말 미안합니다."

"제 친구 아버님이에요."

"아아……. 그 친구분에게 정말 죄송하네요. 직접 만나 사죄드리고 싶어요. 하지만 내가 죽…… 아니에요. 나 때문인 건 맞아요. 거기 안 쓰러져 계셨다면 그런 일도 안 생겼을 테니까. 다 내 잘못이에요. 정말 미안해요……."

사람이 이렇게까지 진실하게 거짓을 말할 수 있을까. 민 팀장은 딱 그런 모습이었다. 이야기도 일관성 있고……. 아직 모든 걸 믿을 수는 없지만, 만약 민 팀장의 말이 사실이라면 다른 누군가가 배후에 있다는 말이 된다.

"팀장님, 정말 뒷좌석에서만 기사분을 때린 건가요? 그럼 조수석에서 때린 사람은 누구죠? 그 푸른 셔츠 입은 그 남자…… 이진성 씨라고 했죠? 그 사람인가?"

"근데 블랙박스는 분명히 내가 가지고 나왔어요. 그럼 블랙박스가 사라진 다음이니 그 영상이 찍힐 수가 없는데……. 그렇잖아요?"

"그러네요. 블랙박스가 두 개였을까요?"

"맞아요. 두 개가 있었는지도 모르죠."

"그럼 이진성 씨가 나머지 블랙박스를 가지고 나왔다고 볼 수 있겠네요."

"이진성 씨가 택배를 보냈다면 그렇게 봐야겠죠. 아, 그래서 내가 이진성 씨를 죽였다고 생각했군요. 블랙박스 영상 때문에."

"그렇죠. 그것도 그거지만…… 김 형사가 말하지 말라고 했는데 민 팀장님한테는 말해도 되겠죠. 두 분이 같은 편이시니."

"김 형사가요? 뭐가 같은 편이라는 거예요?"

"김 형사가 아직 수사 중이라고 말하지 말라고 했거든요. 민 팀장님을 엄청 걱정하더라고요. 팀장님이 함정에 빠졌다고."

"내가 함정에 빠져요? 뭘 말하지 말라고 했죠?"

"그게…… 하, 말하지 말라고 했는데……. 이진성 씨 칼 있잖아요. 흉기요. 그게 근처 쓰레기통에서 발견됐는데 그 칼에…… 그러니까 그 칼에……."

"증거를 찾았군요. 그런데 그 칼이 왜요? 혹시……."

"민 팀장님 지문이 나왔다고 했어요."

"설마 했는데…… 역시. 시보 씨, 정말 난 아니에요. 그래서 시보 씨가 그렇게 화를 냈군요. 하아, 그래요. 겁도 났겠네요. 그래서 아까 그렇게 서둘러 도망가듯 갔던 거고요. 모든 증거가 내가 살인자라고 지목하고 있네요."

나는 답답한 마음에 마른세수를 하며 물었다.

"저기, 팀장님. 정말 아니세요? 자꾸 의심해서 죄송하지만…… 팀장님 말대로 모든 증거가 팀장님을 범인이라고 가리키고 있는데 아니라고 하시니……."

"정말, 정말 아니에요. 믿어 줘요. 지금쯤이면 이연우 경위 살인 용의자로 날 찾고 있을 거예요. 경찰청에서 조사 중이니, 오늘쯤이면 연우를 죽인 범인을 나라고 단정 짓고 체포하려 하겠죠."

"정말요?"

"그래서 시보 씨를 급히 만나야 했어요. 다행히 큰 도움을 받았네요. 누군가 나한테 모든 범죄를 뒤집어씌우려 하고 있어요. 이건 누군가 날 함정에 빠뜨린 게 분명해요."

"그럼 이제 어쩌시려고요?"

"시보 씨! 시보 씨는 날 믿나요? 믿어 줄 수 있어요?"

나는 잠시 대답을 망설였지만, 다시 한번 민 팀장의 눈빛을 마주한 뒤 고개를 끄덕였다.

"네, 믿을게요. 팀장님이 절 믿어 주셨던 것처럼 저도 믿어 볼게요."

"정말이죠? 시보 씨, 정말 고마워요. 시보 씨가 솔직하게 얘기해 줘서 큰 도움이 됐어요. 정말이에요. 오늘 했던 얘기는 비밀로 해 줘요. 시보 씨가 위험할 수 있어서 그래요. 알았죠?"

"그럴게요. 근데 지금 팀장님이 함정에 빠졌다면 누군가의 도움이 필요하지 않으세요? 혹시 도와줄 분이 계세요?"

"모르겠어요. 이제 모두를 의심할 수밖에 없어서……. 그래도 최우식 형사만큼은 믿을 수 있을 거예요."

"그럼 최우식 형사도 이 사실을 알고 있나요?"

"아니요. 아직 말 못 했어요. 혼자 해결해 보려고……."

"지금이라도 연락해서 도움을 청해 보시죠?"

"지금쯤이면 최 형사도 의심받고 있을지 몰라요. 그리고 최 형사도 알게 됐을 거예요. 내가 연우를 죽인 걸로……."

"그럼 어쩌죠? 제가 뭘 도와드릴 일은 없을까요?"

"괜찮아요, 시보 씨. 더는 돕지 않아도 돼요."

모든 것을 혼자 안고 가려는 듯한 민 팀장의 모습에 괜스레 마음이 무거워지는 듯했다.

"무섭기는 하지만 제가 도와드릴게요. 도와드리고 싶어요. 정말이에요."

"고맙긴 한데…… 그래도 될지 모르겠네요. 미안해서 말이죠."

"제가 할 수 있는 한에서 도와드리는 거니까 미안해 안 하셔도 돼요."

"그럼 염치 불고하고 도움 좀 받을게요. 일단, 시보 씨가 얘기해 준 것들을 정리해야 할 것 같아요."

민 팀장은 내게 들은 정보들을 통해 뭔가 새로운 단서가 될 만한 것이 없는지, 노트를 꺼내 하나하나 정리해 나갔다. 나도 블랙박스 영상과 이진성 씨의 죽음을 다시 돌이켜 보았다. 또한 김 형사에 대해서도.

그때 민 팀장의 휴대폰 벨이 울렸다.

"어, 최 형사. 알고 있어. 아니야. 최 형사, 나 민…… 고마워. 김 형사가? 그래. 나중에 내가 연락할게. 앞으로 먼저 연락하지 말고. 알았지? 그래, 최 형사."

심각한 표정으로 최 형사와 통화를 마친 민 팀장은 노트를 안주머니에 넣고 자리에서 일어섰다.

"어디 가시게요?"

"지금 경찰청 광역 수사대에서 날 찾고 있다고 하네요. 분명 연우 살인 사건 때문에 찾는 걸 거예요. 김 형사도 날 찾는다고 하는데……. 무슨 일로 찾는지는 말을 안 한다고 하네요."

"아마 이진성 씨 살인 사건 때문에 찾는 게 아닐까요?"

"그게 이상해요. 나한테 바로 전화해도 됐을 텐데 최 형사한 테 물어본 것도."

"그게 왜 이상해요? 우연히 최 형사가 보여서 물어본 걸 수도 있잖아요."

"그렇죠. 그럴 수도 있겠죠. 야아, 시보 씨. 상황 파악도 빠르고 판단도 객관적으로 잘하네요. 지금 공무원 준비하다고 했죠? 9급?"

"행정직 준비 중이에요."

"그럼 경찰 공무원 준비해 봐요. 경찰해도 되겠어요."

"에이, 농담하지 마세요. 이 상황에서 농담이 나오세요? 경찰할 사람은 따로 있다고요."

"누구요?"

나야말로 이 와중에 소담 씨 생각이라니.

"아니……. 경찰은 아무나 하냐고요. 하하."

"왜요? 시보 씨 정도면 잘할 것 같은데. 생각해 봐요. 농담 아니에요."

"네에, 그래서 어디로 가실 거예요?"

"음……. 지금은 경찰서도 안 될 것 같고 집에도 못 가고. 아,

잠깐만요."

민 팀장은 다시 자리에 앉아 누군가에게 문자를 보냈다.

"아내한테 문자 남겼어요. 걱정할 것 같아서, 걱정하지 말라고."

"전화를 하시지……. 걱정하실 텐데."

"혹시 위치 추적을 할지도 몰라서요."

"아, 그럴 수 있겠네요."

"시보 씨, 하나 부탁할 게 있어요."

"네, 어떤……."

"연우 시체를 본 그때를 잘 기억해 봐요. 단서가 될 만한 것은 없었는지."

"근데 정말로 그때가 기억이 잘 나지 않아서요. 아! 맞아요. 그 장소에 가서 보면 떠오를지도 몰라요. 이진성 씨 시체는 사건 장소에서 잘 떠올랐거든요."

"김 형사랑 이진성 씨 사건 현장에도 갔었어요? 김 형사가 뭘 찾고 있었죠?"

"아……. 뭘 찾는 건 아니고, 팀장님은 범인이 아니라며 다른 단서가 될 증거를 찾아 달라고 했어요. 지금 팀장님처럼요."

"그래요. 김 형사가요."

김 형사 이야기만 나오면 어딘가 차가워지는 듯한 얼굴 표정에 조심스레 물었다.

"혹시 김 형사하고 사이가 안 좋으세요?"

"왜요?"

"그게…… 김 형사님은 팀장님을 존경하는 듯했어요. 멋진 분이라고도 했고요. 그래서 두 분 사이가 좋을 것 같았는데…….팀장님은 김 형사 이야기가 나올 때마다 표정이 그렇지 않아서요. 제가 잘못 봤나요?"

"아니요. 잘 봤어요. 김 형사가 날 존경해요? 멋지다고 했다고요?"

제5화

함정에 걸려들다

"그럼 두 분 사이가 좋은 게 아니었어요? 아니면 일방적으로 민 팀장님이 좋아하시지 않는 건가요?"

"시보 씨, 김 형사는 날 무시하던 놈…… 아니, 내 부사수였어요. 처음 경장으로 강력반에 왔을 때……."

"민 형사님, 이렇게 민 형사님을 사수로 모시게 되어 영광입니다."

"자꾸 왜 그래? 닭살 돋게. 그만 좀 해."

"아닙니다. 정말입니다. 강력계의 전설! 사건마다 전설적인 행적으로 명성이 자자하신 우리 민 형사님 아니십니까?"

"아이, 그만 좀 하라니까. 운전이나 똑바로 해."

"네, 알겠습니다. 레전드! 민 형사님!"

"정말 못 말리는군."

"도착했습니다."

"어, 그래. 어서 들어가 보자고."

사건 현장에는 이미 감식반과 형사들이 도착해 있었다.

"충성! 오셨습니까. 저깁니다, 민 형사님."

"오우, 최 형사. 수고."

"야, 최 경장! 저기 사람들 좀 막아. 그리고 여기 현장 보존 잘한 거야?"

인사를 나누는 민우직 형사와 최 경장 사이로 김 형사가 끼어들 듯 들어와 말했다.

"네, 김 형사님! 현장 보존은 이 형사님이 오셔서 바로……."

"벌써 이 형사가 왔다고?"

"네? 네, 그렇습니다."

"알았어. 저기 사람들 통제나 해."

"네!"

김 형사는 민우직 형사에게 보였던 태도와 180도 다른 말투와 표정으로 최 경장을 대했다

"오셨습니까, 민 형사님."

"이 형사, 벌써 와 있는 거야?"

"네, 근처에 강도 사건이 있어서 채 형사님하고 왔다가……."

"근데, 채 형사는?"

"저…… 반장님 연락받고 급히 가셨습니다."

"반장님? 무슨 일인지는 모르고?"

"그게, 아무한테도 말하지……."

"됐어, 그럼. 그래서 사인이 뭐야?"

"아! 네. 자세한 건 부검을 해 봐야 하지만 두개골 파열로 인해 사망한 것으로 보입니다. 저기 바로 옆에 있는 저 돌에 맞은 것 같고요. 지금 감식반에서 정밀하게 확인하고 있습니다."

"음……. 알았어. 그 외 몸에 특이 사항은 없었고?"

"발견됐을 때 하의가 벗겨져 있는 것으로 봐서 성폭행 후 살해한 것으로 보입니다."

"그래? 휴우, 이번이 세 번째인가? 이거 연쇄 살인 사건 냄새가 풀풀 나네."

"기존 살인 사건과의 연관성은 감식 결과를 기다려 봐야 알 수 있을 것 같습니다."

"큰일이군. 빨리 범인을……."

"충성! 이 형사님 계셨습니까? 와아, 역시 이 형사님은 언제나 현장에 제일 먼저 와 계십니다."

김 형사는 조금 전 최 경장에게 이 형사 이야기를 했을 때와는 또 다른 태도로 이 형사를 대했다.

"어, 김 형사 왔어?"

"이 형사, 난 주위 좀 살펴보고 올 테니까, 김 형사한테 사건 설명 좀 해 줘."

"네, 민 형사님."

김 형사는 이 형사에게 가까이 다가가며 말했다.

"이 형사님, 또 살인 사건입니까? 연쇄 강간 살인 사건 맞죠?"

"그래. 그런 것 같아."

"야아, 이거 잘만 해결하면 일 계급 특진이겠는데요. 그래서 이렇게 일찍 오셨습니까? 하하하."

"뭐? 김 형사, 말 함부로 할 거야? 지금 특진이 중요해? 무고한 사람이 죽어 나가고 있는데……."

"아이, 왜 그러세요? 농담입니다, 농담. 분위기가 너무 가라앉아 있는 같아서 그런 거 아닙니까. 이럴 때일수록……. 너무 민감하시다, 우리 이 형사님."

"김 형사, 상황 봐 가면서 그런 농담하라고. 앞으로 또 그러면 가만 안 돼."

"네네, 시정하겠습니다."

"그래. 조심 좀 해."

김 형사는 뒤로 돌아서며 낮은 목소리로 속삭였다.

"가만 안 두면 어쩔 건데. 지가 뭐라고. 재수 없는 새끼."

"뭐? 지금 뭐라고 했어?"

"아닙니다, 아무것도."

다행히 김 형사가 내뱉은 혼잣말은 이 형사에게 제대로 들리지 않았다. 때마침 김 형사의 휴대폰 벨이 울렸다.

"채 형사님, 지금 통화 가능하십니까?"

"그래, 김 형사. 전화했었네? 무슨 일이야?"

"네, 지금 살인 사건 현장에 나와 있는데요. 이거 연쇄 살인 사건인 듯합니다. 두개골 파열로 사망했는데 강간도 당한 것 같습니다."

"동일범이라는 증거는 나왔어?"

"아, 그게 지금 현장 검증 중이라 아직 자세히 알 수 없어서……."

"뭐야! 제대로 확인하고 다시 보고해. 지금 내가 한가해 보여? 끊어!"

"아, 네……."

뚜 뚜 뚜.

"젠장! 내가 똥이 무서워서 피하냐? 더러워서 피하지. 매번 이런 식이야! 이 빌어먹을 놈 새끼."

"어이! 김 형사, 지금 뭐 해?"

"네! 민 형사님."

"여기로 와 봐. 어서."

"네네. 갑니다, 가요."

"……김범진 형사가 민 팀장님 부사수였었군요."

"그랬죠."

"그 연쇄 살인범은 잡으셨나요?"

"그게…… 잡기는 잡았어요."

"그런데 표정이 왜 그러세요?"

"두 명의 피해자가 더 나오고 나서야 겨우 잡았어요. 채 형사가 말이죠."

"그랬군요. 채 형사라면……."

민 팀장은 의아한 눈빛으로 나를 빤히 쳐다보았다.

"아, 그…… 김 형사가 말해 준 것 같아서요. 민 팀장님이 경찰청으로 갈 수 있었는데, 채 형사 아버지 백으로 팀장님이 못 가고 채 형사가 승진했다고……. 맞는 이야기인가요?"

"뭐, 일부 맞기는 하지만 경찰청 계장으로 가지 못한 건 내가 포기해서예요."

"포기하셨다고요?"

"채 형사 부친의 로비로 채 형사가 곧 승진할 거라는 소문이 돌았었어요. 그래서 화도 났지만 그때는 여러 가지로 너무 힘들기도 했고……. 그때 이연우 경위가 옆에서 힘이 되어 줬어요. 경찰청 감찰 담당관에 동기가 있다며, 자신이 진정서를 올리겠다고 나보다 더 발끈하며 나섰죠. 하지만 내가 말렸어요. 그럴 만한 사정이 있었거든요. 나중에 안 사실이지만, 채 형사 부친이 실제로 경찰청장님께 로비했었다고 해요. 이미 승진은 나로 결정된 상태였고요. 서장님이 직접 알려 주셨어요."

"그런데 왜 포기하셨어요?"

민 팀장은 잠시 머뭇거리다 말을 이어 갔다.

"그게……. 시보 씨도 이제 알고 있잖아요. 택시 기사 폭행 건이요. 나는 정말 죽이지 않았어요. 하지만 술에 취해 폭행한 것이 계속 마음에 걸렸어요. 그리고 증거를 훼손하기까지 했으니……. 승진할 자격이 없다고 생각했어요. 서장님께 그냥 서에 남고 싶다고 말씀드렸죠. 그래서 나 대신 채 형사가 경찰청으로 승진해 간 거예요."

"그렇군요. 김 형사는 자신이 팀장님을 대신해서 감찰에 진정서를 올리려고 했다고 했는데…… 이연우 경위가 한 거였군요."

"그때 김 형사는 채 팀장이 승진하기를 바랐어요. 그래야 자신이 강력 1팀 팀장이 될 수 있다고 생각했을 테니까요."

"생각이요? 그럼 실제로는 팀장이 안 됐나요?"

"실제로 1팀 팀장이 됐죠. '결과적으로는'."

마지막 말을 꾹꾹 누르듯 강조하는 목소리가 귀에 박혔다.

"그게 무슨……."

"원래는 이연우 경위가 강력 1팀 팀장으로 승진을 했어요. 그런데…… 그렇게 죽다니……. 당연히 타살이라고 직감했죠. 절대 자살일 수 없었어요. 그런데 범인이 나라고? 말도 안 되지. 절대 말도 안 되죠."

"이연우 경위가 팀장으로 승진을 했다고요? 팀장까지 됐는데…… 그럼 더더욱 자살은 아니겠네요. 팀장님 말씀대로라면 팀장님이 죽일 이유도 없잖아요."

"그렇죠. 시보 씨도 조금만 생각해 보면 아니라는 걸 알겠죠? 이건 분명 함정이에요."

"그러네요. 모든 살인 사건이 민 팀장님을 범인이라고 가리키고 있어요. 그것도 분명하게……. 팀장님이 진짜 범인이라면 그렇게 쉽게 증거를 남기지 않았을 것 같은데……. 아닌가요?"

"오우, 역시! 시보 씨, 경찰 시험 봐요. 꼭!"

"그 얘기가 왜 또 여기서 나와요. 그것보다 누가 팀장님을 함정에 빠뜨리려 하는 걸까요? 혹시……."

"김범진 형사를 의심하는 거죠?"

"맞아요. 팀장님도 그러신가요?"

"솔직히 말하면 그래요. 김 형사에게 뭔가 수상한 냄새가 나지만…… 물증이 없으니 그 증거부터 찾아야겠죠. 시보 씨가 도와준다고 하니 기운이 나네요."

"팀장님, 힘내세요. 제가 할 수 있는 한 최선을 다해 도울게요. 사실…… 겁이 나긴 하지만요. 제가 도와드릴 게 있을지, 잘할 수 있을지도 걱정이고요."

"그래요. 이해해요. 지금 상황에서 안 무섭고 걱정 안 되면 사람도 아니죠."

점차 퍼즐이 맞춰지는 듯한 기분이 들었다. 믿어 보기로 한 것도 있지만, 객관적으로 생각해도 민 팀장이 범인일 가능성은 매우 낮아 보였다.

"그럼 지금 바로 경찰서로 가서 기억을 되짚어 볼게요. 혹시 그날 본 시체가 다시 떠오를지도 모르니까요."

"근데 괜찮겠어요? 시체 보는 게 쉽지 않을 텐데요."

"걱정 마세요. 여러 번 봐서 그런지 처음보다는 힘들지 않아요. 하하."

"그래도 걱정…… 그래요. 미안하지만 부탁할게요. 난 김 형사를 직접 만나 봐야겠어요."

"괜찮으시겠어요?"

"그럼요. 당장 나를 어떻게 하지는 못할 거예요. 김 형사 정도는 뭐……. 하하.”

“그래도 조심하세요. 저는 확인해 보고 다시 연락드릴게요.”

그때, 식탁 위에 놓여 있던 휴대폰에서 진동이 울렸다. 민우직 팀장 휴대폰이었다. 민 팀장은 잠시 머뭇거리다, 휴대폰을 들어 통화 버튼을 눌렀다.

“어, 김 형사. 마침 전화하려던 참이었는데. 사육신 공원? 그래, 알았어. 근데 김 형사……. 아니야. 만나서 얘기하지. 그래, 그래.”

짧은 대화를 마친 민 팀장은 전화를 끊고, 다시 탁자 위에 휴대폰을 내려놓았다.

“김범진 형사인가요?”

“네. 김 형사가 이진성 씨 건으로 보자고 하는데, 이연우 경위 건도 알고 있으니 걱정 말라고 하네요.”

“정말 괜찮을까요? 혹시 잠복해서 팀장님을 잡으려고 속이는 건 아닐지…….”

“그럴 수도 있겠죠. 하지만 김 형사를 꼭 만나야 해요. 도대체 무슨 꿍꿍이인지 알아내야 하니깐.”

“여기서 팀장님이 잡히면 누명을 벗을 기회조차 놓칠 수 있잖아요.”

“시보 씨, 너무 걱정 말아요. 나 이래 봬도 경력 25년 차 베테랑 형사예요.”

“아, 그렇죠……. 헤헤. 알겠습니다. 베테랑 형사님, 부디 조심하시고요.”

"혹시 모르니 만약 서로 연락이 되지 않으면 어디서 만나기로 할까요? 좋은 곳 있어요?"

"그런 건 25년 차 베테랑 형사님이 더 잘 아실 것 같은데요?"

민 팀장은 형사님 앞에 붙는 수식어가 민망한지 과장되게 너털웃음을 터뜨렸다.

"하하하. 그래요. 혹시 연락 안 되면…… 물론 만일이지만요. 그럼 시보 씨 고시원에서 봅시다. 어때요?"

"네? 제 고시원이요?"

"연락이 안 될 리는 없을 테니까요. 뭐, 설마 무슨 일이 있겠어요?"

"아이……. 뭐예요, 지금 괜히 겁주신 거예요?"

"장난 좀 쳤어요. 시보 씨 긴장 좀 풀어 주려고요. 하하."

민 팀장은 사육신 공원으로 가기 위해 곧장 차가 주차된 고시원 방향으로 걸어갔다. 나는 경찰서로 가기 위해 반대 방향으로 좀 더 걸어 내려와 버스 정류장 앞에 섰다.

버스를 기다리며 그와 나눈 대화를 소담 씨에게 전해야 할지 잠시 고민했지만, 빨리 알리는 편이 좋을 것 같아 전화를 걸었다. 연결음이 울릴 때 마침 버스가 도착했다. 휴대폰을 어깨와 머리 사이에 끼고 지갑을 꺼내 카드를 단말기에 가져다 댔다. '삑' 소리에 카드와 지갑을 주섬주섬 정리한 뒤 도로 주머니 안에 집어넣었다.

그때까지도 소담 씨는 전화를 받지 않았다. 끊었다가 다시 전화를 걸어 보지만 역시나 받지 않는다. 불안한 마음에 부모님 집으로 전화를 걸어도, 엄마에게 전화를 걸어도 신호음이 여러 번 울리기만 할 뿐 묵묵부답이었다. 무슨 일이 있는 건가? 엄마에게 다시 전화를 걸었다. 신호음이 한 번 울리는가 싶더니, 이번에는 바로 전화가 연결됐다.

"엄마! 혹시 소담 씨 거기 있어요?"

"시보야, 소담 씨 지금 우리 가게에서 일 도와주고 있어."

"소담 씨가요? 왜요?"

"아니, 그게…… 우리는 괜찮다고 괜찮다고 했는데."

"엄마! 그래도 끝까지 안 된다고 하셨어야죠! 아이, 정말!"

"우리도 어쩔 수 없었어. 집에 혼자 있는 게 무섭다고 해서 가게에 같이 나왔는데, 가만히 있기 미안하다면서 그러잖아, 글쎄. 아드을, 절대 우리가 시킨 거 아니다?"

"알았어요. 알겠으니까 소담 씨 좀 바꿔 주세요."

"잠깐만, 지금 손님들이 많아서. 내가 전화하라고 할게. 일단 끊어, 아들!"

"엄마! 엄마?"

뚜 뚜 뚜.

나의 외침을 마지막으로 전화는 끊겨 버렸다. 아무리 그래도 그렇지 소담 씨한테 일을 시키면 어쩌자는 건지.

엄마와 통화를 끊고 얼마 지나지 않아 버스가 경찰서 앞 정류장에 도착했다. 잠시 딴생각을 하다 내릴 타이밍을 놓칠 뻔했지만, 큰 소리로 외치며 버스 앞문으로 달려간 덕분에 무사히 내릴 수 있었다. 좀 민망하긴 했지만 한 정류장 지나서 내리는 건 더 싫었다.

경찰서 정문으로 걸어가고 있을 때 소담 씨에게 전화가 왔다.

"소담 씨."

"네, 오빠. 전화했어요?"

"지금 가게에 나가 있는 거예요?"

"집에 혼자 있기 무서워서 그냥 따라 나왔어요."

"그럼 일하지 말고 그냥 쉬어요."

"조금만 도와드리는 거예요. 걱정 마세요."

"소담 씨, 떡볶이 좋아해요?"

"네, 갑자기 떡볶이는 왜요?"

"그럼 앉아서 우리 엄마 떡볶이 좀 먹어 봐요. 진짜 맛있어요. 절대 일하지 말고요. 알았죠?"

"알았어요, 알았어. 그것보다 어떻게 됐어요? 신고했어요? 공부만 하고 있는 건 아니죠?"

"하하. 아니에요. 근데 아직 신고는 못 했어요. 저기 소담 씨, 잘 들어요. 놀라지 말고요."

"왜요? 무슨 일 있었어요?"

이걸 어디서부터 어디까지 얘기해야 할까. 나는 크게 심호흡을 한 뒤 입을 열었다.

"사실 오전에 민 팀장님…… 그러니까, 민우직 형사라고 소담 씨 아버님 폭행한 그 형사요.”

“네, 알아요. 왜요?”

“오전에 만났어요. 소담 씨 아버님을 폭행한 사실도 알고 있다고 말했고요.”

“정말이요? 어쩌려고 그랬어요? 괜찮아요?”

“네. 지금 자세하게는 설명 못 하지만, 소담 씨 아버님을 죽인 범인은 민 팀장님이 아닌 것 같아요.”

“그게 무슨 말이에요? 블랙박스 영상에 버젓이 나왔는데 아니라뇨?”

“그게…… 전화로 자세히 설명하기는 그래요. 내일 직접 만나서 얘기해 줄게요. 그때까지 너무 걱정 말고 집에서 푹 쉬면서 기다려요. 알았죠?”

“시보 오빠! 왜 말을 하다가 말아요? 지금 그게 무슨 말이냐니까요?”

소담 씨는 범인과 관련된 이야기에 살짝 격앙된 목소리로 말했다.

“단정 지을 수 없지만 우리가 본 그 블랙박스 말고, 택시에 블랙박스가 하나 더 있었던 것 같아요. 아직은 그저 추측이지만요. 그러니까 기다려요. 내일 만나서 얘기해요. 소담 씨, 저 믿죠?”

“알았어요, 오빠……. 조심하세요. 내일 꼭 내려와요. 아셨죠? 너무 걱정되고…… 보고 싶어요.”

“네? 아, 나, 나도…… 요.”

나는 잠깐의 침묵 끝에 말을 덧붙였다.

"소담 씨, 이만 끊어요."

"네, 오빠."

분명 '보고 싶어요.'라고 했다. 이건 좋아한다는 의미…… 아닌가? 아닌거지? 아니, 맞나?

그녀 생각을 하다 보니 어느새 경찰서 정문 앞에 와 있었다. 내 인생에서 이렇게 경찰서를 자주 드나들게 될 줄은 꿈에도 생각 못 했다. 벌써 네 번째 방문이라니. 뭐, 잡혀서 들어가는 게 아니니 그나마 다행이라고 해야하나……. 그래도 별로 오고 싶지 않은 곳이다.

경찰서 본관 출입문으로 막 들어섰을 때였다. 최 형사와 함께 두 명의 형사가 계단에서 빠르게 뛰어 내려왔다. 아주 급했는지 아니면 날 기억 못 하는 건지 나를 한 번 힐끗 쳐다보더니 그냥 지나쳐 갔다. 무슨 일이 있는 걸까? 혹시 민 팀장에게 무슨 문제가 생긴 건 아닐까? 민 팀장에게 전화해야 할지 잠시 망설였지만, 지금쯤 김범진 형사를 만나고 있을 것 같아 연락하지 않았다.

멀어져 가는 최 형사를 멍하니 바라보다, 목적지인 2층 복도 끝 화장실로 향했다. 우선 이연우 경위 살인 현장부터 확인하는 게 급선무였다.

남자 화장실 안엔 다행히 아무도 없었다. 좌변기가 있는 세 번째 칸으로 걸어가 작게 심호흡을 한 뒤 문을 열었다. 그런데 각오했던 것과 달리 눈앞엔 아무것도 보이지 않았다. 그래. 눈을 감고 천천히 기억을 떠올려 보자. 그날 이 현장에서 봤던 것들을.

그때 처음 눈에 띈 것은 경찰 하복, 그리고 반짝이며 흔들거리는 구두였다. 순간 너무 놀라 뒤로 벌러덩 넘어졌었고…… 넘어지면서 나도 모르게 그 사람 얼굴을 보고 말았는데, 그 안경 낀 얼굴…….

아익! 이런, 또 머리가 아프다. 그때 그 장면을 떠올리려고만 하면 머리를 송곳으로 찌르는 듯한 통증이 찾아왔다. 그래도 좀 더 그날의 기억을 끄집어내야 한다. 안경 뒤로 보이는 충혈된 눈과 일그러진 이마, 벌어진 입에서 흐르는 침. 아무리 봐도 적응되지 않는 끔찍한 얼굴이었다. 점점 하얗게 변해 가는 얼굴과 상반되는 검은 눈동자 속에 누군가의 잔상이 보였다.

"아으윽!"

눈동자를 자세히 들여다보려고 하자, 이진성 씨 시체를 볼 때보다 더 극심한 통증이 느껴졌다. 강도가 점점 심해지는 걸까? 이러다 여기서 또 쓰러지는 건 아니겠지. 그래도 조금만 더 버텨 보자. 조금만 더. 제발……. 아! 으윽……. 젠장, 눈앞이 흐릿하다.

쿠웅!

결국 쓰러지며 머리를 바닥에 부딪히고 말았다. 하지만 정신은 금방 다시 돌아왔다. 머리가 아프다. 그런데 지금까지 느꼈던 고통과는 좀 다른 아픔이었다. 손을 올려 아픈 부위를 만지니 축축한 무언가가 느껴졌다. 뻘건 피가 묻어나는 걸 보니 쓰러질 때 머리가 그대로 바닥에 부딪혔나 보다. 다행히 정신을 잃을 정도는 아니었다.

세면대로 걸어가 거울을 보니, 왼쪽 머리 이마 위에서 피가 흘러내리고 있었다. 양이 꽤 되는 것 같은데 많이 찢어진 건가? 세면대 물을 틀어 손을 씻고, 이마와 뺨에 묻은 피를 닦아 냈다.

마침 들어오던 한 경찰관이 내 모습을 보고 깜짝 놀라 물었다.

"어어, 괜찮으세요?"

"아……. 네, 괜찮습니다."

"도와드릴까요? 머리에서 피가 많이 나는데요."

"아니에요. 괜찮습니다."

"어디 소속이세요? 처음 뵙는데……."

"아, 전 경찰이 아니라 그냥 시…… 시민인데요."

"아이고, 근데 어쩌다 이렇게…… 빨리 병원에 가 보셔야 할 것 같은데요."

"아니요. 금방 괜찮아질 거예요. 안 좋다 싶으면 병원에 가 볼게요."

"그럼 다행이고요. 그래도 모르니 꼭 병원에 가 보세요."

"감사합니다. 혹시 형사님이세요?"

"네, 무슨 일 있으세요?"

"그게…… 제가 민 팀장님을 뵈러 왔는데요. 혹시 지금 뵐 수 있을까요?"

"민 팀장님이요? 민우직 경감님 말씀이시죠?"

"아, 네. 민우직 경감님이요."

"무슨 일로 그러세요? 혹시 실례가 아니라면 무슨 관계이신지 물어봐도 될까요?"

"네? 어……. 민우직 경감님 고향 후배입니다. 서울 올라온 김에 한번 뵈려고……."

"고향 후배요? 경감님 고향은 서울로 알고 있는데……."

"그렇죠. 하하하. 형님 아버님 고향이요. 하하. 아하하."

"아, 아버님 고향이요……. 연락 없이 오신 건가요?"

"네, 제가 급히 만나야 할 일이 생겨서."

형사는 말하기 곤란하다는 듯 뜸을 들이다 대답했다.

"지금은 잠깐 자리 비우셨습니다. 아마 연락하셔도 못 받으실 거예요."

"그렇군요. 아, 맞다. 민 팀…… 아니, 형님이 그…… 누구지? 형님 없을 때 김범진 형사님을 찾으라고 하셨는데. 그럼 김범진 형사님은 뵐 수 있을까요?"

"김범진 경위님을요? 정말이요?"

"네, 왜요?"

"이연우 경위님이나 최우식 경사가 아니라, 김범진 경위님이라고 하신 게 맞나요?"

"그랬던 것 같은데 제가 기억이……."

"두 분이 사이가 그렇게 좋지 않거든요. 옛날 일로 경찰서 안에서도 소문이 쫙 나 있기도 하고……. 쓰음."

"아무래도 제가 잘못 기억했나 봐요. 아, 맞네요. 그때 형님이 김범진 형사를 욕하는 걸 듣고, 하하. 제가 착각을 했네요."

"그렇죠? 그런데 최 형사도 방금 나갔어요."

"그럼 이 형사님은요?"

"이연우 경위님은…… 돌아가셨습니다. 얼마 전에."

"아……. 이연우 형사님도 저희 형님이랑 막역한 사이셨나요?"

"그랬죠. 그런 줄 알았죠."

형사는 미간을 찌푸리며 중얼거리듯 대답했다.

"그런 줄 알았다니요? 아니었다는 말씀인가요?"

"아니요. 두 분은 정말 막역한 사이셨어요. 사건도 두 분이 함께 많이 해결하셨고, 서 내에서도 두 분의 우정과 동료애는 남달랐으니까요. 그래서 이연우 경위님이 돌아가셨을 때 그 누구보다 슬피 우셨고요. 그런데…… 뭐, 그러셨다고요. 그럼 전 일이 있어서 이만."

"아아, 네. 감사했습니다. 저는 병원에 가 봐야겠네요."

혹시 몰라 민 팀장과 김범진 형사, 이연우 경위의 관계를 물어보았다. 민 팀장의 말대로 김 형사와는 사이가 좋지 않았고, 이 경위와는 막역한 사이인 것이 맞았다.

정말 민 팀장은 이연우 경위를 죽이지 않았을까? 그렇다면 김 형사는 나한테 민 팀장을 감싸듯 거짓말까지 하면서 대체 뭘 얻어 내려고 했던 걸까? 역시 김범진 형사가 의심스럽다. 김 형사가 이 경위를 죽인 것일까.

아, 머리가 너무 아프다. 아무래도 병원에 가 봐야 할 것 같다.

경찰서에서 나와 택시를 타고 가까운 청화 병원으로 향했다. 병원 응급실로 들어가 간호사에게 머리를 가리키며 어떻게 해야 하는지 물었다. 우선 접수처로 가서 접수부터 하라는 말에, 접수를 마치고 앉아 순서를 기다리고 있을 때였다.

한 노인이 침대 시트 위에 눈을 뜬 채로 누워 있는데, 한참 동안 눈을 깜박이지 않았다. 이상하기도 했지만 걱정되는 마음에 나는 급히 간호사를 불렀다.

"간호사님, 여기 어르신이…… 여기요!"

설마 돌아가신 건 아니겠지. 그런 불안한 마음에 나는 더 큰 목소리로 외쳤다.

"간호사님! 잠깐만 여기로 와 주세요! 여기요!"

"네, 잠깐만요."

"아니, 여기 정말 급해서 그래요. 간호사님!"

"잠시만 기다려 주세요. 금방 의사 선생님이 나오실 거예요."

"아니요. 제가 아니라 여기 어르신이 이상해요."

"어르신이요?"

"네, 여기 어르신이 이상해……."

간호사는 어리둥절한 표정으로 주위를 두리번거렸다. 아, 설마 또 초자연 현상인가?

"아……. 아닙니다. 네. 하하하. 제가 머리를 다쳐서 잠깐…… 죄송해요."

"아, 네. 그럼 잠시만 기다려 주세요."

초자연 현상이었구나. 나는 숨을 가다듬으며 다시금 할아버지의 얼굴을 바라보았다. 그런데 왜 눈동자에 아무것도 보이지 않는 거지? 이연우 경위의 눈동자엔 잔상이 보였었는데……. 윽! 갑자기 머리에서 또 통증이 느껴졌다. 잔상 속 인물은 처음 보는 사람이었고…… 으윽……. 시체의 눈동자를 떠올릴수록 통증이 심해져왔다. 턱에 큰 점이 유달리 눈에 띄었는데, 통증 때문에 도저히 더는 생각할 수가 없었다.

그런데 눈동자에 보였던 그 사람이 이 경위의 죽음과 어떤 연관이 있는 걸까? 혹시 그가 이 경위를 죽인 사람인가? 아니, 지금 뭐라는 거야. 진정하자, 시보야. 아무래도 머리를 심하게 다쳤구나.

멋대로 추리하는 자신을 한심해하고 있을 때 휴대폰 벨이 울렸다. 소담 씨였다.

"소담 씨, 쉬고 있는 거죠? 아직도 부모님 일 돕고 있는 건 아니죠?"

"오빠, 조금 전에 김범진이라는 형사한테 전화가 왔었어요."

"김범진 형사요?"

"네."

"왜요? 왜 전화했대요?"

"살인 사건 증거물 때문에 전화했다고……. 택배요. 그 택배에 관해 물어봤어요."

"그래요? 그래서 뭐라고 했어요?"

"일단 모른다고 했죠. 그런데 집을 좀 확인해 볼 수 없겠냐고 하더라고요. 영장 청구해서 수색할 수도 있다고 겁을 주길래고 해서 지금 올라가는 중이에요."

"뭐라고요? 벌써 올라오고 있는 거예요?"

"네, 아무도 없을 때 들어가기라도 하면 큰일이잖아요. 이제 어떡하죠?"

"음……. 언제 연락 왔었어요?"

"통화는 한 20분 전에 했어요. 전화 받고 바로 연락하려고 했는데, 빨리 올라오지 않으면 집행하겠다고 해서요. 정신없이 나오느라 택시 타고 이제야 연락하는 거예요."

저번엔 나한테 거짓말을 하더니, 이번엔 뭐가 그렇게 급해서 협박까지 하는 걸까.

"그럼 지금 블랙박스랑 메모리도 가지고 올라오는 거죠?"

"네, 오빠 집에 가서 챙기고 나왔어요."

"집에 도착하면 일단 그 형사한테 건네주세요. 서울 올라올 때 경찰에 신고하려고 복사본 챙겨 놓은 게 있어요. 그러니 그냥 넘기고 모른 척해요. 알았죠?"

"그렇게 할게요. 오빠는 지금 어디예요? 같이 있어 주면 안 돼요?"

"아, 지금…… 미안해요. 빨리 일 보고 소담 씨 집으로 갈게요. 너무 걱정 말아요. 집에 도착하면 연락 주고요. 혹시 집 앞에 경찰이 기다리고 있으면, 집에 들어가서 찾는 척 좀 하고 주면 될 거예요. 알았죠?"

"네, 알겠어요."

"일단 조심히 올라와요. 이따 집에서 봐요."

전화를 끊고 바로 민 팀장에게 전화를 걸었지만 연결이 되지 않았다. '전원이 꺼져 있어 음성 사서함으로 연결되며……' 하는 음성 안내가 나올 뿐이었다. 무슨 일이 생긴 건 아니겠지.

나는 잠시 생각을 접어 두고, 내 이름을 부르는 간호사를 따라 진료실 안으로 들어갔다.

"많이 기다리셨어요? 다른 응급 환자가 있어서. 자아, 여기에 누우세요. 좀 볼까요."

"네."

"생각보다 많이 찢어졌네요. 그래도 피가 계속 흐르지 않고 말라서 다행이에요. 어쩌다 이렇게 다치셨어요?"

"화장실에서 넘어졌는데, 그때 머리를 바닥에 부딪쳤나 봐요."

"그래요. 그럼 CT 한번 찍어 보죠. 상처를 봐서는 뇌에 출혈이 있었을지도 모르니 확인해 보는 게 좋겠어요."

"네? 아니요. 그렇게 심하게 넘어진 게 아니라……."

"CT 촬영 후에 다시 진료하겠습니다. 정 간호사님, 안내해 주세요."

"네, 선생님. 환자분 따라오세요."

일이 커지는 느낌이었지만 이 상황에 괜찮다고 바락바락 우길 수도 없고 도망칠 수도 없는 노릇이었다.

"접수처에 가셔서 접수하시고 CT실로 가시면 됩니다."

"또요? 근데 CT실은 어디……."

"접수하시고 나오셔서 왼쪽으로 가시면 보이실 거예요."

나는 별수 없이 다시 접수를 하고 CT실 앞으로 향했다. 그곳엔 남자 간호사가 나를 기다리고 있었다. 촬영까지 마친 뒤에야, 다시 진료실로 가서 진료를 받을 수 있었다.

"우선 머리 상처 부위를 몇 바늘 꿰맬게요. 잠시만요. 정 간호사님, 준비해 주세요."

"선생님, 오래 걸릴까요?"

"아니요. 뭐 그렇게 오래 걸리지 않을 겁니다."

"네……. 죄송하지만 빨리 좀 부탁드릴게요."

"네네, 금방 해드릴게요. 조금만 참으세요."

"환자분, 상처 부위 머리카락을 좀 잘라야 합니다. 아주 조금이니 걱정 마세요."

상처 부위를 소독하고 마취까지 하니 괜히 기분이 오묘했다. 의사는 내 머리 쪽으로 손을 움직이며 말했다.

"치료 끝나고 3일 후에 다시 병원에 오셔서 확인받으시고요. 적어도 2주일 정도는 약을 드셔야 합니다. 당분간 술이나 고기류 음식은 피하시고요."

"네."

"끝났습니다. 고생하셨어요. CT 촬영 사진 보면서 말씀드릴게요."

"벌써 끝났나요?"

"하하. 네, 끝났습니다."

책상으로 자리를 옮겨 앉자 의사는 내게 촬영한 CT 사진을 보여 주었다.

"자아, 여기 보시면 다친 곳이 왼쪽, 이마 바로 위쪽이고요. 약 5센티미터 정도 찢어져서 봉합했습니다. 뇌 안에 출혈은 보이지 않고요. 다행히 상처로 피가 흘러나와서 뇌 안에 피가 고이진 않았어요. 다른 큰 이상이 있어 보이지는 않네요. 다만……."

"왜 그러세요?"

"뇌에 보통 사람과 다른 뭔가가 보여서요. 여기 보면 후두엽과 소뇌 사이에 아주 작은 것 보이시죠? 이런 건 처음이라……. 일반 사람의 뇌와는 아주 다른 특이한 케이스네요."

"혹시 암이라도……."

"아니요. 암은 아니에요. 뇌예요. 후두엽에서 분리된 것인지 아니면 소뇌에서 분리된 것인지 모르겠지만 분명 뇌입니다. 혹시 어릴 적에 크게 머리를 다쳐 병원에 오신 적은 없었나요?"

"네, 그런 적 없었는데요."

"그래요. 그럼 좀 더 정밀 검사를 받아 보는 건 어떠세요? 가능하면 병원에 입원해서 정밀하게 뇌 검사를 받아 보는 것도 좋겠는데요."

"네? 아니요. 아니, 괜찮아요. 제가 바빠서요. 다음에 시간 있으면……."

"특이 케이스라 진료비는 우리 병원에서 모두 지원해드릴 수 있습니다. 정 시간이 안 되면 저희 교수님께 진료라도 받아 보고 가시죠."

"제가 지금 바빠서요. 다음에 올게요."

"그렇다고 하시니 어쩔 수 없네요. 여기, 명함 드릴 테니 다음에 우리 병원으로 내원하실 때 예약하시고 저를 찾아 주세요. 우리 병원으로 꼭 와 주셔야 합니다. 진료비는 걱정하지 마시고요."

"그럴게요. 그럼 가도 될까요?"

"네, 그러시죠. 정 간호사님, 안내해드리세요."

간호사에게 몇 가지 주의 사항과 이후 내방에 대한 설명을 듣고, 처방전을 받아 접수처에서 결제까지 마쳤다.

그제야 마취가 좀 풀리는 듯 상처 부위가 욱신거리며 아프기 시작했다. 그나저나 아까 의사의 말이 다 무슨 말이지? 머리에 남들과 다른 뭔가가 있다니. 혹시 이것 때문에 초자연 현상이 내 앞에 나타나는 걸까? 다른 사람들은 보지 못하는 시체를 나만 볼 수 있는 것도 남들과 다른 뇌 구조 때문인 건가?

유리문에 내 모습이 비쳤다. 머리에 거즈가 붙어 있는 내 몰골이 참으로 우스워 보였다. 이 모습으로 소담 씨를 어떻게 봐야 하나 걱정도 됐지만, 그녀가 혼자 있는 게 더 불안했기에 병원에서 나오자마자 택시를 타고 원룸으로 향했다.

민 팀장의 전화는 아직도 전원이 꺼져 있었다. 불길한 느낌이 들었다. 혹시 민 팀장도…… 아니지. 분명 노량진역에서 봤으니 아닐 거다. 지금까지 내가 본 시체들은 일주일 정도의 시간이 지나서야 진짜 시체로 발견되었다. 그러니 아직은 아니다. 그럼 대체 왜? 휴대폰 배터리가 떨어진 건가?

우선 소담 씨부터 챙겨야겠다는 생각에 그녀에게 전화를 걸었다.

"소담 씨, 어디예요? 집이에요?"

"어! 잠시만요. 제가 들어가서 찾아볼게요."

"아니, 같이 들어가서 찾아보죠."

"밖에서 기다려 주시면 제가 찾아서 갖다 드릴게요."

"같이 들어가서 찾으면 더 빨리……."

"아니요! 제가 찾아서 드린다니까요! 들어오고 싶으시면 영장 가지고 오세요, 영장!"

"네? 하아……. 네, 그럼 여기서 기다릴 테니 찾아보고 말해 주세요."

휴대폰을 통해 경찰과 실랑이하는 소담 씨 목소리가 들려왔다.

"오빠, 잠깐만요. 들어가서……."

"네."

"이제 괜찮아요. 경찰들이 집 앞에서 기다리고 있지 뭐예요. 막 집 안으로 들어올 기세였어요."

"네, 들었어요. 와아, 소담 씨 멋지던데요."

"아! 다 들렸어요?"

"근데 경찰은 맞아요? 몇 명이나 왔어요?"

"경찰 배지를 보여 주기는 했어요. 김범진 형사라고……. 그리고 한 명 더 있었어요. 오빠 지금 어디예요?"

"지금 가는 중이에요. 금방 가니까 조금만 기다려요. 혹시 모르니 절대 경찰 따라가지 말고요. 조사할 게 있다고 하면 다음에 직접 찾아가겠다고 하고, 무조건 급한 일이 있다고 핑계 대요. 알았죠?"

"알았어요. 무서우니까 빨리 와요."

"네, 소담 씨."

김 형사가 소담 씨와 있다면 민 팀장과는 벌써 헤어졌다는 건데……. 근데 왜 연락이 안 되는 거지?

나는 택시에서 내려 소담 씨 원룸까지 빠른 걸음으로 갔다.

원룸 근처에 왔을 땐 빌라 안에서 남자 두 명이 걸어 나오고 있었다. 김범진 형사와 처음 보는 모르는 남자였다. 조수석에 올라탄 김 형사는 어딘가에 연락을 하는 듯 보였고, 처음 본 남자는 차를 운전해 큰 대로변 방향으로 빠져나갔다. 벽기둥에 숨어 있던 나는 차가 사라진 후에야 소담 씨 원룸으로 뛰어갔다.

"소담 씨!"

띵동, 띵동.

벨을 누르자 잠시 뒤 현관문이 열렸다. 무사한 소담 씨를 본 후에야 내내 경직되어 있던 마음이 놓이는 기분이었다.

"왔어요? 어서 들어와요. 방금 경찰들 나갔는데……."

"안 그래도 차 타고 가는 거 봤어요. 블랙박스는 가져갔어요?"

"네, 택배 상자도 같이요. 근데 오빠, 머리에 그게 뭐예요?"

소담 씨는 내 머리를 손으로 가리키며 물었다.

"아, 이거요. 화장실에서 넘어져서……."

"네? 괜찮은 거예요? 어디 봐요. 크게 다쳤어요?"

"아니에요. 조금 다쳤어요. 병원도 갔다 왔고요. 정말 괜찮아요, 소담 씨. 걱정할 정도는 아니에요."

"정말이죠?"

"그럼요."

손사래까지 치며 멀쩡하다는 걸 증명하고 나서야 소담 씨는 다행이라는 듯 작게 한숨을 내쉬었다.

"그것보다 경찰들이 특별히 물어본 건 없었어요?"

"아, 오빠 말대로 정말 경찰서에 같이 가자고 하더라고요. 그래서 안 된다고 했죠. 그랬더니 누가 택배 때문에 찾아오지 않았는지 묻더라고요, 영상을 봤는지도 묻고요. 그래서 온 사람도 없고 영상도 못 봤다고 했어요."

"잘했어요, 소담 씨."

"정말요?"

소담 씨는 우쭐거리며 미소 지었다.

"다른 건 더 없었어요?"

"다른 거……. 아! 경찰서에 와 달라고 했어요."

"그래요? 내일이요?"

"어……. 그러네요. 언제 와 달라고는 말하지 않던데요."

"그래요? 무슨 생각이지……."

경찰서에 와 달라고 하면서 만날 날짜를 놓칠 사람이 아닌데. 김 형사는 민 팀장을 이진성 씨 살인범으로 보고 있지 않다. 하지만 영상을 보면 살인범이라고 확신할지도 모르는 일이었다. 그런데 이렇게 긴급한 때에 왜 민 팀장은 연락도 없고 전화도 되지 않는지, 정말 답답할 노릇이었다.

"오빠, 점심 먹었어요? 배고픈데 우리 저번에 못 먹었던 돈가스 먹으러 가요. 먹으면서 얘기해요. 네?"

"아, 그러고 보니 벌써 시간이……. 좋아요, 가요."

그때, 모르는 번호로 전화가 걸려 왔다. 나는 소담 씨에게 잠깐만 기다려 달라는 눈빛을 보내고 통화 버튼을 눌렀다.

"여보세요?"

"시보 씨, 나예요. 민 팀장."

"팀장님! 지금 어디세요? 왜 전화가……."

"휴대폰을 잃어버려서 공중전화로 전화하는 거예요. 자세한 건 만나서 얘기해요. 고시원 근처에 있어요."

"지금요? 아, 그게……."

"왜요? 무슨 일이라도 있어요? 아니면 내가 시보 씨 있는 곳으로 갈까요? 내가 지금 동전이 별로 없어서……."

"알겠어요. 그럼 조금만 기다리고 계세요. 그쪽으로 갈게요."

"그래요. 기다릴게요."

전화를 끊고 소담 씨를 바라보니, 그녀는 뾰로통한 표정으로 나를 흘겨보고 있었다.

"저기, 소담 씨……. 미안해서 어쩌죠. 점심 같이 못 먹을 것 같아요. 민 팀장님이 급히 찾으셔서……."

"그 사람을 만난다고요? 또요? 민 팀장이라는 분, 정말 믿을 수 있는 사람이에요?"

"소담 씨, 오해 없이 들어요. 민 팀장님은 지금 누명을 썼어요. 팀장님이 블랙박스를 가지고 도망가다가 어딘가에서 잃어

버렸대요. 그러니까, 우리가 본 영상은 또 다른 블랙박스에 찍힌 영상이라고요."

"그게 무슨 말이에요?"

"민 팀장님이 소담 씨 아버님을 폭행한 건 맞아요. 하지만 뒷좌석에서 두 번 아버님을 때렸을 뿐 조수석에서 아버님을 무자비하게 폭행한 사람은 다른 사람이에요. 믿기 어렵겠지만, 영상을 다시 떠올려 봐요. 조수석에서 아버님을 폭행한 사람 얼굴은 보이지 않았잖아요. 카메라가 기울어지면서 아버님이 폭행당하는 모습만 찍혔다고요."

"하지만 뒷좌석에 있던 그 사람이 바로 조수석으로 가서 우리 아빠를 폭행했잖아요. 오빠도 같이 봤잖아요! 어떻게 오빠는 그 사람 말만 듣고 믿을 수 있는 거죠? 분명 그자였다고요!"

소담 씨는 목소리를 높이며 흥분을 감추지 못했다.

"소담 씨, 알아요. 지금 다 설명하긴 힘들어요. 그러니까 흥분 가라앉히고 조금만 여기서 기다려요. 민 팀장님 만나고 와서 다시 얘기해요. 지금 기다리고 계셔서 우선은 가 봐야 해요."

"아니요. 민 팀장이라는 그 사람, 내가 직접 만나서 왜 그런 짓을 한 건지 물어봐야겠어요."

"정말요? 괜찮겠어요?"

"왜요? 그러면 안 돼요?"

"아니, 아니에요. 그래요. 그것도 좋겠네요."

소담 씨는 잔뜩 흥분한 상태로 앞질러 걸어갔다.

흥분한 그녀를 달래기 위해, 가는 동안 지금까지 내가 듣고 본 모든 것을 설명해 주었다. 민우직 팀장과 김범진 형사의 관계, 그리고 이연우 경위와의 관계를 알게 된 그녀는 김 형사가 의심스럽다며 내 말에 동조했다.

하지만 이진성 씨와 이연우 경위를 살해한 범인이 민 팀장이라는 증거가 나왔다는 말에, 그녀는 깜짝 놀라면서도 그럴 줄 알았다며 연신 고개를 끄덕였다.

소담 씨 아버지 일과 이진성 씨, 이연우 경위 살인 사건까지 누군가가 모두 조작하여 민 팀장에게 누명을 씌운 것이라 그녀를 설득해 봤지만, 그 부분은 쉽게 받아들이지 못했다.

소담 씨는 지금까지의 살인 사건이 전부 민 팀장이 저지른 짓이라면, 그땐 어떻게 할 거냐며 걱정스러운 눈빛으로 물었다. 나는 곧바로 대답하지 못했다. 사실 나도 확신할 수 없었기 때문이다.

소담 씨가 민 팀장을 만나는 게 나쁘진 않겠지만 아직은 때가 아닌 것 같았다. 정확히 아무것도 밝혀진 게 없는 상황이기에 더욱 그랬다. 겨우 소담 씨를 달래 카페에서 기다리게 하고, 나는 서둘러 민 팀장이 있는 곳으로 향했다.

고시원 근처 공중전화 부스에 도착했을 때 민 팀장의 모습은 보이지 않았다. 어디 있는지 두리번거리는데, 뒤에서 누군가 내 팔을 붙잡았다.

"시보 씨!"

"앗! 깜짝이야!"

"놀랐어요? 미안해요. 혹시 몰라서 저기 뒤에 숨어 있었어요."

"팀장님, 어떻게 된 거예요? 휴대폰을 다 잃어버리시고요."

"그렇게 됐어요. 어! 머리는 왜 그래요? 무슨 일 있었어요?"

"일은요. 그냥 좀 다쳤어요. 괜찮아요."

"많이 다친 건 아니죠?"

"네, 걱정할 정도는 아니에요."

"그럼 다행이고요. 일단 고시원에 들어가서 얘기 좀 해요."

"그러지 말고 가까운 카페로 가시죠."

"아, 그래요. 좋아요. 어디로 갈까요?"

"제가 자주 가는 곳이 있거든요."

우리는 근처 카페로 자리를 옮겼다. 그곳엔 소담 씨가 기다리고 있었다. 그녀는 우리가 들어오는 것을 보고 휴대폰을 보는 척 고개를 숙였다.

나는 그녀가 앉아 있는 자리 바로 뒤로 가 자리를 잡았다. 이게 내가 소담 씨를 겨우겨우 달랜 방법이었다. 당장 만나는 데엔 무리가 있으니, 대신 민 팀장과 대화하는 것을 몰래 듣는 것으로 약속한 것이다. 민 팀장은 아무것도 모른 채 그녀의 바로 뒷자리에 앉았다.

"팀장님, 무슨 일이 있었던 거예요?"

"시보 씨, 뭐가 어떻게 돌아가는지 조금은 알 것 같아요. 사육……."

"왜 그러세요?"

민 팀장은 잠시 주위를 살피다, 작은 목소리로 말을 이었다.

"아니에요. 혹시나 해서……. 사육신 공원에서 김 형사를 만났어요. 처음은……."

"민 팀장님! 뭐가 그리 바쁘십니까? 얼굴 뵙기 힘듭니다."

"김 형사, 우리가 한가롭게 얼굴 보고 반가워할 사이는 아니잖아."

"에이, 왜 그런 섭섭한 말씀을……."

"됐고, 무슨 일로 보자고 한 거야?"

"경찰서에서 보면 될 것을 굳이 밖에서 보자고 하셔서……."

"무슨 일로 보자고 한 거냐고, 김 형사!"

"네네, 급하시기는……. 알겠습니다."

김 형사는 걱정스러운 표정으로 말을 이었다.

"팀장님, 저는 아니라고 생각합니다. 정말입니다."

"무슨 말이야, 김 형사?"

"거! 거! 말끝마다 김 형사, 김 형사. 팀장님, 저도 이제 강력 1팀! 팀장입니다. 김 팀장이라고 불러 주세요."

"아이고, 그랬지. 내가 깜빡했네. 그래, 김 팀장. 김 팀장 돼서 좋아? 이연우 경위가 죽어서 그 자리에 앉으니 좋으냐고?"

"민 팀장님! 그게 무슨 말입니까?"

"왜 그리 흥분해? 누가 보면 김 팀장이 죽인 줄 알겠어?"

"민 팀장……. 민 팀장! 내가 팀장니임, 하고 불러 주니까 아직도 만만해 보여? 지금 당신이 그렇게 농담하고 여유 부릴 때가 아닐 텐데."

"오우, 드디어 본심이 나오는군. 그래, 팀장도 됐겠다 맞먹자는 거지? 좋아. 뭐, 같은 팀장끼리 맞먹자고. 근데 이리 흥분하는 거 보니 뭐가 있기는 있나 보네?"

"있기는 뭐가 있어! 그렇게 유도 신문하면 뭐가 나올 줄 알았나 보지? 하하하. 민 팀장도 이제 한물갔네, 갔어."

김 형사는 휴대폰을 꺼내 민 팀장에게 전화를 걸었다.

띵! 띠리띵띵. 띵! 띠리띵띵.

"지금 뭐 하는 거야? 전화는 왜?"

"혹시 녹취하고 있나 해서 그러지. 이런 식으로 녹취해서 뒤통수 때린 놈이 있었거든. 이제는 없어졌지만. 하하."

"뭐라는 거야, 지금? 내가 너 같은 줄 알아? 김 형사! 도대체 무슨 꿍꿍이야?"

"아무것도 아니야. 그냥 빨리 거치적거리는 것들을 치우려는 거지. 이제 민 팀장만 학교에 가면 모든 것이 끝나. 그러니 나랑 경찰서로 얌전히 갑시다."

"김범진 형사. 아니, 김범진 팀장님. 옛정도 있는데…… 좀 도와줘요."

"하하. 민 팀장, 급하긴 급하셨네. 나한테 부탁을 다하고. 근데 민 팀장님, 도울 수가 있어야 돕지요. 모든 증거가 당신을 살인자라고 하잖아.”

“그게 무슨 말이야? 김범진 팀장, 나 정말 아니야. 정말!”

“그건 경찰서에 가서 얘기하시고…….”

“자자, 내 몸 수색해 봐. 녹음기 같은 거 없어. 없으니까, 솔직히 까고 말 좀 해 봐.”

“거 참. 까고 말고 할 게 뭐 있어. 그래. 혹시 모르니 확인은 좀 하고.”

김 형사는 민 팀장의 몸을 구석구석 수색하고는 다시 뒤로 물러났다.

“그래. 그럼 이제 좀 솔직해져 볼까? 우리끼리. 혹시 모르니 휴대폰은 자암시 저기에.”

김 형사는 민 팀장의 휴대폰을 보란 듯이 멀리 풀숲으로 던져 버렸다.

“야! 이런……. 그래. 원하는 대로 했으니 우리 좀 솔직해져 보자. 김 팀장도 알잖아? 내가 아니라는 거. 그치?”

“하하. 이분이 자꾸 그러시네. 내가 알기는 뭘 알아? 나야말로 우리 솔직히 좀 말해 봅시다. 민 팀장님, 이연우 경위를 왜 죽이셨습니까? 그리고 이진성 씨는 왜 죽인 거예요? 솔직히 말해 봐요. 예?”

제6화

말할 수 없는 진실

"뭐? 김범진! 보자 보자 했더니……."

"아, 강시민 씨는 또 왜 죽인 겁니까?"

"강시민? 그 사람은 또 누구야? 무슨 소리……. 아하, 이제 알았다. 김범진 팀장님, 어디서 개수작이실까. 지금 녹음하고 있어? 그 개버릇은 남 못 주는구나."

"오우, 아직 녹슬지 않았어. 이야, 아쉽네. 그래 뭐, 사실 솔직히 말할 거라고는 생각 안 했어. 그래도 증거가 있으니 녹취는 이 정도면 될 것 같아. 크하하."

"뭐라고? 김범진! 허튼 수작 부리지 마!"

김 형사는 주머니에서 녹음기를 꺼내, 전원 버튼을 눌러 꺼진 것을 보여 주며 말했다.

"그래 그래, 알았어. 녹취는 이쯤 해 두고 이제 정말 솔직해져 볼까? 어차피 민우직 당신은 감옥 갈 거니까."

"허어, 그래. 네가 그동안 이런 식으로 죄 없는 사람들을 억울하게 콩밥 먹였구나. 네 실적 쌓으려고 도대체 몇 명이나 이런 식으로 감옥에 보낸 거야? 그렇게 팀장 다니깐 좋냐?"

"마음대로 지껄여. 그래도 변하는 건 없으니까."

"그래. 이렇게까지 솔직해졌으니 이제 말해 봐. 연우는 왜 죽였어?"

"아, 정말! 참 답답하시네. 내가 왜 연우를 죽여? 내가 안 죽였다니까!"

"그럼…… 넌 알고 있는 거지? 누가 연우를 죽였는지."

김 형사는 미묘한 웃음을 지어 보이며 말했다.

"그거야…… 콩밥 다 먹고 나오면 내가 그때 얘기해 줄게. 그때까지 기다리라고. 크하하."

"뭐야? 그래, 좋아. 다 좋은데, 이진성 씨는 내가 죽였다기엔 정황상 아귀가 안 맞는다고. 그건 인정하잖아?"

"그럼, 알지. 근데 이진성을 죽인 범인이 있어야 하잖아. 그래야 이 사건 끝낼 거 아니야. 그렇지?"

"지금 사건 종결하려고 날 범인으로 만들겠다는 거야? 왜? 도대체 왜 나냐고?"

"이걸 알려 줘, 말아? 프흐하하하."

김 형사는 비열한 눈빛으로 바라보며 배를 움켜쥔 채 크게 웃었다.

"김범진, 좋아. 경찰서 가자. 증거 조작 다 한 마당에 법정에서 싸울 수밖에 없지. 근데 가기 전에 좀 알고나 가자. 도대체 나한테 왜 이러는 거냐? 어?"

"그걸 알려 주면 안 되지. 아마 날 가만두지 않을 텐데. 아니지. 나만 가만두지 않을 건 아니지. 근데 그걸 내가 왜 알려 줘야 하지?"

"……네 뒤에 누가 있는 거지? 그렇지? 그래, 네 주제에 혼자 그런 짓을 할 놈이 못되지. 그럴 배짱도 없는 놈이잖아, 너. 안 그래?"

"그렇게 자극하면 내가 말할 것 같지? 민우직, 그만하고 서로 가자."

"뭐? 이 자식이 정말! 말로는 안 되는 놈이네!"

"어! 어! 이러다 나도 죽일 기세네. 그래. 그럼 나도 죽여! 죽이라고!"

김 형사는 얼굴을 들이밀며 이죽거렸다.

"진짜 이 자식이!"

민 팀장은 화를 참지 못하고 김 형사에게 달려들었다.

"민 팀장님! 그대로 계십시오! 움직이면 쏘겠습니다."

"뭐야! ……안 형사?"

안 순경은 달려와 민 팀장에게 총을 겨누었다.

"안 순경, 잘 왔어. 어서 민 팀장 체포해!"

"민우직 팀장님, 죄송합니다만 그대로 계십시오. 제발 그대로 계십시오. 민우직 팀장님을 이진성 씨, 이연우 경위님 살인 사건 용의자로 체포합니다. 묵비권을 행사할 수 있으며, 변호사를 선임하실 수 있습니다. 또한 민 팀장님이 하신 모든 발언은 법정에서 불리하게 적용될 수 있습니다. 이제 천천히 손을 앞으로 내밀어 주십시오."

"안 형사! 자네도 김 형사랑 한패인가?"

"네? 경찰끼리 무슨 패가 있습니까? 순순히 제 말에 따라 경찰서로 가 주셔야겠습니다. 정말 존경했습니다. 이렇게 체포하게 돼 저도 마음이 편치 않습니다."

"안 순경! 무슨 헛소리야! 그런 약해 빠진 소리나 하고. 어서 체포해!"

"네! 팀장님."

민 팀장은 혼잣말하듯 작은 목소리로 말했다.

"안 형사, 미안하네."

딱! 퍽!

"아악! 허억! 아으……."

민 팀장은 수갑을 채우려는 안 형사의 팔을 꺾고 바닥에 넘어뜨린 후 재빠르게 도망쳤다.

"안 순경! 이런 빌어먹을……. 민우직, 멈춰!"

탕!

안 형사가 떨어뜨린 총을 김 형사가 집어 들어 민 팀장을 향해 방아쇠를 당겼지만, 공포탄이 발사되어 민 팀장에게 위협이 되지 못했다.

"민우직! 멈춰! 이봐, 안 순경!"

"아……. 허, 죄송합니다. 갑자기……."

"아이씨, 어서 일어나! 빨리 지원 요청하고. 민우직 저 새끼 쫓아!"

민 팀장은 김 형사의 배후에 누군가 있다는 사실을 알아챘지만, 자신을 왜 범인으로 몰고 가는지 진짜 이유를 알아내지는 못한 상황이었다.

나는 민 팀장의 이야기를 다 듣고 난 뒤 조심스럽게 소담 씨 얘기를 꺼냈다. 그녀가 민 팀장을 믿지 못하고 있어, 어쩔 수 없이 몰래 우리 대화를 듣게 했다고 양해를 구했다. 민 팀장은 소담 씨 얘기에 깜짝 놀라며 당황했지만, 곧바로 두리번거리며 그녀를 찾았다.

"아! 뒤에 있었어요?"

"팀장님, 아시죠? 강소담 씨라고. 돌아가신 택시 기사님 딸이에요."

"아. 강소담 씨, 정말 죄송합니다. 정말…… 정말 죄송합니다. 아버님께 저지른 죗값은 모두 달게 받겠습니다. 아마 지금 내게 일어난 이런 일들이 아버님에게 지은 죗값이 아닌가 싶습니다. 다만, 내게 씌워진 누명을 벗은 후에 받겠습니다. 그리고 믿을지 모르겠지만…… 아버님을 죽인 진짜 범인은 내가 아닙니다. 정말이에요. 진범을 직접 잡을 수 있게 기회를 줘요."

"……."

소담 씨는 고개를 숙인 채 아무 말이 없었다.

"소담 씨……. 괜찮아요?"

"네. 민우직 팀장님, 뒤에서 모두 들었어요. 말씀하신 게 모두 사실이라면 분명 팀장님이 누명을 쓰고 있는 것 같네요. 하지만 이건 알아 두세요. 팀장님을 용서할 수는 없어요. 결국 우리 아빠의 죽음에 원인 제공을 한 건 팀장님이니까요. 정확한 것은 밝혀져야 알겠지만, 팀장님이 우리 아빠를 때려 기절시킨 건 변함없으니까요."

"그래요. 맞아요. 내가 그때 강소담 씨 아버님을 때리지 않았다면 아버님에게 그런 일은 일어나지 않았을 겁니다. 그건 저도 죄송스럽게 생각해요. 용서를 빌지만, 용서해 주지 않아도 이해합니다. 그 벌은 법에 따라 제대로 받겠습니다."

"그래요, 소담 씨. 지금은 진짜 범인을 잡는 게 우선이에요."

소담 씨는 작게 고개를 끄덕였다.

"팀장님, 말씀드릴 게 있는데 그전에 먼저 하나 확인할게요."

"뭐예요?"

"말씀대로라면 저랑 헤어지고 바로 김 형사를 만나신 거죠?"

"그렇죠. 시보 씨랑 헤어지고 사육신 공원에서 김 형사를 만났어요."

"그때 김 형사는 강시민…… 그러니까, 소담 씨 아버님을 팀장님이 죽였다고 했어요. 맞죠?"

"뭐요? 강시민 씨가 강소담 씨 아버님……. 혹시 그 택시 기사분이었어요? 아, 그러고 보니 같은 강 씨……."

민 팀장은 놀란 듯 커진 눈으로 소담 씨를 바라보았다.

"네, 저희 아버님 성함이 강 시 자 민 자 되세요."

"그렇군요……. 맞아요. 김 형사는 내가 강시민 씨를 죽였다고 했어요. 근데 그건 왜요?"

"순서가 바꼈어요. 김 형사는 민 팀장님과 만나고, 바로 소담 씨에게 와서 블랙박스를 가져갔거든요. 김 형사가 소담 씨 원룸에서 나오는 걸 제가 봤어요."

"그럼, 뭐……. 김 형사가 미리 알고 있었다?"

"네, 김 형사는 블랙박스 영상을 보기 전에 이미 알고 있었던 거예요. 그렇죠. 그래야 말이 되죠."

"잠깐만요, 시보 씨. 그럼 김 형사는 그 블랙박스 영상을 보기도 전에 이미 내가 강소담 씨 아버님을 죽였다는 사실을 알고…… 아니지. 내가 죽이지 않았는데……."

우리 세 사람은 서로 번갈아 가며 눈을 맞추었다. 그 순간 모두 같은 생각을 하는 듯했다.

"역시 그랬군. 강소담 씨 아버님은 내가 죽이지 않았어요. 그렇다면 그 영상은 분명 조작된 거네요. 김 형사는 강소담 씨 아버님 살인 사건과 연관 있는 게 틀림없어요. 참, 이진성 씨가 택배를 보낸 것 같다고 했죠?"

"네, 이진성 씨 바지 주머니에 택배 영수증이 있었거든요."

"그래요. 그렇다면 이진성 씨 죽음과도 김 형사가 연관돼 있을 수 있겠네요."

"민 팀장님, 김 형사가 아빠를 죽였을지도 모른다는 말씀이세요?"

"음, 아직은 추측일 뿐이라……. 하지만 김 형사가 이 모든 사건과 관련이 있다는 건 확실해요. 아마 범인을 알고 있거나,

아니면 김 형사가 진범일 가능성도 있겠죠.”

나는 조급해지는 마음에 재촉하듯 물었다.

“팀장님, 이제 어떻게 하죠?”

“김 형사에게 가장 중요한 키가 있는 듯하니 김 형사 뒤를 쫓는 게 좋겠어요. 혹시 모르니까 김 형사 책상도 뒤져 보고요.”

“경찰서에 가시겠다고요? 이미 팀장님은 수배 중일 텐데요.”

“그래도 확인은 해 봐야죠. 그러고 보니 당장 숨어 있을 데도 없네요.”

“제 원룸은 어때요?”

소담 씨의 말에 나는 살짝 단호한 목소리로 대답했다.

“거기는 김 형사가 알고 있어 위험할 수 있어요. 그리고 소담 씨가 위험할 수 있어서 안 돼요. 소담 씨는 그냥 우리 부모님 집에 내려가 있는 게 좋겠어요.”

“아니에요. 오빠 옆에 있을 거예요. 저도 도울게요.”

“강소담 씨, 시보 씨 말이 맞아요. 그리고 시보 씨도 위험할 수 있으니 두 사람 함께 잠시 부모님 집에 내려가 있어요. 이제 저 혼자 해결할게요.”

“아니에요. 저라도 팀장님을 도와야죠. 그리고 아직 말씀드리지 못한 게 있는데요.”

“뭐가 또 있어요?”

“그러니까……..”

어떻게 말을 꺼내야 할지 몰라 망설이고 있자, 민 팀장이 갑자기 뭔가 떠올랐다는 듯 눈을 번뜩이며 말했다.

"맞다. 강소담 씨, 그때 경찰서에서 만났을 때…… 혹시 아버님이 돌아가신 충격으로 그런 거였어요?"

"아……. 네."

"강소담 씨, 정말 미안해요."

"아니에요. 그때는 감사했어요. 좋은 말씀도 해 주시고, 격려도 해 주셨잖아요. 정말 그때는 감사했어요."

"난 그것도 모르고……."

"팀장님은 모르셨으니까 어쩔 수 없었죠. 저는 그때 소담 씨를 집까지 데려다주고 나서도 걱정이 돼서 계속 연락하게 됐어요. 그래서 지금 이렇게 소담 씨와 함께 있는 거고요."

"그랬군요. 이런 인연이……. 이렇게 알게 된 것도 인연이니 우리 앞으로 잘…… 아니, 그게…… 소담 씨만 괜찮다면……."

"저도요. 소담 씨만 괜찮으면 좋은 인연이라고 생각해요. 어때요, 소담 씨?"

"저야…… 물론 오빠랑은 좋은 인연이지만……."

소담 씨는 말끝을 흐렸다. 아직은 불편한 마음이 클 거라 생각이 들었다. 그게 당연했다.

"……시보 씨, 아까 무슨 얘기하려고 했던 것 같았는데 뭐예요?"

"아, 그거……. 그러니까 그게……."

막상 말하려니 입이 떨어지지 않았다.

"왜 그래요? 무슨 안 좋은 일이라도 있어요?"

"아니에요. 그런 게 아니라…… 제가 단순히 남들이 보지 못

하는 시체를 보는 것만은 아닌 것 같아서요……. 아무래도 보이는 이유가 분명히 있을 것 같아요."

"그게 무슨 말이에요?"

"그러니까, 뭔가 규칙이 있는 것 같아요. 아니, 패턴이라고 해야 할까? 명확하게는 잘 모르겠지만 그런 거요. 맨 처음 본 이진성 씨와 이연우 경위, 거기다 소담 씨까지……."

"규칙이요?"

"네, 제가 소담 씨 시체를 보고…… 7일인가? 6일인가? 아무튼 그때쯤 소담 씨의 자살을 막았잖아요. 바로 그날 경찰서에서 이진성 씨와 이연우 경위가 죽은 사실도 알게 됐고요."

"이진성 씨는 소담 씨가 자살하려던 그날, 이틀 전에 사망했어요. 그러니까 시보 씨가 이진성 씨 시체를 보고 허위 신고로 잡혀 온 날……. 그러네요. 7일, 7일이네."

"7일이요?"

"그래요. 그날 새벽에 시보 씨가 화장실에서 연우 시체 환영을 봤다고 했으니까요. 강소담 씨와 시보 씨가 소동으로 경찰서에 온 날 새벽에 연우의 진짜 시체가 발견됐으니……."

"맞네요, 7일이에요. 시체 보는 것에 시간 규칙이 있는 것 같아요. 그리고 그냥 시체를 보기만 하는 게 아닌 게 아니라, 시체에서 무언가를 볼 수 있는 것 같아요."

"혹시 사건과 관련된 단서라도 본 건가요?"

"정말이에요, 오빠?"

나는 힘주어 입술을 꾹 다문 채 잠시 고민하다 힘주어 대답했다.

"그건 정확히 모르겠어요. 그저 관련이 있을 것 같다는 거죠. 시간 규칙처럼 뭔가 있을 것 같다는…… 그냥 추측일 뿐이에요."

"좀 더 자세히 말해 봐요. 이해가 잘 안 되네요."

"그러니까, 제가 이연우 경위 살인 사건 장소에 갔었잖아요. 그때 이연우 경위 시체 눈동자에서 잔상이 보였어요. 그 잔상에 한 남자가 있었고요. 그 남자가 이연우 경위 죽음과 어떤 관련이 있지 않을까요?"

"눈에 잔상이 보였다고요?"

"네. 그리고 이진성 씨 시체도 봤었는데, 그때는 그런 사실을 몰라 눈을 제대로 보지 못했거든요. 다시 사건 장소에 가서 당시 상황을 떠올려 보면 뭔가 보이지 않을까 싶어요."

"그럼 지금 당장 가 보죠."

"근데…… 우선 배 먼저 채우면 안 될까요? 계속 배가 꼬르륵 거려서……. 헤헤."

"아이고, 그러네요. 점심시간이 한참 지났네. 나 때문에 아직 못 먹었죠? 저기 근처에 유명한 순댓국집 있는데, 거기 가서 먹죠? 어때요?"

나도 모르게 웃음이 새어 나왔다.

"또 거기요? 하하. 소담 씨, 근처에 순댓국 맛있게 하는 집이 있더라고요. 괜찮아요?"

"전 좋아요. 사실 꽤 배가 고팠어서…… 지금은 가까운 곳이면 어디든 좋아요."

소담 씨는 조금은 민망하듯 배시시 웃어 보였다.

"바로 요 근처예요. 그럼 가시죠, 팀장님."

카페를 나서는 길에 소담 씨가 옆에 바짝 붙으며 물었다.

"그런데 오빠, 또 본 건 없었어요?"

"네? 어떤……."

"단서가 될 만한 거나, 혹시 또 다른 시체를 보지는 않았는지 궁금해서요."

'이를 어쩌지.' 소담 씨 질문에 머릿속에 떠오른 한마디였다.

"……네, 없었어요. 시체 눈동자 속 잔상 말고는……."

"시보 씨, 그 눈동자에 보였다는 사람은 누군지 모르겠죠? 알면 벌써 말했겠지. 그렇죠?"

"네, 모르는 사람이었어요. 그리고 잘……."

"흠, 혹시 내가 아는 사람일 수도 있으니 생각나는 대로 얼굴 생김새를 말해 봐요."

"그러니까 그 사람 얼굴이…… 으윽!"

"왜 그래요? 괜찮아요?"

"오빠! 왜 그래요?"

"죄송해요. 그 잔상을 떠올리려 하면 머리가 아파서요."

"무리하지 마요. 머리 상처 때문에 그런 걸 수 있으니."

"네, 나중에 말씀드릴게요……. 아, 거의 다 왔네요. 저쪽 골목으로 들어가면 바로예요. 어서 가요."

아직 여유가 있으니 상황 봐서 차근히 얘기하는 게 좋을 것 같았다. 그런데 만에 하나 그 시간 규칙이 정확하지 않다면? 죽음이 갑자기 들이닥친다면 어쩌지? 지금이라도 빨리 말해야 할까? 뭐가 좋은 선택인지 고민하고 있으니 머리가 지끈거렸다. 아무래도 상처 때문만은 아닌 것 같다.

생각에 빠져 있던 중 누군가 날 흔들었다.

"시보 오빠, 무슨 생각을 그렇게 해요?"

"어! 어……. 미안해요. 내가 또 못 들은 거예요?"

"그래요, 시보 씨. 순댓국 먹을 거냐고 세 번이나 물었어요. 강소담 씨가 흔들어 불러야 대답을 하네. 하하."

"정말요? 아, 죄송해요. 제가 생각을 하면 좀 그래요."

"오빠는 집중력이 좋다고 해야 할지, 아니면 정신을 어디에 빼놓고 다닌다고 해야 할지 모르겠다니까요."

"시보 씨가 다른 사람들보다 집중력이 좋은 것 같아요. 그래서 그런 능력이 있는 건지도 모르죠. 안 그래요?"

"아, 그러네요. 오빠의 능력이 그 집중력 때문일지도……."

"에이, 아니에요. 그냥 딴생각하다 보니 못 들은 거지. 빨리 순댓국 시키죠. 저기, 이모! 여기 순댓국 특대로 3개 주세요."

"오빠, 난 그냥 보통으로……."

"소담 씨, 여기는 특대로 먹어 줘야 해요. 순대하고 머리 고기가 예술이에요. 믿어 봐요."

"그래요. 시보 씨 한번 믿어 봐요. 하하."

한번 와 봤다고 나는 민 팀장이 했던 말을 그대로 따라 하고 있었다.

주문한 순댓국은 금방 나왔다. 우리는 약속이라도 한 듯, 맛있게 먹으라는 인사를 서로에게 건넨 후 숟가락을 들었다.

"근데 오빠, 그 능력은 오빠 할아버지도 가지고 계셨던 거 맞죠?"

소담 씨의 말에 민 팀장은 깜짝 놀란 듯 들고 있던 숟가락까지 내려놓으며 물었다.

"뭐라고요? 시보 씨, 정말이에요?"

"네, 아빠 말씀을 들어 보니…… 아마 그러셨던 것 같아요."

"혹시 아버님도 시체를…….."

"아니요. 아빠는 아닌 것 같았어요."

"그럼, 할아버님은 지금 살아 계시고요?"

"아니요. 할아버지는 아빠가 9살 때 월남에서 돌아가셨어요."

"아……. 미안해요. 아버님이 많이 힘드셨겠네요."

"그러셨겠죠. 전 잘 모르지만요."

민 팀장은 고개를 끄덕이며 말했다.

"아버님도 그렇고 시보 씨 할머님도 힘드셨을 거예요. 나도 아내와 아들, 딸과 살고 있어요. 아내가 어머님을 일찍 여의었어요. 아내가 어느 날 그런 말을 하더라고요. 자신이 어머니에게 사랑을 받지 못해 아이들한테 어떻게 해 줘야 할지 모르겠다고요. 그 말을 듣는 순간, 그렇겠구나. 사실 부모가 된다는 것이 다 처음인데, 부모에게 받은 사랑이 내 자식들에게 사랑을 표현할 때 큰 도움이 되는 거구나. 하는 생각이요. 아마, 시보 씨 아버님도 시보 씨 키우시면서 그런 점에서 많이 힘들어하셨을 거예요."

"맞아요. 오빠 집에 있을 때 그 어색함을 잊을 수 없어요. 오빠 아버님은 아들에게 어떻게 해야 할지 모르시는 것 같았어요."

"그래도 그게 많이 나아진 편이에요. 하하."

"시보 씨는 행복한 사람이에요. 부모님께 잘해드려요. 나도 가능하면 아이들에게 자주 애정 표현하려고 노력하거든요. 너무 많이 해서 애들이 싫어할 때도 있지만. 하하하. 이런 이야기 하니 아이들이 보고 싶네요."

"네, 팀장님 말씀 명심하겠습니다. 잠깐 자녀분들께 전화라도 해 보시죠?"

"아니에요. 나중에 모두 해결되는 그때…… 그때 하죠."

민 팀장의 말끝에서 비장함이 묻어났다.

민 팀장을 챙기다가 문득 소담 씨를 보니, 그녀는 침울한 표정으로 숟가락만 들었다 놨다 하고 있었다.

"아……. 소담 씨 미안해요. 얘기하다 보니……."

"아니에요. 오빠가 왜 미안해요? 저 이젠 많이 좋아졌어요. 오빠 덕분에요. 그러니까 그런 얼굴로 보지 마세요."

"소담 씨, 이제 소담 씨는 혼자가 아니에요. 내가 있잖아요."

"갑자기 뭐예요, 오빠."

"하하. 보기 좋네요, 두 사람."

"어머! 팀장님까지 그러지 마세요."

"아하하."

우리는 식사를 하며 잠시나마 즐거운 시간을 보냈다. 짧은 시간이었지만, 민 팀장과 소담 씨는 조금이나마 가까워진 것

같았다. 처음 민 팀장을 믿지 못했던 그녀의 닫힌 마음이 조금
은 열린 듯했다.

사실 나는 가족이나 나에 관한 이야기를 누구에게도 해 본
적이 없었다. 그런데 이상하게도 민 팀장과 소담 씨에게는 거
리낌 없이 내 속마음까지 털어놓으며 이야기했다. 이런 내 모
습이 왠지 낯설고 새로웠다.

식사를 마친 뒤 이진성 씨 살인 사건 현장으로 가는 길에 소
담 씨와 내 휴대폰 벨이 동시에 울렸다. 내 휴대폰엔 김 형사 전
화번호가 떠 있었고, 소담 씨는 또 모르는 번호로 연락이 왔다
며 받지 않았다.

"팀장님! 김 형사 전화예요. 받을까요?"

"잠깐만요. 받지 말고 기다려요. 아마 나랑 연락했는지 물을
거예요. 무조건 아니라고 하면 더 의심할지 모르니 받았다고
하고. 만난 적 있냐고 물으면 만난 적은 없다고 해요. 그 외에는
잘 모르겠다고 하고……."

"어! 끊겼어요."

"전화해서 태연하게 못 받았다고 하고, 무슨 일인지 물어봐
요."

김 형사에게 전화를 걸려 할 때 다시 김 형사로부터 전화가
왔다. 바로 받지 않고 벨이 몇 번 더 울릴 때까지 기다렸다가 통
화 버튼을 눌렀다.

"안녕하세요, 김 형사님. 전화를 못 받아서 제가 다시 전화하

려던 참이었는데……."

"지금 어디예요?"

"그건 왜요?"

"아니, 여기 고시원 앞에 왔는데, 잠깐 좀 볼 수 있을까 해서요."

"고시원이요? 지금 고시원 앞에 계세요? 어…… 이걸 어쩌죠? 저는 경찰서 근처라 김 형사님이랑 민 팀장님 계시면 뵙고 갈까 했는데요."

"그래요? 그럼 잘됐네요. 잠깐 기다려요. 금방 내가 그쪽으로 갈게요."

"네? 아니, 그게……. 제가 그쪽으로 갈게요. 민 팀장님도 함께 계세요?"

"민우직 팀장님이요? 아니요. 왜요?"

"이왕 온 김에 팀장님도 뵈려고요."

"지금 팀장님은…… 우선 만나서 얘기해요. 지금 차에 탔어요. 금방 가니까 기다려요. 알았죠?"

"예? 네, 그럼 경찰서에서 기다릴게요. 천천히 오세요."

나는 다급히 전화를 끊고 민 팀장을 바라보았다.

"어쩌죠? 경찰서로 가야겠어요."

"혼자 괜찮겠어요?"

"네, 경찰서인데 무슨 일이 있겠어요."

"시보 오빠, 저랑 같이 가요."

"안 돼요. 김 형사가 소담 씨를 알기 때문에 같이 있으면 괜히 오해받을 거예요. 소담 씨도 위험할 수 있어서 그래요."

"아니요. 나랑 있으면 더 위험할 수 있어요."

나긋한 민 팀장의 목소리에는 강한 부정이 묻어났다.

"혹시 내 위치가 발각돼서 쫓기게 되면 소담 씨가 더 위험해져요. 그러니 차라리 소담 씨를 데리고 가요."

"아니, 하지만…… 네, 그럴게요. 지금 김 형사는 경찰서로 출발했을 거예요. 먼저 가서 기다리고 있어야 해요. 시간이 없어요."

초조해하는 나를 보며 소담 씨가 걱정 말라는 듯 담담히 말했다.

"저한테 좋은 방법이 떠올랐어요."

"좋은 방법이요?"

소담 씨는 미소 띤 얼굴로 고개를 끄덕였다.

"이러다 늦을 수 있으니 이동하면서 얘기하죠. 팀장님은 어디에 계실 거예요?"

"난 이진성 씨 살인 사건 현장에 미리 가서 기다리고 있을게요."

"그럼 저희도 김 형사 만나고 바로 그곳으로 갈게요."

"저……. 팀장님도 조심하세요."

조심스럽게 꺼낸 소담 씨의 그 한마디에 얼마나 많은 용기가 담겨 있는지 짐작할 수 있었다.

"소담 씨, 고마워요."

소담 씨가 생각하는 좋은 방법이 무엇인지 궁금했지만, 일단 김 형사보다 먼저 경찰서에 도착하는 것이 좋을 것 같아 그녀의 손을 잡고 뛰기 시작했다. 혹시 김 형사가 근처에 있진 않을까 불안한 마음에 주위를 계속해서 살피느라 긴장감은 배가 됐다.

　"소담 씨, 아까 말한 좋은 방법이라는 게 뭐예요?"

　나는 택시에 타자마자 소담 씨에게 물었다. 그녀가 날 보고 웃으며 입을 열던 그때, 바로 옆 차선에서 경찰차가 지나갔다. 무심코 옆을 봤는데 하필이면 또 김 형사가 탄 차가 아닌가! 순간 나도 모르게 엉덩이를 앞으로 쭉 빼며 창문 밑으로 몸을 숨겼다. 소담 씨 역시 고개를 비스듬히 숙이고, 눈을 깜빡거리며 나를 쳐다보았다.

　곧이어 소담 씨의 바지 주머니에서 음악 소리가 흘러나왔다. 휴대폰을 꺼낸 소담 씨는 모르는 번호로 계속 전화가 온다며 이번에도 받지 않았다.

　"소담 씨, 무슨 전환데 그냥 끊어요?"

　"요 며칠 동안 계속 모르는 번호로 전화가 와서요. 스팸 같아서 안 받는 거예요."

　"그래도 모르니 받아 보죠."

　"아니요. 이런 전화 그냥 받았다가 전화 요금 폭탄 맞은 적이 있어서요. 그리고 정말 중요한 전화면 문자 남기겠죠."

　"그런 적이 있었어요? 하긴 요즘 너무 심하긴 해요. 보이스 피싱도 그렇고."

　"그러니 오빠도 조심하세요. 모르는 전화 막 받지 말고요."

　"네, 근데 사실 난 그냥 막 받아요. 하하."

　"으유, 이제 거의 다 온 것 같아요."

"기사님! 저기 커피 전문점 앞에 내려 주세요."

우리는 택시에서 내려 경찰서 맞은편에 있는 커피 전문점 안으로 들어갔다. 자리를 잡고 앉자, 절묘하게 김범진 형사로부터 전화가 왔다. 마치 지켜보고 있던 것처럼.

"네, 김 형사님."

"시보 씨, 경찰서에 왔는데 지금 어디예요?"

"벌써 오셨어요? 민 팀장님이 없어서 경찰서 맞은편 카페에 와 있어요."

"그래요? 그럼 내가 그쪽으로……."

"아니요. 여자 친구랑 같이 있어서 제가 경찰서로 갈게요."

"그럼 그렇게 해요. 여기서 기다릴게요."

"네."

전화를 끊으며 나도 모르게 소담 씨에게 윙크했다.

"소담 씨, 여자 친구 작전 성공이네요. 하하. 여기서 기다려요."

"네, 오빠. 다녀오세요."

"금방 갔다 올게요."

소담 씨가 말한 좋은 방법은 아주 간단했다. 민 팀장은 경찰서에 없을 테니, 그 핑계로 근처 카페에서 기다리고 있었다고 하는 것이었다. 또 여자 친구가 있으니 빨리 용건을 마쳐야 한다는 핑계도 댈 수 있어 일거양득이었다. 지금까지는 다행히 소담 씨의 의도대로 전개되고 있었다.

경찰서 앞 횡단보도에서 신호가 바뀌길 기다리던 중, 좌회전 신호를 기다리던 자동차 뒷좌석의 한 남자가 눈에 들어왔다.

아주 잠깐 스쳐 지나간 얼굴이었지만, 낯설지 않았다. 분명 어디선가 본 것 같은데……. 돌아가 확인하려는데 초록색 신호가 깜빡이기 시작했다. 어쩔 수 없이 신호가 적색으로 바뀌기 전에 경찰서 방향으로 건너가야 했다.

그 차는 경찰서 정문으로 들어가고 있었다. 차가 정문을 통과할 때 정문 앞 의경이 거수경례하는 것을 보니, 아무래도 경찰 간부인 듯했다.

분명 어디서 봤던 사람 같은데……. 점! 이연우 경위 눈동자에서 봤던 그 사람이다! 분명 차 뒷좌석에 앉아 있던 그가 맞았다. 경찰 간부라면 민 팀장은 그가 누군지 알 수 있지 않을까? 그가 누구인지 알면 이연우 경위의 죽음에 대한 단서를 찾는 데 도움이 될 것이다.

그런데 이상했다. 이번엔 머리에서 어떠한 통증도 느껴지지 않았다. 똑같이 기억을 떠올렸는데 이유가 뭘까?

일단 아까 그 사람이 누구인지 확실하게 확인하는 게 우선이었기에, 나는 차를 따라 서둘러 경찰서로 달려갔다. 주차장 쪽을 확인하니 그 차가 다시 정문 쪽으로 되돌아 나가는 것이 보였다. 벌써 차에서 내려 경찰서로 들어간 건가?

경찰서 본관 출입문으로 뛰어가던 그때, 하필이면 김 형사가 출입문에서 나오고 있었다. 김 형사가 열고 나온 문틈 사이로 계단을 오르는 한 남자의 뒷모습이 보였다. 그 순간 확신했다. 무슨 근거인지는 모르겠지만 분명히 그 사람이었다.

고개를 숙여 김 형사를 보고 인사하면서도 문이 닫히는 순간까지 나의 눈은 그 남자를 향해 있었다.

"김 형사님, 저 화장실 좀 다녀올게요. 죄송해요."

김 형사에게 화장실에 다녀오겠다고 서둘러 말하며 출입문으로 뛰어 들어갔다. 2층까지 숨이 차도록 뛰어 올라갔으나 그를 찾진 못했다. 형사과에도 들어가 봤지만 그를 찾을 순 없었다. 어쩔 수 없이 포기하고, 다시 내려가기 위해 계단으로 걸어가던 중 김 형사가 부르는 소리가 들렸다.

"어이, 시보 씨! 화장실은 이쪽인데."

"아……. 네, 방금 갔다 오는 길이에요."

"벌써?"

"근데 무슨 일로 보자고 하셨어요?"

"아니……. 뭐야! 머리는 왜 그래요?"

"좀 다쳤어요."

"에이, 조심 좀 하지. 우린 잠깐 저쪽으로 가서 얘기할까요?"

"저쪽이요? 형사과는 이쪽이잖아요."

"그렇지. 근데 민 팀장님 일이라 여기선 듣는 귀가 많아서. 잠깐 저기로 나가서 얘기하죠. 따라와요."

이번엔 또 무슨 얘기를 하려고……. 나는 시치미를 떼며 김 형사의 뒤를 따라갔다.

"자자, 여기. 내가 나이 더 많으니까 말 놔도 되겠지?"

"뭐, 벌써 놓으셨네요."

"하하. 그래. 말 편하게 할게."

"그러세요. 상관없어요. 저 지금 여자 친구가 기다리고 있어서 시간을 오래 빼기가 좀 그래서요."

"오호, 알았어. 잠깐이면 돼. 다른건 아니고 민우직 팀장님한 테 연락 없었어?"

"팀장님이요? 아, 어젠가? 아니, 그젠가? 아무튼 전화하셨어요. 왜요?"

"아, 그래. 무슨 일로 전화를 하셨대?"

"왜 그러세요? 경찰서에 민 팀장님이 안 계신 듯한데 무슨 일 있나요?"

"그래. 이제 사실대로 얘기해야겠네. 저기…… 저번에 얘기 했잖아, 내가."

"무슨 얘기요?"

"민 팀장님이 이진성 씨 살인 용의자라는 거 말이야. 그리고 또 다른 살인 사건이 생겼어. 이진성 씨 살인 사건이 있었던 다음 날 새벽에. 근데 또 민우직 팀장 손에…… 죽은 거야. 동료 경찰이……."

"네? 뭐라고요?"

알고 있는 이야기였지만 놀란 척할 수밖에 없었다.

"놀랐지? 기다려 봐, 또 있으니까. 한 달쯤 전인가? 택시 기사 폭행 사건이 있었어. 그 택시 기사가 죽었거든. 그런데 글쎄, 민 팀장님이 범인이라는 증거가 나온 거야. 자기가 알려 준 그 택배에서 말이야. 민 팀장…… 아니, 이제 살인 용의자지. 그래서 지금 수배 때렸잖아. 믿을 사람이 아니었어."

"그래요? 근데 저번에 저한테 팀장님은 범인이 아니라고, 민

으라고 하셨잖아요."

"나도 속았지. 절대 아니라고 생각했는데…… 빼도 박도 못할 증거가 계속 나오잖아. 나도 실망이 이만저만이 아니야. 믿었는데 말이지. 그래서 그러는데, 민 팀장이 별말 없었어?"

예상은 했지만 능글맞게 속내를 숨기며 말하는 김 형사가 무섭게 느껴졌다.

"특별한 건 없었는데……."

"그래? 이 경위 관련해서 전화하지 않았어?"

"그걸 어떻게……."

"아, 우연히 들었어. 민 팀장님이 통화하는 거."

"아……. 네, 형사님이 이진성 씨 살인 사건 관련해서 물어보는 거랑 같았어요. 이 경위님 사건 현장에서 본 게 없는지 물어보셨거든요."

"뭐? 자기가 이진성 씨처럼 이연우 경위도 봤다는 거야? 어떻게?"

"그게…… 그날 경찰서에 연행됐을 때 잠깐 화장실에서 봤어요."

"그래? 그럼 그때 뭐 특별히 본 거라도 있어?"

"아니요, 특별히 생각나는 건 없어요. 팀장님한테도 그렇게 말씀드렸고요."

"그렇단 말이지……. 특별히 증거가 될 만한 건 없었다는 거 확실하지?"

김 형사는 나를 추궁하듯 되물었다.

"네, 없었어요."

"그래, 알았어. 고마워. 혹시 뭐라도 생각나면 나한테 연락 주고. 또 민우직 팀장한테 연락 오면 그것도 바로 콜 해! 이제 가봐. 여자 친구가 많이 기다리겠다."

"아, 네. 그럼 수고하세요."

돌아서 가려는데 2층으로 올라간 뒤 홀연히 사라져 버린 그 사람이 떠올랐다.

"저기……. 김 형사님."

"왜?"

"뭐 하나만 물어봐도 될까요?"

"뭔데? 말해."

"아까 제가 본관에서 김 형사님 만났었잖아요. 출입문으로 나오실 때 안으로 들어가는 사람 보셨어요?"

"그건 왜? 그때, 사람이 한두 명이어야 말이지."

"턱 밑에 점이 있는 분이었는데……."

"턱 밑에 점? ……뭐, 그런 사람도 어디 한둘이겠어."

"점이 좀 컸어요. 여기, 턱 바로 밑에요. 혹시 아시겠어요?"

김 형사는 "음." 하고 생각을 되짚는 듯하더니 이내 반문을 해 왔다.

"근데 그건 왜?"

"아니에요. 모르시면 됐어요."

"아! 턱에 점 있는 사람…… 있지. 그래, 있다. 누군지 알겠어."

"그래요? 그분께 인사 좀 드리고 싶은데……. 제가 도움을 받았거든요. 그때 여기서 넘어지는 바람에."

"뭐야? 여기서 다친 거였어?"

"네, 뜬금없는 장소이긴 하지만 그렇게 됐네요."

"그래. 턱에 점이 있는 분이라면 교통 관리계 최 경감님인 것 같은데."

"교통 관리계 최 경감님이요?"

"응. 지금 뵈러 갈 거면 저기 3층으로 올라가 봐. 턱에 점이면 아마 그분이 맞을 거야. 근데 여자 친구가 기다린다고 하지 않았어?"

"아! 맞다. 그렇죠. 아하하. 다음에 시간 내서 찾아뵙고 인사 드려야겠네요. 그럼 이만 가 보겠습니다."

"어? 어, 그래."

교통 관리계 최 경감이라고? 차에서 봤던 그 남자가 최 경감일까? 민 팀장한테 물어보면 정확해지겠지. 그런데 김 형사는 전화로 해도 될 얘기들이었는데 왜 굳이 보자고 한 걸까? 아무리 생각해도 찝찝한 마음을 거둘 수가 없었다.

제7화

의심의 씨앗

경찰서 정문 앞 횡단보도에서 신호가 바뀌기를 기다리며 커피 전문점을 바라보았다. 그때, 나를 기다리는 그녀와 눈이 마주 쳤다. 멀리서도 환하게 웃는 미소가 너무 예뻐 보였다. 신호가 초록색으로 바뀌는 순간, 뒤에서 나를 부르는 소리가 들렸다. 뒤돌아보니 김범진 형사가 황급히 뛰어오고 있었다.

"저기, 시보 씨. 잠깐만."

"네? 왜 그러세요?"

"계속 붙잡아서 미안한데, 시보 씨 강소담 씨라고 알지?"

"누, 누구요?"

"아니, 왜. 자기가 자살하려는 여대생 구한 적 있잖아. 그때 그 여대생 말이야. 기억 안 나?"

김 형사의 입에서 흘러나온 강소담이라는 이름에 심장이 덜 컹 내려앉는 기분이 들었다.

"아, 네. 이제야 기억나네요. 근데 그분은 왜요?"

“둘이 아는 사이 아니었어?”

“아니요. 제가 왜 그분이랑…….”

“그래? 그때 같이 경찰서 나가는 걸 안 순경이 봤다고 해서 둘이 잘 아는 사이인 줄 알았지.”

“아……. 그냥 그날 버스 정류장까지 같이 걸어간 게 다예요.”

“그랬구나. 에이, 난 같은 학원 다녀서 잘 아는 사이인 줄 알았네. 그럼 그날 이후로 학원에서 본 적 없고?”

“네, 본 적 없는데요. 왜 그러세요?”

“그게, 아무리 전화를 해도 받질 않아서 말이야. 그래서 아는 사이면 얘기 좀 해 달라고 하려고 했지.”

“아……. 어쩌죠? 저도 그 후로는 잘 모르겠는데요.”

“그럼 혹시 학원에서 보게 되면 얘기 좀 해 줘. 나한테 연락 달라고. 내 번호 알지?”

“네, 연락드리라고만 전달하면 되는 거죠?”

“어어, 좀 부탁할게. 알아보니 그 택배 주소가 강소담 씨 주소였어. 그래서 그래. 여자 친구 기다리는데 내가 오래 잡고 있었네. 신호 바뀌었다. 어서 가 봐.”

“네, 그럼.”

“고마워. 들어가!”

갑자기 왜 소담 씨에 관해 묻는 거지? 혹시 함께 있는 걸 본 건 아니겠지……. 그냥 잘 아는 사이라고 할 걸 그랬나? 괜히 숨긴답시고 잘못 얘기한 건 아닐까? 예상치 못한 전개에 별의별 생각이 다 들었다.

횡단보도를 건너면서도 혹시 지켜보고 있지 않을까 하는 걱정에 긴장을 놓을 수가 없었다. 소담 씨도 눈치챘는지 입을 삐죽거리며 나를 기다리고 있었다.

"오빠, 괜찮아요? 횡단보도에서 말 걸던 사람, 김 형사 맞죠? 무슨 일이에요?"

"그게…….."

나는 김 형사와 나눴던 대화를 소담 씨에게 모두 이야기해 준 후, 소담 씨 휴대폰 속 통화 내역을 확인해 보기로 했다. 모르는 번호라서 받지 않는다던 그 번호가 김 형사일 가능성이 높았다.

"설마 그 번호가 경찰서 전화번호였을까요?"

"그럴 수도 있을 것 같아요."

"여기 이 번호예요. 요즘 자주 오는 전화요."

"어……. 아닌데요. 앞 번호가 여기 경찰서 번호가 아니에요. 또 다른 건 없었어요?"

"잠시만요. 그럼 이 번호인가?"

"잠깐 봐요. 아! 이 번호네요. 뭐야. 몇 번 오지도 않았는데요."

"이 번호는 오빠 부모님 집에 있을 때 온 전화예요."

"그러네요. 그럼 뭐지?"

분명 계속 전화를 해도 안 받는다는 식으로 얘기했었는데.

"어, 또 모르는 번호로 전화 왔어요."

"어쩌죠? 김 형사 휴대폰 전화일까요?"

"음……. 받지 말아요, 우선."

전화가 끊기고 얼마 있지 않아 문자 알람이 울렸다. 소담 씨는 휴대폰을 들어 문자를 확인했다. 무슨 문자냐고 물었지만, 그녀는 아무 말 없이 잠시 생각하더니 휴대폰을 내 얼굴 앞에 가져다 보였다.

> [대동 아파트 경비실입니다. 강시민 씨 앞으로 온 택배를
> 보관하고 있으니 오늘까지 안 가져가시면 폐기하도록 하겠
> 습니다. 도통 연락이 안 돼, 이렇게 문자 보냅니다.]

"소담 씨, 이게 무슨 말이에요? 대동 아파트는 또 어디죠?"

"대동 아파트면 여기로 이사 오기 전에 살던 집인데……."

"그래요? 그럼 문자 온 번호로 한번 전화해 봐요."

"네. 아! 이 번호가 방금 전화 온 그 번호네요."

그녀는 휴대폰 문자 메시지 위의 통화 버튼을 눌렀다. 신호가 울리자마자 나이가 지긋해 보이는 남자 목소리가 들렸다.

"여보세요."

"안녕하세요. 문자 받고 연락드려요."

"거 혹시 강시민인가요?"

"네? 아, 제가 그분 딸이에요."

"아이고, 이제 연락이 됐네. 여기 아버님한테 택배가 하나 왔어요. 그런데 어찌 그렇게 전화를 안 받아요. 아버님한테 문자도 여러번 보냈는데……."

"죄송해요. 아버지가…… 아니, 제가 받으러 갈게요."

"그래요. 언제 올래요?"

"오늘 안으로 갈게요."

"오늘 마침 내가 당직이라 밤늦게까지 있을 거예요. 그래도 혹시 모르니까 올 때 전화 줘요."

"네, 감사합니다. 이따 찾아가겠습니다. 수고하세요."

"그래요."

전화를 끊은 그녀는 나를 바라보며 말없이 생각에 잠겼다.

"소담 씨, 무슨 택배인지는 모르죠?"

"네, 몰라요. 아빠한테 온 택배가 뭘까요?"

"가 보면 알겠죠. 이진성 씨 사건 장소에 갔다가 바로 택배 받으러 가요."

"네, 오빠."

우리는 서둘러 커피 전문점을 나섰다. 오늘따라 택시가 잡히지 않는 탓에 가까운 거리의 버스 정류장에서 버스를 타기로 했다. 정류장으로 향하는 길에 휴대폰 벨이 울렸다. 처음 보는 번호지만 느낌이 이상해 곧바로 통화 버튼을 눌렀다.

"여보세요."

"나예요, 민우직."

"아! 팀장님? 휴대폰 찾으…… 아니, 번호가 다른데. 누구 휴대폰이에요?"

"새로 개통했어요. 어디예요?"

"지금 경찰서 앞 버스 정류장이에요. 금방 갈게요."

"그럼 기다리고 있을게요. 조심히 와요."

"네, 조금만 기다리세요."

버스를 기다리는 동안 소담 씨는 김 형사와 횡단보도에서 나눈 대화가 신경 쓰였는지, 경찰서 정문 쪽을 계속 힐끔힐끔 쳐다보았다. 뭔가 마음에 걸려 개운치 않았던 내 기분을 괜히 얘기했나 후회가 되었다.

버스에 올라탄 우리는 맨 뒷좌석에 나란히 앉았다. 뒷좌석에 앉으니 처음 같이 버스를 탔던 그날이 생각났다. 슬픈 얼굴로 아주 덤덤하게 자신의 이야기를 했던 소담 씨였는데……. 그때와 달리 귀엽고 미소가 깊은 그녀를 보고 있자니 감회가 새로웠다. 그녀와 추억을 하나씩 만들어 가고 있다는 생각에 나도 모르게 피식 웃음이 났다.

"왜 혼자 웃어요? 무슨 생각해요?"

소담 씨는 왜 웃느냐며 물었지만, 나는 고개를 가로저으며 다시 미소를 지어 보였다. 개운치 못했던 기분이 미소와 함께 날아가는 것만 같았다.

버스에서 내려 이진성 씨 살인 사건 현장으로 걸어가는 길에 민 팀장이 어디 있는지 주위를 살폈다. 그때 민 팀장에게 전화가 왔다.

"팀장님, 어디세요?"

"시보 씨! 내 말 듣기만 해요."

"네? 네."

"지금 당장 가까운 카페로 들어가요."

"……."

"옆에 할리스 보이죠? 거기 들어가서 내 연락 기다려요. 절대 주위 둘러보지 말고, 그냥 곧장 가요. 미행이 붙었어요. 최대한 자연스럽게 행동해요."

"네."

민 팀장과 통화 중 경직된 내 얼굴이 걱정스러웠는지, 소담 씨도 굳은 표정으로 나를 바라보고 있었다.

"소담 씨, 저기 할리스 커피 전문점 보이죠? 저기로 가죠."

나는 앞에 보이는 커피 전문점을 손으로 가리켰다.

"일단 가서 설명해 줄게요."

"알았어요."

"뒤돌아보지 말아요. 주위 살피지도 말고요. 자연스럽게 걸 어요."

"네, 그럴게요."

누군가 우리를 미행하고 있다는 사실에 긴장한 나머지, 자연 스러우려 노력한 행동이 더 어색하게 느껴졌다. 그런 내 행동 이 불안해 보였는지 소담 씨도 덩달아 긴장한 기색을 감추지 못했다.

커피를 주문하고 기다리며 카페 밖을 힐끔 쳐다보았다. 하지 만 의심할 만한 사람은 보이지 않았다. 그때 문자가 한 통 왔다. 지금 만나는 것은 위험하다며, 현장에 가서 확인하고 연락 달 라는 민 팀장의 문자였다. 나는 누가 우리를 미행하고 있는지, 미행하고 있는 사람이 어떤 옷을 입고 있는지 알려 달라고 문자를 보냈다. 답장엔 검은색 모자를 쓰고 회색 남방에 검정 정장 바지를 입고 있는 사람이며 '안민호 형사'라고 했다. 안민호 형사라면 안 순경이라고 했던 그 사람을 말하는 걸까? 아니면 또 다른 안 형사가 있는 걸까.

　나는 주문했던 커피를 들고 소담 씨가 앉아 있는 자리로 돌아갔다.

　"소담 씨, 잠깐 이것 좀 볼래요?"

　소담 씨에게 민 팀장과 주고받은 문자를 보여 주었다.

　"너무 놀라지 말아요."

　"어머! 경찰이 왜?"

　"김 형사가 눈치를 챈 것 같아요. 아까 경찰서에서 보자고 한 게 아마…….."

　"그런 거예요?"

　"확실하진 않지만 그런 것 같아요. 소담 씨, 위험할지 모르니 소담 씨는 여기서 기다려요. 이진성 씨 사건 장소에 금방 다녀올게요."

　"아니에요. 같이 가요. 혼자 있기 싫어요."

　"안 돼요. 같이 갔다가 소담 씨가 위험할 수도 있어요. 아까 대화할 때도 이미 민 팀장님과 내 관계를 의심하는 것 같았어요. 괜히 같이 현장에 갔다가 소담 씨도 이 사건과 연루되어 있다고 의심받을 수 있으니까 여기서 기다려요. 알았죠?"

　"의심은 지금도 받고 있잖아요……. 그러지 말고 같이 움직여요."

"아버님 택배도 찾으러 가야 하잖아요. 그럼 소담 씨가 먼저 택배 찾으러 가고 있어요. 내가 이진성 씨 확인만 하고 바로 뒤따라갈게요. 그렇게 하면 소담 씨에게 미행은 안 붙을 거예요. 그렇게 해요. 우리 우연히 만난 척하고 여기서 헤어져요. 네?"

소담 씨는 잠시 망설이다 입을 열었다.

"오빠, 괜찮겠어요? 오빠는요?"

"난 괜찮아요. 우선 여기서 미행을 따돌려 볼게요. 팀장님이 보고 계시니까, 걱정 말고 지금은 소담 씨만 생각해요. 부탁해요. 그게 가장 안전한 방법이에요. 그렇게 해야 내 마음도 편할 것 같아요. 네? 소담 씨."

"……알았어요."

소담 씨는 내가 커피를 다 마실 때까지만 같이 있다 일어나겠다고 했다. 그 말에 나도 모르게 얼굴에 미소가 번졌다. 그녀도 빙그레 미소를 지으며, 장난기 어린 표정으로 날 웃게 했다.

잠시 서로를 보며 웃고 있을 때 한 남자가 내 뒷자리에 앉는 모습이 정면 유리창에 비쳤다. 민 팀장이 알려 준 옷차림의 남자였다. 밖에서 더는 기다리지 못하고 들어온 모양이었다.

나는 처음 보는 사이처럼 행동하자는 문자를 소담 씨에게 보냈다. 문자를 본 그녀도 짧게 알았다고 답문을 보냈다. 그 문자를 보고 그녀에게 살짝 윙크했다. 윙크하는 내 모습에 그녀는 피식 웃어 보였다.

"소담 씨, 우리 이제 그만 일어날까요? 전 약속이 있어서."

"네."

"소담 씨는 어떻게 할 거예요? 아, 친구랑 약속 있다고 했죠? 그럼 친구랑 즐겁게 시간 보내고 들어가세요. 오랜만에 반가웠습니다."

"네, 저도 반가웠어요."

"그럼 먼저……."

우리는 누가 먼저 나가야 할지 몰라 머뭇머뭇했다. 잠시 서로 눈치를 보며 어색하게 있다가, 소담 씨가 먼저 일어나 출입문 쪽으로 걸어갔다. 그녀를 따라 나가면서 나도 모르게 뒤에 앉아 있던 그 남자와 눈이 마주쳤다. 그는 많이 놀랐는지 황급히 고개를 돌려 커피 마시는 척을 했다. 그의 행동에 웃음이 나오는 걸 겨우 참으며 커피 전문점 밖으로 나왔다.

나는 그녀가 가는 모습을 물끄러미 바라보다, 반대편의 사건 현장 쪽으로 걸어갔다. 여전히 미행하고 있는지 궁금해, 바로 옆에 있던 매장을 구경하는 척 걸어왔던 길을 힐끔 쳐다보았다. 그는 생각보다 가까운 거리에서 나를 향해 걸어오고 있었다. 온몸이 경직되는 기분이었다.

하지만 그는 이내 나를 지나쳐 갔다. 미행하던 게 맞나 싶을 정도로 아무렇지 않게 지나쳐 가는 모습에, 오히려 내가 뒷모습을 멍하니 바라보았다. 그는 끝까지 뒤돌아보지 않았다.

앞서서 걸어가던 그는 멀지 않은 곳에 있는 편의점 안으로 들어갔다. 나는 편의점에 들어간 그를 한참 동안 지켜보다, 이진성 씨 살인 사건 현장으로 발길을 돌렸다.

나는 현장 근처에 있겠다고 한 민우직 팀장에게 문자를 보냈다. 답문이 바로 오지 않았지만, 대신 반가운 문자가 왔다. 소담 씨 문자였다. 그녀는 지하철을 타고 가는 중이라며 무슨 일은 없는지, 괜찮은지, 안부를 물었다. 그녀의 걱정을 덜어 주기 위해 바로 답장을 보냈다. 그러자 또 문자가 왔다. 동그라미 2개가 하트와 함께. 하하. 주체할 수 없이 올라가던 입꼬리를 겨우 끄집어내렸다.

드디어 이진성 씨가 쓰러져 있던 곳에 도착했다. 시체를 떠올리기 위해 눈을 감고 집중하자, 얼마 지나지 않아 시체 형체가 점점 선명해지기 시작했다. 나는 시체 얼굴을 보기 위해 가까이 다가갔다. 시체가 선명해질수록 머리 통증도 서서히 강하게 느껴졌다. 다행히 지난번처럼 견디기 힘들 정도는 아니었다. 귀가 보이고, 코가 보인다. 그리고 드디어 눈이 보인……

그때 갑자기 허벅지에서 진동이 느껴졌다. 휴대폰 진동이었다.

진동에 놀라 집중이 깨져서인지, 눈앞에 보이던 시체가 희뿌옇게 사라져 버리고 말았다. 살짝 짜증이 나긴 했지만, 민 팀장 전화일 수 있어 마음을 진정시키고 주머니에서 휴대폰을 꺼냈다. 그런데 민 팀장 전화가 아니었다. 하지만 처음 보는 번호도 아니었다. 바로 생각나지 않았을 뿐 어딘가 낯익은 번호였다. 나는 조심스럽게 통화 버튼을 눌렀다.

"여보세요."

"시보 씨, 최 형삽니다. 최우식 형사요."

"최 형사님? 어쩐 일이세요?"

"시보 씨, 내 말 잘 들어요."

“네? 네.”

“지금 혹시 민우직 팀장님하고 같이 있습니까?”

“갑자기 무슨 일로 그러세요? 팀장님은 왜요?”

“지금 민 팀장님과 연락이 안 돼서 그래요.”

“그걸 왜 저한테…… . 전 몰라요.”

“정말입니까?”

“네.”

“좋아요. 시보 씨, 앞으로 팀장님을 절대 만나선 안 됩니다.”

“그게 무슨 말이세요?”

“절대 팀장님과 연락하지도, 만나지도 말아요. 혹시 연락되거나 만나게 되면 꼭 나한테 연락 달라고 전해 줘요. 알았죠?”

“아…… . 네…… . 근데 그걸 왜 저에게…… .”

“남시보 씨, 지금 시보 씨를 미행하는 사람이 있습니다. 경찰이에요. 내부에서는 시보 씨가 민우직 팀장님을 돕는다고 생각합니다. 그래서 시보 씨를 미행하고 있는 겁니다. 그러니 더더욱 팀장님을 만나서는 안 됩니다. 알겠습니까?”

“저를요? 왜요? 제가 뭘…… .”

“민 팀장님이 수배 중이에요. 내 생각엔 누명을 쓰신 것 같은데…… . 여하튼, 민 팀장님 통화 내역을 감찰에서 조사하다가 최근에 시보 씨랑 통화한 게 여러 건 나와서 남시보 씨를 예의 주시하고 있는 겁니다. 그러니 조심하세요. 절대 팀장님하고 만나서는 안 됩니다. 팀장님과 연락되면 만나지 말고 내 말만 전해 줘요. 꼭 부탁합니다. 알았죠?”

최 형사도 김 형사랑 똑같이 최근에 민 팀장에게 일어난 일을 얼핏 흘렸다. 그런데 '누명을 쓴 것 같다'니. 최 형사는 정말 민 팀장 편인 걸까?

"네, 연락 오면 전해드릴게요. 근데 민 팀장님이 누명을 썼다니 무슨 말이에요?"

"남시보 씨도 알잖습니까? 시보 씨가 봤다던 그 시체요. 그 용의자가 민 팀장님이라고 하지 뭡니까? 말이 안 되는 게 우리 형사과에 이 경위님이라고 계셨는데……. 그 형님이 며칠 전에 화장실에서 그만…… 목을 매고 죽은 겁니다. 젠장! 근데 그게 또 자살이 아니라 타살이라네요. 그것도 하아……. 우리 팀장님이 죽였다고 지금 이 지랄을 하고 있어…… 남시보 씨! 듣고 있어요?"

"아, 네. 듣고 있어요."

"안 그래요? 뭐 이런 지랄 맞은……. 어떻게 우리 팀장님 같은 분을 살인범으로 몰고 있냐고! 근데 문제는 이게 끝이 아니라는 거야."

"또 뭐가 있나요?"

"아니, 이건 빼도 박도 못하게 블랙박스 영상 증거가…… 그 김 형사 개자식이…… 아! 미안해요. 내가 말투가 좀……. 암튼, 그 김 형사라는 놈이 팀장 진급에 눈이 돌아가서 그 영상을 어디서 찾았는지……. 하아. 예전에 택시 기사 폭행 사건이 있었어요. 우리 관할도 아닌데, 아무튼 그 폭행 사건 범인도 우리 민 팀장님이라는 거야. 근데 영상을 보니까 정말 팀장님이어서……. 아니야! 아니, 분명 그것도 김범진 그 개자식이 조작했을 거야. 분명해! 그 자식이 뭐 한두 번 그런 짓을 했어야지. 씨벌……. 아, 미안해요. 내가 좀 흥분했나 보네. 내가 흥분하면 입이 좀 거칠어져서 미안해요."

나는 불난 집에 기름을 붓듯 질문을 던졌다.

"그런 일이 있었군요. 근데 정말 팀장님이 그런 걸 수도 있잖아요?"

"뭐요?"

"아니, 왜냐면……."

"남시보 씨! 그렇게 안 봤는데! 딱 보면 모릅니까? 우리 팀장님이 어째! 그럴 사람으로 보입니까? 지한테 어떻게 해 줬는데……."

"네?"

날 언제 봤다고 그렇게 안 봤대? 한 번 보고 어떻게 안다고.

"아니, 됐고. 아무튼 지금 형사과 비상입니다. 형사과는 이 사건에서 손 떼라고 하니 어떻게 도와줄 방법이 없어요. 더 걱정인 게 경찰청 광역 수사대에서 직접 조사하기로 해서……. 그것도 팀장님하고 앙숙이었던 채 경장이 총괄 팀장으로 내려와서 우리 팀장님한테는 더 안 좋게 생겼어. 여하튼 그런 상황이니까 팀장님 만나면 나한테 꼭 연락 달라고 해 줘요. 그것도 불안하면 내 얘기나 잘 전해 주고요. 알았죠? 꼭!"

"그럴게요."

"그래요. 그리고 무슨 일 있으면 이 번호로 전화 줘요."

최우식 형사라는 이 사람 참…… 입도 거칠고 다혈질이지만 그래도 정은 깊은 사람인 것 같다. 경찰 내부 소식을 이렇게까지 전해 주는 사람이면 민 팀장을 도우려는 사람 같긴 한데. 정말 믿어도 괜찮을지 모르겠다.

채…… 뭐라고 했지? 채 경장? 이 사람이 민 팀장이랑 앙숙이었다고 했지? 그러고 보니 민 팀장이 채 뭐라는 사람과 진급 경쟁을 했다던 이야기를 들은 것 같다. 아버지 뒷배로 승진한 케이스라고 했던 것 같고. 그런데 그런 그가 민 팀장을 쫓고 있다면 민 팀장에게 상당히 불리한 상황인 게 맞다. 최 형사가 말한 그대로다.

나는 이렇게 계속 민 팀장을 믿어도 되는 걸까? 일단 이진성 씨 시체를 서둘러 확인하고 소담 씨에게 가 봐야 한다. 아, 근데 날 미행하던 그 형사는 지금 어디 있지. 아직도 편의점에 있는 걸까? 편의점을 잠깐 살펴봤지만 그는 보이지 않았다.

"후우……."

나는 숨을 가다듬고 다시 이진성 씨 시체를 떠올려 보았다. 몇 번을 떠올려도 떠올릴 때마다 소름이 돋고 더러운 기분은 조금도 줄어들지 않는다. 피가 흥건한 가슴을 지나 얼굴 쪽으로 시선을 옮겼다. 코 위로 드디어 눈이 보였다. 아……. 하지만 이번엔 눈이 감겨 있었다.

젠장, 매번 눈을 뜨고 있는 건 아니구나. 그럼 이 시체에서는 사건과 관련된 어떤 것도 볼 수 없는 건가? 아니면 뭔가 다른 게 있는 걸까?

시체를 기억해 내는 것뿐인데 마치 바로 앞에 시체를 두고 있는 듯 이상한 냄새까지 맡아졌다. 이젠 환각 증세까지……. 머리가 어지럽고 속이 메스꺼워 도저히 견디기가 힘들었다. 어, 잠시만! 얼굴 옆으로 유리 조각 같은 게 보이는데 안경알인가? 아니, 깨진 선글라스다. 깨진 선글라스 안에서 잔상이 보였다.

나는 걸음을 옮겨 좀 더 가까이 다가갔다.

'시보야, 조금만 더 집중해 봐. 조금만 더…… 더 가까이 가 봐.'

어디서 본 듯한 옷차림인데……. 어디서 봤지? 얼굴…… 얼굴……. 젠장! 얼굴은 너무 작아 잘 보이지 않았고, 집중하려 할수록 머리 통증만 점점 더 심해졌다. 이러다 또 기절하는 건 아니겠지? 선글라스 안, 저자가 입고 있는 옷이 분명 어디서 본 것처럼 낯이 익다. 어디서 봤던 옷이지……. 생각해 내야 한다. 저 사람이 이진성 씨 죽음과 깊은 연관이 있는 게 분명하다.

그때, 또 휴대폰 진동이 울렸다. 진동이 느껴지는 순간 눈앞에서 시체도 사라져 버렸다.

"팀장님, 지금 어디세요? 근처에 계세요?"

"시보 씨, 소담 씨는 어딜 간 거예요?"

"예전에 살던 집에 택배 받으러 갔어요."

"택배요? 일단 알았어요. 지금 고시원으로 와요. 나도 가는 길이에요."

"혹시 고시원 앞에 경찰이라도 있으면 어떡해요?"

"앞만 보고 고시원에 바로 들어가요. 난 지켜보다가 상황보고 들어갈게요."

"아무리 그래도······ 아, 맞다. 아까 최우식 형사한테 전화가 왔었어요."

"그래요? 뭐라고 하던가요?"

"팀장님에게 여러 번 전화했었나 봐요. 연락 달라고 하던데 한번 연락해 보시죠?"

"알았어요. 그러죠."

"그리고 경찰이 팀장님과 제가 통화한 내역을 확인하고 저를 미행하는 거라고 했어요. 혹시 저랑 통화하면 팀장님 위치가 노출되거나 그런 거 아닐까요?"

"하하. 영화를 너무 많이 봤네요. 혹시 최 형사가 그래요? 그런 거 아니니까 너무 걱정 말아요. 다시 연락할게요."

진짜로 위치 추적이 안 되는 건가? 나는 전화를 끊고 고시원으로 발길을 돌리다, 편의점으로 들어간 그 형사를 한번 보고 싶다는 간 큰 생각이 들었다. 대체 무슨 용기인지, 두 발은 이미 편의점을 향하고 있었다.

편의점 문 앞에 다다르자, 유리창 너머로 날 미행하던 형사가 보였다. 그는 유리 벽면 테이블에 앉아 밖을 내다보며 우유를 마시고 있었다.

나는 무심한 척 편의점으로 들어가 음료수 진열장으로 갔다. 탄산수를 계산하고 또 무슨 용기인지 모르겠지만, 형사가 앉아 있는 바로 옆 의자에 앉았다. 탄산수를 한 모금 마신 후 자연스럽게 옆에 앉아 있는 그를 쳐다보고 다시 정면을 응시했다.

그런데 그가 갑자기 몸을 옆으로 돌리며 나에게 말을 건넸다.

"남시보 씨? 남시보 씨 맞죠?"

"네? 네, 그런데요?"

"그렇죠? 어디서 봤다 싶었습니다."

"어떻게 저를 아세요? 누구시죠?"

"아, 저는 동작 경찰서 안민호 형사라고 합니다. 남시보 씨는 저를 잘 모르실 겁니다. 저는 시보 씨가 경찰서에 왔을 때 봐서 기억하고 있거든요. 제가 쓸데없이 사람을 잘 기억해서……. 하하."

"아, 안녕하세요. 그때 그…… 민 팀장님은 잘 계시죠?"

"민우직 팀장님 말씀입니까? 아……. 네, 그렇죠."

안 형사는 민 팀장에 대해 아무런 언급도 하지 않았다. 별다른 소득이 없을 것 같아 일어서려는데 그의 옷이 갑자기 시선을 잡았다.

"지금 입고 있는 옷은 어디서 사셨어요? 되게 멋지네요."

"아, 이 남방이요? 어……. 이 옷이……."

"아니, 아니요. 남방 말고 그 안에 입고 있는 옷이요."

"이 티셔츠 말입니까? 이 옷이 멋집니까?"

"네, 목 라운드도 특이하고 세련돼 보여서요. 파란색이라 남방이랑도 잘 어울리고요. 그리고 그 날개도 참 멋져요."

"아하, 그렇습니까? 이건 경찰 마크입니다. 경찰 단체복이라…… 저희 형사과에서 단체로 맞춘 옷입니다."

"그렇구나. 형사과에서만 그 옷을 입나 보죠?"

"그런가? 그건 모르겠지만 이 색으로 맞춘 건 형사과만 그럴 겁니다. 그런데 이 옷이 멋지다고 한 건 남시보 씨가 처음입니다. 하하."

"그래요? 하하……. 그럼 전 볼일이 있어서 먼저 가 보겠습니다. 수고하세요."

"아, 네."

시보야, 대체 무슨 깡이니? 완전 간 떨어지는 줄 알았다. 미쳤다고 자신을 미행하는 형사에게 그런 걸 다 물어보다니 너 참…….

나는 속으로 자신을 나무라며 편의점을 나섰다. 하지만 물어보지 않을 수가 없었다. 안 형사가 입고 있던 티셔츠는 이진성 씨의 깨진 선글라스에 비쳤던 사람의 옷과 비슷했기 때문이다. 색상이 좀 다를 뿐 티셔츠 디자인과 날개 모양이 똑같았다. 특히 독수리와 태극 마크가 있는 경찰 마크 중 날개 부분이 명확히 보였다. 경찰 마크 전체가 다 보이지는 않았지만 분명 같은 마크임이 틀림없었다.

하지만 깨진 선글라스에 비친 옷 색깔은 회색 톤이었다. 아니지. 선글라스에 비친 색깔이라는 걸 생각하면 실제로는 파란색이었을지도 모른다. 그게 아니라도 일단 경찰이라는 것은 분명했다. 그렇다면 내가 본 두 명의 시체 모두 경찰과 연관된 사건이라는 걸까?

이 경위 눈에 비친 사람도 경찰이었지만, 적어도 민 팀장, 최 형사, 김 형사, 안 형사는 아니었다. 내가 아는 경찰 중에는 없었다. 하지만 이진성 씨 선글라스에 비친 사람은 이들 중 한 사람일 수도 있다. 혹시 민 팀장이라면……. 아니, 아닐 거야. 자꾸만 의심이 틈새를 파고든다.

나는 편의점에서 나온 뒤 골목골목 지름길을 따라 고시원으로 갔다. 안 형사는 여전히 날 미행하고 있을까? 궁금했지만 한번도 뒤돌아보지 않고 고시원까지 왔다. 고시원 앞에서도 민 팀장의 말이 떠올라, 주위를 둘러보지 않고 곧장 고시원으로 들어갔다.

방에 민 팀장은 없었다. 혹시 밖에 경찰이 있는 걸까? 경찰 때문에 못 들어오고 있나? 내가 어쩌다 이렇게 경찰에게 미행당하는 신세가 됐는지……. 민 팀장에게 전화해 볼까 하다가 소담 씨는 괜찮은 건지 걱정이 되어 먼저 전화를 걸어 보았다.

"소담 씨, 지금 어디예요?"

"방금 경비실에서 택배 받고 나오는 길이에요."

"그래요. 나는 고시원에 와 있어요."

"저도 그쪽으로 갈게요."

"아니, 아니요. 우선…… 음……. 여기는 안 돼요. 밖에 경찰들이 지키고 있을지도 몰라요."

"그럼 어디로 가죠? 그냥 제 집으로 갈까요?"

"아……. 그곳도 경찰이 있을지 몰라요."

"전 상관없지 않을까요? 블랙박스도 가져갔으니……."

"그럴까요? 그럼 집으로 가 있어요. 혹시 모르니 조심해요. 무슨 일 있으면 바로 전화하고요."

"네, 오빠는 괜찮아요? 민 팀장님 도와준다고 괜한 고생이네요."

"그게 무슨 말이에요."

"아니, 솔직히…… 그렇잖아요. 사실 팀장님이 진짜 범인일 수도 있고, 범인이 아니더라도 팀장님 때문에 이게 뭐예요? 이렇게 돕다가 정말 팀장님이 진범이기라도 하면 어떡해요?"

"아……. 여러모로 힘들 텐데 더 신경 쓰게 해서 미안해요. 소담 씨가 걱정하는 것도 이해하고요. 하지만 나한테 이런 일들이 생기는 건 무슨 이유가 있을 거예요. 팀장님을 만나 돕게 된 것도 그렇고요."

"그게 아니라 저는 오빠가 걱정돼서……."

"알아요, 무슨 말인지. 소담 씨, 팀장님은 범인이 아닐 거예요. 왜인지는 모르겠지만 그런 느낌이 들어요. 팀장님을 오래 보지는 않았지만, 살인자의 살기 같은 건 느껴지지 않았어요. 그리고 동료 형사들도 아니라고 하고요."

"그렇지만 만약에…… 정말 만약에 말이에요. 치, 알았어요……. 오빠가 그렇다면 어쩔 수 없죠. 하지만 항상 조심해야 해요. 알았죠? 다시는 마음 아픈 일이 안 생겼으면 해서 그래요. 내 마음 알겠어요?"

"소담 씨 마음 아프게 하는 일 없을 거예요. 나 믿죠?"

"네, 오빠. 전화 주세요. 기다릴게요."

소담 씨는 민 팀장을 여전히 의심하고 있었다. 물론 나도 민 팀장을 완전히 믿는 것은 아니다. 그래도 그녀에게 얘기한 것처럼 민 팀장이 누구를 살인할 만큼 나쁜 사람으로 보이진 않았다.

민 팀장에게 전화를 할까 고민하던 찰나, 복도에서 발소리가 들려왔다. 내 방 쪽으로 걸어오는지 발소리가 점점 가까워지고 있었다. 민 팀장일까?

　나는 조용히 방 밖의 소리에 귀를 기울였다. 숨소리까지 죽이며 온 신경을 곤두세우고 있는데, 갑자기 휴대폰 벨이 울렸다. 너무 놀라 누구 전화인지 확인도 하지 않고 바로 끊어 버렸다. 나는 긴장감에 침을 꼴깍 삼키며 방 밖으로 다시 귀를 기울였다. 그런데 아무 소리도 들리지 않는다. 민 팀장이 아니었나? 혹시 경찰이 내 방으로 오려다 그대로 멈췄거나 다시 돌아간 건 아닐까 괜히 겁이 났다.

　그때 다시 휴대폰 벨이 울렸다. 이번엔 끄지 않고 누구인지를 확인했다. 민 팀장이다. 그럼 밖에 있는 사람은 진짜 경찰인가? 벨소리가 더 울리지 않게 서둘러 전화를 받았다. 혹시 몰라 아주 작은 목소리로 말했다.

　"팀장님, 지금 어디세요?"

　"시보 씨, 왜 전화를 안 받아요?"

　"아, 죄송해요. 지금 방 밖에 경찰이 있는 것 같아서요."

　"왜 그렇게 작게 얘기하는 거예요? 뭐야? 전화가 이상한가? 시보 씨? 들려요?"

　"크흠. 아니, 그게 아니고요."

　"이제 좀 들리네. 왜 전화 안 받았어요? 밖으로 빨리 나와요."

　"밖으로요? 지금은 안 될 것 같아요."

　"왜요? 무슨 일 있어요?"

　"방 밖에 경찰이 있어요."

"네? 시보 씨? 왜 또 이래. 시보 씨? 잘 안 들려요. 크게 좀 말해요."

"팀장님, 제가 지금 크게 얘기할 수가 없어요. 경찰이 방 밖에 있는 것 같다고요."

나는 속삭이는 목소리로 최대한 크게 말했다.

"아, 무슨 말인지 알겠어요. 근데 아닌데? 아니에요, 시보 씨. 방금 경찰들 철수했어요."

"경찰이 철수했다고요? 아닌데, 방금 전 까지도 밖에 사람이…… 잠시만요."

철컥, 스르륵.

나는 천천히 방문을 열었다. 하지만 복도엔 아무도 없었다. 경찰이 아니었나?

"이상하네."

"뭐가요? 뭐가 이상해요?"

"아니에요. 지금 나갈게요."

"그래요. 고시원 옆 편의점에 있을게요. 여기로 와요."

"네."

정말 이상했다. 내가 예민해져서 과잉 반응을 하는 걸까? 그냥 다른 방 사람이었나……. 경찰이 철수했다면 아까까지 여기에 있었다는 얘기네. 소담 씨 집에도 경찰이 있을지 모르는데……. 괜찮을까.

나는 휴대폰 충전기와 수업 교재 몇 권을 가방에 챙겨 넣고, 모자를 눌러 쓴 채 서둘러 방을 나섰다. 고시원 복도를 지나고 있을 때 갑자기 다른 방 문이 벌컥 열렸다.

"아악!"

"으아! 아이, 왜 그래요? 놀랐잖아요!"

"어…… 아……. 미안해요. 나도 모르게……."

다행히 경찰이 아니라 옆 방 고시원생이었다.

"뭘 그리 놀라요? 방에서 사람 나오는 게 무슨 놀랄 일이라고."

"하하, 그렇죠……. 죄송해요."

경찰이 미행한다는 사실에 꽤 많이 예민해져 있었나 보다. 나는 애써 마음을 진정시키고 서둘러 고시원을 빠져나왔다. 편의점 가까이 갔을 때 민 팀장이 기다렸다는 듯 문을 열고 나왔다.

"시보 씨, 걸어요. 어서 이리로."

"어디로 가는 거예요?"

"우선 이 동네를 벗어나야 할 것 같아요."

"벗어나요? 어디로요?"

"지하철로 이동하죠. 어디로 갈지는 지하철역까지 가면서 생각해 봐요."

"네? 그걸 이제 생각해 보자고요?"

"미안해요. 지인들에게 부탁해 보려고 했는데 벌써 경찰들이 다녀갔거나 만나고 있더라고요. 그래서 어디로 가야 할지 고민 중이니 조금만 생각할 시간을 줘요."

"아……. 죄송해요. 그것도 모르고."

"아니에요. 그럴 수 있죠."

나는 잠시 고민하다 민 팀장에게 말했다.

"팀장님, 우선 소담 씨 집으로 가는 게 좋을 것 같아요."

"소담 씨가 지금 집에 있어요?"

"아니요. 아직 집까지는 가지 못했을 거예요. 아마……."

"아, 예전 집에 택배 받으러 갔다고 했죠? 무슨 택배예요?"

"예전에 살던 아파트 경비실에서 소담 씨 아버님 이름으로 택배가 왔다고 연락이 왔어요. 무슨 택배인지는 모르고요."

"그래요? 그럼 오는 중이라는 거죠?"

"네, 아마 지금쯤 지하철역이거나 집 근처일 거예요."

"뭐요? 소담 씨 혼자 집으로 가고 있다는 거예요?"

"네, 그렇죠. 소담 씨는 이번 사건과 크게 관련이 없으니까……."

민 팀장은 미간을 찌푸리며 우려 섞인 목소리로 말했다.

"그럴 수 있지만 소담 씨도 안전하다고 할 수 없어요. 시보 씨와 함께 있는 것도 노출됐고, 미행하면서 뭔가 눈치를 챘을 수도 있고요. 소담 씨가 위험할 수 있으니 어서 전화해 봐요. 어디인지 물어보고요."

"아, 네."

나는 서둘러 소담 씨에게 전화를 걸었다. 하지만 한참이 지나도 신호음만 들릴 뿐이었다.

제8화

누군가는 죽는다

"왜 안 받지? 전화를 안 받아요."

다시 걸어 보아도 소담 씨는 전화를 받지 않았다.

"어쩌죠?"

"어디서 온다는 말은 없었어요? 예전에 살던 집이 어디라고 했죠?"

"그게 아파트 이름이……. 잠깐만요, 생각이 잘……."

"어쩔 수 없네요. 소담 씨 집 근처로 가서 기다려 보죠. 문자라도 남겨 봐요."

"아! 전화 왔어요!"

나는 행여나 전화가 끊길 새라 서둘러 통화 버튼을 눌렀다.

"소담 씨, 어디예요?"

"걷느라 몰랐어요. 지금 지하철 안이에요. 오빠는요?"

"저는 민 팀장님하고 소담 씨 집으로 가는 중이에요. 지금 무슨 역이에요?"

"여기가요……. 이제 막 시청 지났어요. 세 정거장만 더 가면 도착이에요."

"아, 그래요. 잠깐만요."

나는 민 팀장에게 통화 내용을 간단히 전했다.

"팀장님, 소담 씨는 지금 시청역 지나서 오고 있대요. 그럼 저희가 노량진역으로 가서 기다릴까요?"

"그래요. 어서 갑시다."

"소담 씨, 그럼 노량진역에서 만나요. 우리가 가서 기다리고 있을 테니 전화 줘요. 알았죠?"

"네. 그런데 시보 오빠."

"왜 그래요?"

"아빠한테 온 택배 확인해 봤는데, 일반 택배가 아니었어요. 그리고 그 안에 USB가 들어 있더라고요."

"일반 택배가 아니라는 게……."

"택배로 온 게 아니라 누가 택배처럼 경비실에 맡기고 간 거래요."

"정말요? 그럼 USB 안에 뭐가 있는지도 확인해 봤어요?"

"아니요, 아직. 집에 가서 확인해 보려고요."

"그래요. 알았어요. 만나서 얘기해요."

"네, 오빠. 이따 봐요."

소담 씨와 전화를 끊고 심각해진 표정으로 민 팀장을 바라봤을 때, 민 팀장은 흐뭇한 표정으로 날 보고 있었다.

"보기 좋아요, 두 사람. 같이 있으면 잘 어울리던데 전화 통화

할 때도 참 예쁘게 말하네요. 그사이에 많이 진전됐네요. 소담 씨 좋아하죠?"

"아이, 그러지 마세요."

"하하. 알았어요. 근데 무슨 소리예요? USB라니?"

"아, 소담 씨 아버지한테 온 택배가 택배 업체에서 배달된 게 아니라 누군가 경비실에 맡겨 놓고 갔다나 봐요. 택배 상자 안에 USB가 들어 있다고 하는데 아직 확인은 못 했고요. 자세한 건 만나서 얘기하자고 했어요."

"뭔가 있는 것 같은데……."

"뭐가요?"

"누가 일부러 택배처럼 갖다 놓은 거라면……. 게다가 안에 USB가 들어 있다? 일반적이지 않잖아요. 분명 뭔가 있어요. 어서 갑시다."

뒤이어 민 팀장은 최 형사와 통화했다며 그에게 들은 얘기를 전해 줬지만, 내가 그에게 들었던 얘기와 별반 다르지 않았다.

"김 형사가 물불 안 가리고 여기저기 들쑤시고 다니는 이유가 있었어요."

"무슨 이유요?"

"팀장 진급이 보류되었다고 하네요. 이번 사건을 통해 윗선에 잘 보여서, 팀장 자리를 굳히려 하는 것 같아요."

"진급 때문에 이러는 거라고요?"

"그래요. 또 모르죠. 우리가 모르는 다른 이유가 있을지도. 그리고 연우 사건을 담당하는 수사관이 시보 씨와 내가 자주 연락하는 걸 의심하고, 시보 씨를 수사 선상에 올려놓았다고 하고요."

"아, 네. 알아요. 최 형사님한테 들었어요."

"그럼 그것 때문이라도 소담 씨를 혼자 두면 안 되는 거였어요. 앞으로는 소담 씨를 절대 혼자 두지 마요. 알았죠?"

"네, 팀장님. 거기까진 생각을 못 했어요."

나는 그렇게 대답하며 걸음을 좀 더 빨리 옮겼다.

"그래요. 곧 있으면 나를 공개 수배할지도 모른다고 했어요. 수사망이 좁혀오기 전에 빨리 진범을 찾아야 해요."

"정말이요? 공개 수배되면…… 더 힘들어지겠네요. 후."

"그래도 조금씩 진범에 다가가는 느낌이라 다행이에요. 다 시보 씨 덕분이에요."

"아니에요. 제가 뭘……."

우리는 노량진역으로 가는 버스에 올라탔다. 나는 아까 보았던 이진성 씨 시체에 관해 이야기를 꺼냈다.

"팀장님, 이진성 씨 얼굴 옆에 깨진 선글라스가 있었어요. 그 선글라스에 잔상이 보여서 확인해 봤는데 얼굴은 보이지 않더라고요. 대신 그 사람이 입고 있던 티셔츠에 독수리 날개 문양이 있었어요."

"그래요? 독수리 날개……."

"네, 그런데 그 날개 문양이 안민호 형사가 입고 있던 단체복 경찰 마크와 같은 거더라고요. 옷 디자인도 똑같았고요."

"안 형사요? 시보 씨를 미행한 그 안 형사 말이에요? 언제 옷까지 자세히 본 거예요?"

"아……. 그게……."

내가 오늘 저지른 무모한 짓을 민 팀장에게 얘기하려니 차마 입이 떨어지지 않았다.

"아무튼 그래서 이진성 씨 살인 사건과 경찰이 연관된 것 같아요."

"네, 시보 씨가 봤다면 맞는 거겠죠. 그리고 경찰 휘장에 있는 새는 독수리가 아니에요. 참수리라고 무궁화를 잡고 하늘 높이 날아오르는 모습을 형상화한 거예요."

"아, 참수리요. 그렇구나. 아하하."

경찰 휘장을 설명하는 민 팀장의 목소리와 눈빛엔 경찰에 대한 자부심이 잔뜩 묻어나 있었다. 그런 사람이 어쩌다 이런 상황에 놓였는지……. 같은 경찰의 눈을 피해 숨어 지내는 민 팀장이 안쓰럽게만 느껴졌다.

얘기를 듣다 보니 문득, 민 팀장 시체의 눈에서 보았던 얼굴이 떠올랐다.

잠깐……. 그러고 보니……. 이연우 경위의 눈에서 보였던 얼굴과 동일 인물이었는데. 그걸 왜 이제야 깨달았지? 그럼 이 경위와 민 팀장의 죽음에 모두 관여되어 있는 사람, 최 경감을 수사하면 진범을 찾을 수 있는 걸까? 그 전에 민 팀장에게 당신이 죽는다는 얘기를 해야 할 텐데…… 지금이라도 솔직히 말해야 할까? 죽는다는 걸 알게 되면 어떤 반응을 보일까? 설마 모든 걸 포기하지는 않겠지? 직접 본 나도 내 죽음이 아직 믿기지 않는데…….

많은 생각이 파도처럼 밀려 들어왔다.

"시보 씨, 이제 내려야 해요."

"아아, 네!"

나는 민 팀장을 따라 내리며 말문을 열었다. 먼저 최 경감에 관해 물어보기로 했다.

"팀장님, 교통 관리계에 최 경감님이라고 계시죠?"

"최 경감님? 네, 계시죠. 왜요?"

"그분 잘 아세요?"

"뭐……. 안다면 알고 모른다면 모르는 그런 사이?"

"네? 그게 뭐예요?"

"하하. 직장 동료 정도죠. 그분은 왜요?"

"저번에 제가 이연우 경위 시체에서 봤다던 그 사람이요."

"네? 설마 최 경감님이었어요?"

나는 경찰서 앞에서 본, 차 뒷좌석에 타고 있던 그 사람을 떠올리며 대답했다.

"아니, 그건…… 제가 아직 최 경감님 얼굴을 몰라서요."

"근데 어째서 최 경감님이라고 하는 거예요?"

"턱에 눈에 띄는 점이 있었어요. 얼마 전에 경찰서 안으로 들어가는 걸 우연히 봤거든요. 김 형사에게 물어봤더니 그분이 이름이…… 아무튼 최 경감이라고 했어요."

"최남길 경감님이에요. 맞아요. 턱에 유달리 큰 점이 있죠. 김 형사가 최남길 경감님이라고 했다는 거죠? 턱에 점이 있고."

"네, 근데 최남길 경감님이 왜 보였을까요?"

"최 경감님이 연우 눈에 보였다? 이상하네. 전혀 연결이 안 되는데."

"혹시 최 경감님이 뭔가 단서를 갖고 계신 게 아닐까요?"

"단서라……. 이걸 직접 물어볼 수도 없고……. 만약 이 사건에 관여되어 있다면 제대로 말해 주지도 않겠죠. 일단 알았어요. 내가 알아볼게요. 근데 이젠 연우 시체를 떠올릴 수 있는 거예요? 예전엔 힘들어했잖아요."

"아, 네. 차에 타고 있는 최남길 경감을 봤는데 그때 바로 떠올랐어요. 머리도 아프지 않았고요."

"다행이네요. 이제 소담 씨도 도착할 때가 거의 된 것 같은데. 기다리면서 커피나 한잔할래요?"

민 팀장은 자판기를 가리키며 말했다.

"좋아요."

나는 시계를 확인하며 주변을 둘러보았다. 아직 도착할 시간이 지난 건 아니지만 혹시나 하는 마음에서였다. 민 팀장은 자판기에 지폐를 넣고 캔 커피를 뽑으며 말했다.

"어디로 가야 할지 생각해 봤는데, 미안하지만 인천으로 가서 민박집을 알아봐야겠어요. 지인들에게 부탁하는 건 도저히 안 될 것 같아서요. 미안해요. 괜찮겠어요?"

"네, 저는 상관없어요. 근데 현금은 좀 있으세요?"

"걱정 말아요. 미리 찾아 뒀어요."

민 팀장은 미소를 띠며 말을 덧붙였다.

"시보 씨, 정말 경찰 할 생각 없어요? 카드 사용하면 추적될까 봐 현금 있냐고 물어본 거죠?"

"아, 네. 드라마랑 영화에서 많이 봐서요. 하하."

"그러게요. 요즘 드라마나 영화에서 리얼하게 나와 재밌기는 해도 모방 범죄가 늘어나서 문제예요. 리얼리티도 좋지만 너무 자극적이라 걱정되기도 하고."

"그렇긴 해요. 팀장님도 TV 자주 보시나 봐요?"

"뭐, 추리극 정도는 찾아서 봤었죠. 학창 시절 때 참 좋아해서."

"그러셨구나. 저도 추리 소설이랑 추리극 좋아해요. 아가사 크리스티의 《오리엔탈 살인 사건》을 정말 재밌게 봤어요."

"오호, 아가사 크리스티 소설 좋아해요? 그 나이에? 정확히는 《오리엔트 특급 살인》이에요. 하하."

"아하하. 제가 책으로는 안 보고 영화나 드라마로 많이 봤거든요."

"그러면 정말 행정직 말고 경찰 시험 한번 봐요. 잘 맞을 것 같은데. 거기다 특별한 능력까지 있으니 이건 분명 형사를 해야 하는 운명이 아닌가 싶은데."

"형사요? 아이, 정말! 농담이시죠?"

"에에, 정말 농담 아니에요. 경찰 시험 봐서 나중에 형사과로 와요. 그것도 동작 경찰서로. 하하."

"네에. 고려해 보겠습니다, 팀장니임."

"에? 정말 농담 아니라니까."

민 팀장과 시간 가는 줄 모르고 얘기를 주고받다 보니 소담 씨에게 전화가 걸려 왔다.

"잠깐만요. 소담 씨 전화예요."

"그래요. 어서 받아요."

"소담 씨! 어디예요?"

"지금 막 내렸어요. 어디로 갈까요?"

"아, 승강장에 잠시만 있어요. 저희가 들어갈게요."

"왜요? 어디 가려고요?"

"아, 그게…… 우선 들어가서 얘기해 줄게요."

"네, 그럼 기다릴게요."

전화를 끊고 민 팀장에게 상황을 전했다.

"팀장님, 지금 막 내렸대요. 저희가 그쪽으로 가죠. 인천행 타고 가면 되니까요."

"그래요. 어서 갑시다."

우리는 개찰구를 지나 승강장 아래로 걸어 내려갔다. 그때, 내가 쓰러져 있었던 그 장소가 눈에 들어왔다. 잠시 잊고 있었다, 이곳을.

나는 걸음을 멈췄다. 순간적으로 온몸에 소름이 돋고, 몸이 떨리며 불안이 나를 덮쳤다. 겁에 질려 식은땀까지 흘러내렸다. 같이 걷던 민 팀장은 나를 바라보며 괜찮은지 묻는 듯했지만 아무런 대답도 할 수가 없었다. 그의 말은 내 귓가에 윙윙 울리기만 할 뿐 제대로 들리지 않았다. 나는 그저 멍하니 앞만 보고 서 있었다. 민 팀장은 두 손으로 내 어깨를 붙잡고 힘을 주어 흔들었다.

"시보 씨! 괜찮아요? 왜 그래요, 갑자기!"

"네? 네, 괜찮아요."

"얼굴이 하얗게 질렸는데 진짜 괜찮은 거예요?"

"아……. 네, 괜찮아요. 정말 괜찮아요."

"안 되겠다. 이리 와요. 여기 잠깐 앉았다 가요."

"아니에요. 소담 씨가 기다릴 텐데……."

"지금 소담 씨가 문제가 아니에요. 시보 씨 상태가…… 어어! 남시보 씨!"

나는 그대로 다시, 그 장소에서 정신을 잃고 말았다.

"119에 전화를 해야 하나. 이거 큰일이네."

승강장에 있던 소담 씨가 그 모습을 보고 황급히 달려왔다. 이러지도 저러지도 못하는 민 팀장의 목소리에 이어 기다리던 소담 씨의 목소리도 들려왔다. 두 사람은 119에 전화를 해야 한다며 휴대폰을 꺼내 들었다. 소리만 들어도 긴박한 상황이 느껴졌다.

"으으……. 잠깐만요……."

"오빠! 시보 오빠! 괜찮아요?"

"어……. 소담 씨. 괜찮으니까…… 전화하지 말아요."

"시보 씨, 괜찮아요? 우리 얘기 들려요?"

"네, 그냥 조금만 이러고 있으면 괜찮아져요."

"이게 갑자기 무슨 일이에요?"

나는 눈도 제대로 뜨지 못한 채 상태가 회복될 때까지 호흡을 가다듬었다. 어딘가에 기댄 채 두 사람에게 의지하고 있을 수밖에 없었다.

이제는 말을 해야겠다. 감추고 있는다고 뭐가 달라지는 건 아닐 테니. 솔직히 사실을 말하는 편이 나을 것 같다. 하지만…… 사실대로 말했을 때 민 팀장은 괜찮을까? 사실을 알고 괴로워하거나, 힘든 마음에 모든 걸 포기해 버리면 어떡하지?

자신이 죽게 된다는 사실을 받아들이기란 쉽지 않은 일이다. 아니, 절대 받아들일 수 없는 일이다. 자신의 누명을 벗기 위해 갖은 노력을 다하는 사람에게 며칠 뒤 죽는다고 하면 어떤 마음일까? 어떻게 죽음을 알려야 할지 누가 좀 답을 알려 줬으면 좋겠다.

그때 소담 씨가 인천 말고 수원에 있는 우리 부모님 집으로 가는 것이 어떻겠냐고 민 팀장에게 말하는 게 들렸다. 민 팀장이 잠시 고민하는 사이, 나는 좋다고 웅얼거렸다. 민 팀장도 잠시 망설이더니 더 좋은 방안이 없는 듯 동의했다. 대신, 경찰이 쫓고 있으니 수원 부모님 집도 안전하지 않을 수 있어 상황 파악을 위해 먼저 전화를 해 보자고 했다.

어느 정도 정신이 돌아왔을 때, 나는 곧바로 엄마에게 전화를 걸었다.

"엄마, 저예요. 혹시 누가 찾아오거나 집 주위에 수상한 사람들이 있지는 않았어요?"

"아들, 그런 일 없었는데. 무슨 일 있니?"

엄마는 걱정이 되었는지 무슨 일이냐고 꼬치꼬치 캐물어 왔다. 뭐라고 해야 할지 몰라 아무 일 아니라고, 고시원에 문제가 생겨 지금 집에 내려가는 길이라고 말하고 급히 전화를 끊었다. 때마침 수원행 열차가 도착해 올라탔다.

"시보 씨, 좀 어때요?"

"괜찮아요. 아까 많이 놀라셨죠?"

"어디 안 좋은 거 아니에요? 혹시 머리 다친 것 때문에 그런가?"

"아니에요. 괜찮아요."

"정말 괜찮은 거예요? 그렇게 정신 잃고 쓰러진 게 이번만이 아니라서 그러죠."

소담 씨는 놀란 눈으로 민 팀장을 바라보았다.

"그게 무슨 말씀이세요?"

"전에 경찰서에서도 정신 잃고 쓰러진 적이 있어서……. 그때도 쇼크였다고 들었어요. 그렇죠?"

"아, 네. 요즘 가끔 그러네요. 하하. 병원에서는 단순 빈혈이라고……."

"그래요? 병원에서 그랬어요? 그럼 다행이고요. 약은 먹고 있는 거죠?"

"시보 오빠, 정말이에요? 혹시 머리 상처도 그래서……. 솔직히 말해요. 단순 빈혈 아니죠? 거짓말하는 거 아니에요?"

"아니에요, 소담 씨. 정말이에요. 그저……."

"그저 뭐요? 아! 그러고 보니 학원 뒤 휴게소에서도 기절해 있지 않았어요? 맞죠? 맞아! 그때 쓰러져 있던 사람이 오빠였어. 정말 병원에서 이상 없다고 한 거 맞아요?"

소담 씨가 몰아붙이듯 추궁하는 탓에 어쩔 수 없이 지갑에 가지고 있던 병원 영수증을 꺼내 보여 주며 말했다.

"여기 봐요. 소담 씨 말대로 병원 가서 CT도 찍고 진료도 받았어요. 근데 이상 없대요."

"그럼 그 머리 상처도 기절해서 다친 거예요?"

"이건……."

뭐라고 말해야 할지 몰라 잔머리를 굴리고 있으니 괜히 얼굴에서 열이 났다.

"오빠, 화난 거 아니죠? 얼굴이 빨개졌어요."

"아니요! 화를 왜 내요, 내가."

"알았어요. 오빠 말 믿을게요. 근데 자주 정신을 잃고 쓰러져서 걱정이네요. 이렇게 머리도 다치…… 아, 이건 아니라고 했지. 여하튼 걱정이네요."

옆에서 우리를 지그시 보고 있던 민 팀장이 덧붙여 말했다.

"그러게요. 시보 씨, 혹시 모르니 큰 병원에 가서 다시 검사받아 보죠."

"아니에요, 그건 사실……."

내가 잠시 머뭇거리자, 소담 씨와 민 팀장이 나를 빤히 쳐다보았다.

"사실 제가 정신을 잃고 기절하는 이유가 따로 있어요."

"이유요?"

"몸은 건강해요. 몸에 이상이 있는 건 아니고, 제가 시체 보는 능력이 있잖아요."

잠시 말을 끊고 소담 씨와 민 팀장을 힐끔 바라보니, 두 사람은 고개를 살짝 끄덕이며 내 입이 열리기만을 기다리고 있었다.

"시체를 본 장소에서 그 시체의 주인, 맞나? 표현이 좀……. 그러니까, 초자연 현상이 나타나는 장소에서 시체의 실제 살아 있는 사람을 보면 정신을 잃고 기절하는 것 같아요. 한 번 봤던 시체를 다시 떠올리면 머리에 통증이 느껴지고, 심하면 어지럽다가 쓰러지기도 하고요. 그래도 다행히 그 강도는 점점 약해지는 것 같아요."

민 팀장은 깜짝 놀라며 믿지 못하겠다는 듯 되물었다.

"시체의 실제 살아 있는 사람을 보면 쓰러진단 말이에요?"

나는 중대한 발표라도 하듯 깊게 숨을 들이쉬며 말을 이었다.

"사실…… 오늘 새벽에 노량진역 승강장으로 내려가는 계단에서…… 나를 봤어요. 정확히는 내 시체를 본 거죠."

잠시였지만 숨 막히는 정적이 우리 사이를 맴돌았다.

"시보 씨 시체를 봤다는 거예요?"

"그게 무슨 말이에요? 오빠 시체를 봤다니요?"

"자정이 넘어 노량진역에 도착했고, 집에 가려고 계단을 오르는데 갑자기 정신이 흐릿해졌어요. 그때 계단 위에 한 남자가 쓰러져 있더라고요. 분명 나였어요. 얼굴은 정확히 보지 못했지만 분명히……. 그 시체를 보고 정신을 잠깐 잃었어요. 아까 그곳을 지나올 때 내 시체를 보고 기절한 것처럼요."

"아……. 그런 일이……."

"시보 오빠……. 그럼 어떡해요? 아니에요. 아닐 거예요. 오빠가 왜요?”

“소담 씨, 진정해요. 난 괜찮아요.”

“오빠가 뭐가 괜찮아요! 오빠가 죽는데……. 왜 이제야 말하는 거예요. 왜! 흑…….”

소담 씨는 두 손으로 얼굴을 가리며 흐느껴 울기 시작했다.

“소담 씨, 울지 마요. 어휴, 괜히 말했나 봐요. 말하지 말걸 그랬어요.”

“아니에요. 이제라도 말해 줘서 다행이에요.”

울먹이던 소담 씨는 민 팀장을 흘겨보며 말했다.

“다행이라고요? 팀장님, 뭐가 다행이죠?”

“소담 씨, 왜 그래요? 난 아무렇지도 않아요. 제발 진정해요.”

“아니, 그게 그런 뜻이 아니라.”

“팀장님은 다행일지 몰라도 지금 오빠는 얼마나 무섭고 괴롭겠어요. 그리고 저는…….”

민 팀장은 난처한 표정을 지으며 소담 씨를 달래 보려 애를 쓰듯 말했다.

“미안해요, 소담 씨. 그런 뜻으로 들렸다면……. 근데 그게 아니라…….”

“분명 이건 팀장님 때문일 거예요. 멀쩡하던 오빠가 갑자기 왜 죽어요? 언제 죽는데요? 이건 다 팀장님을 도와주다 생겨난 일인 게 분명하다고요!”

나는 흥분한 소담 씨를 진정시키기 위해 그녀의 어깨를 잡고 차분하게 그녀를 바라보며 말했다.

"소담 씨, 진정하고 내 말 잘 들어요. 팀장님과는 아무런 상관이 없어요. 만약 그렇다 하더라도 그것 또한 내 일이지 팀장님 때문이 아니에요. 소담 씨 마음 알지만 진정해요."

"아니에요, 시보 씨. 난 괜찮아요. 소담 씨 마음 이해해요. 소담 씨가……."

"몰라요! 정말 오빠도 팀장님도 둘 다 미워요!"

"소담 씨!"

소담 씨는 내 손을 밀쳐 내며 그대로 자리를 떠나 버렸다.

"시보 씨, 그냥 둬요. 잠시 혼자 있게 두죠. 수원역까지 아직 시간도 있으니……. 미안해요. 소담 씨 말대로 나 때문일 수도 있어요. 얼마나 힘들었어요? 혼자서."

"팀장님……. 죽는다는 게 어떤 기분일까요? 어릴 때 상상은 해 봤지만, 막상 내 시체를 보고 내가 언제 죽는지 알게 되니 상상과는 비교가 되지도 않았어요."

"그래요. 그렇겠죠."

"사실 처음엔 아무렇지도 않고 실감도 나지 않았어요. 그런데 방금 그곳에서 내 시체를 본 순간, 마치 고층 빌딩 난간 위에 위태롭게 서 있는 기분이랄까요. 그래도 지나고 나면 평상시처럼 안정돼요. 내 시체를 또 본다면 다시 힘들겠지만요."

"이제라도 말해 줘서 고마워요. 그 기분 안다고 하면 거짓말일 거예요. 하지만 경찰이 된 후로 매번 언제 어느 순간에 죽을지 모른다는…… 그런 생각을 하며 살아왔어요. 동료들이 내 앞에서 다치거나 죽어 갈 때, 그게 내 동료가 아닌 나일 수도 있다는 생각이 매번 들었죠."

"아……. 그렇겠네요."

"경력이 쌓이고 훼손된 시체를 자주 보게 되면서 죽음에 대해 조금은 무뎌지지 않았나 싶었어요. 그러다 연우가 그렇게 갔을 때…… 모든 게 다 무너져 내리는 심정이었어요. 많이 울기도 했어요. 근데 울면서 무슨 생각이 제일 먼저 들었는지 알아요? 연우에 대한 그리움? 미안함? 아니요. 죽음에 대한 공포였어요."

"……."

"동료의 죽음 앞에서 죽음에 대한 두려움과 공포가…… 그토록 무섭게 다가온 적은 그때가 처음이었어요. 처음에는 연우에 대한 그리움이 아니어서 연우에게 너무 미안했어요. 그런 생각들로 나도 모르게 한없이 눈물이 났던 것 같아요. 정말 그렇게 많이 운 적도 없었을 거예요."

민 팀장은 살짝 고개를 돌려 손으로 눈물을 훔쳤다.

"팀장님, 감사합니다. 정말 위로가 됐어요."

"그래요? 고작 이런 말이 무슨 위로가 되겠어요. 그래도 우리 함께 방법을 찾아봐요. 하늘이 무너져도 솟아날 구멍은 있다고 하잖아요. 안 그래요?"

"방법이요?"

"시보 씨, 벌써 잊었어요? 시보 씨가 소담 씨 구한 거요."

"아! 그렇죠……. 맞아요. 왜 그 생각을 못 했을까요."

"자책은 말고요. 앞으로 같이 해결책을 찾아보면 되니까 너무 걱정 않기로 해요. 알았죠?"

"근데 그게⋯⋯."

차마 말하지 못하고 애써 뒤로 미뤄 놓았던 민 팀장의 죽음을 말하려던 찰나, 소담 씨가 쭈뼛거리며 다가와 민 팀장에게 사과를 건넸다.

"저기⋯⋯. 민 팀장님, 죄송해요. 제가 경솔했어요."

"어! 소담 씨, 아니에요. 그럴 수 있죠."

소담 씨는 조금 떨어진 곳에서 우리 대화를 듣고 있었는지, 축 가라앉은 어깨를 한 채 민 팀장을 바라봤다.

"나는 괜찮으니까 시보 씨 옆에서 기운 좀 팍팍 넣어 줘요."

"시보 오빠, 얘기 다 들었어요. 팀장님 말대로 오빠가 날 구해 준 것처럼 내가 어떻게든 오빠를 구해 줄게요."

"말이라도 고마워요, 소담 씨. 정말이에요."

"말만 하는 게 아니에요. 정말, 오빠를 구할 거예요."

그래. 민 팀장 말대로 왜 그 생각을 못 했을까? 나는 이미 소담 씨를 구했다. 소담 씨가 옥상에서 뛰어내린다는 사실을 알고, 내가 그곳에서 소담 씨를 구해 냈다. 그처럼 누군가 그곳에서 날 구해 준다면⋯⋯ 그럼 나도 살 수 있는 걸까? 충분히 가능한 일이다. 그럼 민 팀장도 구할 수 있다. 분명 죽음을 막을 수 있을 것이다. 빨리 민 팀장에게 이야기해 대책을 세워야 했다.

그때 휴대폰 벨이 울렸다.

"네, 엄마. 저⋯⋯."

"시보야! 서울에서 무슨 일 있었니?"

"아니에요, 엄마. 아무 일도 없었어요. 그냥 고시원에……."

"가게에 경찰이 찾아왔었어."

"경찰이요? 왜…… 무슨 일로 왔대요?"

"네가 무슨 목격자라고, 여기 안 내려왔냐고 묻더라."

"목격자요?"

"그래. 사건 목격자라서 지금 신변 보호를 해야 하는데, 서울 고시원에도 없어서 여기까지 찾아왔다고 하지 뭐니."

"엄마, 혹시 제가 내려올 거라고 말씀하셨어요?"

"대체 무슨 일이야? 혹시 몰라서 말 안 했다. 그냥 내려오면 연락 주겠다고만 했지. 그리고 이상하잖니. 너 내려온다는 전화받은 후에 경찰이 왔거든. 너랑 전화하면 될 일을 여기까지 와서 널 찾으니 말이다."

"와아, 우리 엄마. 대단해. 어떻게 그런 생각을 하셨대?"

"이래 봬도 어릴 적부터 지금까지 추리 소설로 다져진 몸이야. 호호."

"네네, 아무튼 못 말려. 엄마! 지금 가는 중이니까요. 경찰한테는 절대 연락하지 마세요. 집에 가면 다 설명해드릴게요. 아무 일 아니니까 너무 걱정하지 마시고요. 혹시 경찰이 또 오면 서울에 있다고 하시면 돼요. 아셨죠?"

"알았어. 조심히 와라."

"근데 아빠는요? 아빠도 아세요?"

"아빠는 마침 안 계셨어. 계셨으면 그렇게 못 넘어갔을 거야. 아빠 성격 알잖니?"

"네, 알죠. 하하. 엄마, 이따 봬요."

"그래, 아드을."

나는 전화를 끊고 걱정을 떨쳐 내듯 한숨을 작게 내뱉었다.

"시보 씨, 부모님 집에 경찰이 찾아온 거예요?"

"아니요. 집이 아니라 가게에요. 어쩌죠, 팀장님?"

"그럼 시보 씨 부모님 집도 안전하지 않을 것 같네요. 지금이라도 다른 곳으로 가죠? 그렇게 해요."

"어, 이제 수원역인데……."

"아니면 일단 수원역에 내려서 USB에 뭐가 있는지 확인하고 좀 더 생각해 봐요. 어때요, 팀장님?"

"음……."

"그래요, 팀장님. USB 먼저 확인하고 더 생각해 봐요."

"알았어요. 그럼 일단 수원역에서 내리죠."

우리는 잰걸음으로 수원역에서 나와 가까운 PC방으로 들어 갔다. 그때까지도 민 팀장에게 그의 죽음에 대해서는 이야기하지 못했다. 번번이 타이밍을 놓치고 말았다.

구석진 곳에 자리를 잡은 뒤, 주변을 살피며 USB 안에 들어 있는 폴더를 확인했다. 두 개의 폴더 중 '귀뚜라미'라고 적힌 폴더를 먼저 열어 보았다. 그곳엔 동영상 파일이 하나 들어 있었다. 파일을 열자 영상이 자동으로 재생되었는데, 어딘가 낯이 익은 영상이었다.

제9화

두 개의 진실

"어, 소담 씨! 아버님 택시 블랙박스 영상 아니에요?"

"네. 맞아요, 오빠. 같은 영상이에요."

"이진성 씨가 혹시 몰라서 예전 집에도 보낸 걸까요?"

"그런 것 같아요. 다른 파일도 열어 볼까요?"

"그래요. 다른 파일에 뭔가 다른 게 있을지 몰라요."

"저기 소담 씨, 잠깐만."

영상을 끄려는데 민 팀장이 손을 뻗으며 소담 씨를 막았다.

"분명 조작된 영상일 거예요. 좀 더 보죠."

"아, 그럴 수도 있을 것…… 어! 잠깐만요. 뒤로 조금만 다시 돌려 봐요."

다급한 내 목소리에 소담 씨도 덩달아 황급히 되감기를 눌렀다.

"네, 여기요! 여기서 다시 플레이해 보세요."

"왜 그래요?"

"잘 봐요, 소담 씨. 집으로 왔던 영상이랑 촬영 위치가 달라요. 안 그래요?"

"촬영 위치가요?"

"네. 집에서 본 영상은 운전석과 가까운 거리에서 찍은 건데, 이 영상은 정면…… 아니, 조수석에 더 가까운 곳에서 찍은 영상이잖아요."

소담 씨는 영상을 유심히 보더니 대답했다.

"아……. 그런 것 같네요."

"다른 영상이라는 말이에요?"

"네. 분명 집에서 본 영상이랑 달라요. 팀장님 말씀대로예요. 팀장님은 소담 씨 아버님 의식을 확인한 뒤 블랙박스를 떼어 갔네요."

"그러네요……. 그런데 여긴 팀장님이 우리 아빠를 깨우고 블랙박스를 떼는 것까지만 나오네요. 그럼 지난번 우리가 본 그 영상은 뭐죠? 정말 블랙박스가 2개였다는 건가요?"

"블랙박스가 아니면 소형 카메라가 숨겨져 있었는지도 모르죠. 팀장님도 그럴 것 같다고 하셨고요."

"네, 맞아요. 이 영상에서 본 것처럼 저는 소담 씨 아버님이 깨어나는 걸 확인하고 놀라서 바로 도망갔어요. 시보 씨가 본 영상에 대해 들었을 때 또 다른 카메라가 있었을 것으로 예상했고요. 그 영상은 나에게 누명을 씌우기 위해 조작한 게 분명해요."

소담 씨는 울분에 찬 목소리로 말했다.

"도대체 누가 이런 짓을 한 거죠? 왜 우리 아빠를 죽인 거죠? 이날 무슨 짓을 한 거냐고요!"

"소담 씨, 진정해요. 팀장님, 누가 이런 짓을 했는지 정말 모르시겠어요? 팀장님을 상대로 이런 짓을 했다면 팀장님과 어떤 원한 관계가 있는 사람이 아닐까요?"

"맞아요. 그럴 가능성이 크죠. 나한테 원한이 있는 사람……. 근데 사실 형사한테 원한 있는 사람이 한두 명이겠어요? 내 생각엔 이 사건도 이진성 씨 살인 사건과 관련이 있어 보이네요."

"이진성 씨요?"

"그럼 동일범이라고 생각하시는 거예요?"

"그건 모르겠어요. 동일범인지 아니면 공범이 있는 건지. 우선 좀 더 알아봐야 할 것 같네요."

"공범이요?"

공범이라니. 한 명이 저지른 짓이라고만 생각했지 공범이 있을 수 있다고는 생각도 하지 못했던 부분이었다.

"확실한 건 없어요. 이런 말하기 미안하지만, 그래도 소담 씨 아버님 살인범이 내가 아니라는 걸 풀게 돼 정말 다행이에요. 그래도 면목 없어요. 나 때문에 돌아가신 거나 마찬가지니까. 미안합니다, 소담 씨."

소담 씨는 옅은 미소를 지으며 대답했다.

"팀장님이 아니어서 다행이에요. 누가 이런 짓을 한 건지…… 너무 답답하네요."

"소담 씨, 이제 그 범인을 찾으면 돼요. 팀장님이 잡아 주실 거예요. 힘들겠지만 힘내서, 우리도 같이 힘을 보태요."

"그래요. 우리 반드시 그 범인을 잡읍시다."

나는 멈춰 있는 영상을 보며 곰곰이 생각하다 물었다.

"근데 이 영상을 왜 소담 씨가 살던 예전 집으로 보냈을까요?"

"흠, 혹시 경비원이 이걸 주면서 뭐라고 하지 않던가요?"

"특별한 말씀은 없었어요. 일반 택배로 배달된 게 아니라, 누군가 택배인 것처럼 소포를 놓고 갔다고 했어요."

"그래요. 언제 배송된 거라고 하나요?"

"아……. 그건 안 물어봤어요."

"그럼 소포를 놓고 간 사람의 얼굴은 봤다고 하나요?"

"아니, 그것도……."

"하하. 그래요."

"팀장님, 나중에 다시 가서 확인해 보시죠."

"그래요. 소담 씨, 괜찮아요."

소담 씨는 시무룩한 표정으로 힘없이 말했다.

"죄송해요. 전 경찰 소질이 없나 봐요."

"소담 씨가 지금 경찰 공무원 준비 중이거든요."

"그래요? 에이, 근데 무슨 소질 타령이에요? 경찰 시험 합격하면 경찰 학교에서 배우고, 현장에 나가서 몸으로 직접 부딪치며 겪으면 되죠. 그런 건 걱정하지 말아요."

"그런가요. 조금은 위로가 되네요. 고맙습니다."

소담 씨의 기분이 조금 풀린 듯해 보이자, 민 팀장은 손가락으로 화면을 가리키며 말했다.

"소담 씨, 다른 폴더도 한번 열어 봐요."

"이 영상은 안 열어 보고요?"

"그건 외부 영상 같은데요."

"아, 그러네요. 그럼 다른 폴더 열어 볼게요."

민 팀장의 말에 소담 씨는 다른 폴더를 열어, 그 안에 들어 있는 영상을 재생시켰다.

"어? 팀장님!"

나는 재생된 영상을 보고 깜짝 놀라 민 팀장을 쳐다보았다.

"이 사람이 왜 여기에……."

"왜요? 누군데 그래요?"

"이진성 씨요……."

"이진성…… 아! 그…… 그……."

"맞아요. 노량진로 인도에서 발견됐던 피살자예요. 시보 씨가 처음으로 본 시체."

민 팀장은 인상을 잔뜩 찌푸리며 영상에 집중했다.

"소담 씨, 소리가 안 들리네요. 볼륨 좀 높여 주세요."

"팀장님, 이 영상도 음성이 나오지 않는 것 같아요. 소담 씨 원룸으로 온 영상도 음성은 들을 수 없었거든요."

"아, 그래요. 도통 뭐라고 하는지……."

"잠깐만요. 헤드셋에서 소리가 나는 것 같아요."

소담 씨는 옆에 걸려 있던 헤드셋을 꺼내 귀에 가져다 대 본 후 곧바로 나에게 건네주었다.

"아! 들려요. 소담 씨, 다시 앞으로 돌려줄래요?"

"네, 재생할게요."

영상 속 이진성 씨의 목소리가 또렷하게 들려왔다.

"택시 기사님을 죽인 진짜 범인은 영상 속에 나오는 그 승객이 아닙니다. 전 단지 이 블랙박스를 소매치기했을 뿐입니다. 저 또한 택시 기사님을 죽인 범인이 아님을 밝힙니다. 제가 이 영상을 촬영한 이유는, 혹시 제가 범인으로 몰려 억울하게 감옥에 갈 경우를 대비하기 위해섭니다. 이 영상을 보고 계신다면 전 아마 구속된 상태일 겁니다. 택시 기사님을 죽인 진짜 범인은 경찰입니다. 저한테 승객이 갖고 있던 모든 물건을 훔쳐 오라고 시킨 사람도 경찰이었습니다. 택시 기사님을 죽인 사람의 얼굴은 보지 못했지만…… 아니, 택시 기사님이 죽을 줄은 정말 몰랐습니다. 전 그냥 시키는 일만 하면 돈을 준다는 말만 믿고, 승객이 들고 있던 물건과 지갑을 훔쳤을 뿐입니다. 그걸 저한테 시킨 사람은 고남석 경찰입니다. 저에게 경찰증을 보여 주며 협박까지 해 경찰인 줄 알았습니다. 저한테 분명 좋은 일을 하는 거라고 했습니다. 승객이 들고 있는 것이 사건 증거물이라며, 가져다주면 돈도 주고 제 범죄도 그냥 넘어가 준다고 해서 한 것뿐이었습니다. 그런데 갑자기 저보고 택시 기사님 살인범으로 대신 감옥에 들어가라며, 더 큰 돈을 주겠다고 했습니다. 그건 할 수 없었습니다. 감옥에 들어가면 어머니 혼자 계셔야 해……. 정말 죄송합니다. 정말 제가 죽이지 않았습니다. 이 영상을 택시 기사님 가족분들에게 보내고 전 경찰서로 가서 모든 걸 자백할 생각입니다. 이 모든 영상을 경찰에 제보해 주시기 바랍니다. 부탁드립니다. 제가 경찰에게 택시 기사님 가족분들을 얘기해도 너그럽게 용서해 주십시오. 부탁드립니다."

영상이 끝나고 나는 헤드셋을 벗었다.

"시보 씨, 뭐라고 해요?"

"팀장님, 직접 한번 들어 보세요. 소담 씨도요."

"앞으로 다시 돌려드릴게요. 오빠, 많이 놀란 것 같은데 괜찮아요?"

"진짜 범인은 따로 있었어요. 범인은 한 명이 아닌 것 같아요. 팀장님 말씀대로 공범이 있나 봐요. 역시 경찰이었고요."

"뭐라고요? 경찰이요?"

영상에 나온 이야기대로라면 이진성이라는 사람은 그냥 소매치기 도둑이고, 경찰 꼬임에 빠져 이 사건에 연루된 것이었다. 고남석 형사? 이 형사가 소담 씨 아버님을 죽인 범인일까? 아니면 또 다른 공범이 있는 걸까. 그럼, 공범이 최남길 경감인건가? 이진성 씨 말이 사실이라면 범인은 확실히 경찰이다. 한명? 두 명? 아니, 더 있을 수도 있다. 그럼 김범진 형사도 공범일까? 아니면 단순 승진 때문에……. 너무 혼란스럽다.

"여기요. 소담 씨도 한번 들어 봐요."

민 팀장은 헤드셋을 소담 씨에게 건네고 자리에서 일어섰다.

"팀장님, 고남석 경찰이라고 아세요?"

"경찰 내부에 이런 사람들이 있었다니……."

"네?"

"아니에요. 고남석이라고 했는데, 동작 경찰서에 내가 아는 경찰 중에는 그런 이름은 없어요. 타 부서거나 다른 경찰서 소속이겠죠. 아니면……."

"아니면요?"

"일단 고남석 경찰을 찾아야겠어요. 경찰 쪽에 아는 사람…… 내 동기 중에 경찰청 정보과에 근무하는 놈이 있어요. 바로 알아봐야겠네요. 잠시만요. 밖에 나가서 전화 좀 할게요."

경찰이 왜 민 팀장을 노리고 이런 범죄를 저질렀을까? 무슨 이유로 이런 말도 안 되는 짓을 하는 거지? 같은 동료 경찰에게 이런 짓을 하는 이유가 도대체 뭘까. 무슨 원한이 있기에 사람까지 죽여 누명을 씌우려 했던 걸까…….

다행히 민 팀장이 소담 씨 아버지를 죽인 범인이 아니라는 것을 증명할 수 있는 증거가 나왔다. 민 팀장이 말한 대로 폭행은 했지만, 단순 폭행 정도였다. 의식이 있는 걸 확인하고 블랙박스를 가지고 도망쳤고, 그걸 이진성 씨가 훔친 것이었다. 그런데 왜 민 팀장을 범인으로 끝까지 몰고 가지 않고 이진성 씨를 살인범으로 넣으려고 했을까? 여기서부터 도통 이해가 되지 않는다.

"오빠, 이게 사실이라면 정말 경찰이…… 저희 아빠는 어쩌죠? 경찰이 진범이면 우리가…… 아니, 민 팀장님이 그 범인을 잡을 수 있을까요?"

"경찰 내부 사람이라도 범인이라면 벌을 받아야죠. 뭘 걱정하는지 알아요. 같은 경찰이라서 사건을 무마하려 할 수도 있 겠죠. 하지만 지금은 팀장님이 범인으로 쫓기고 있으니 반드시 해결해 주실 거라고 믿어요. 너무 걱정 말아요, 소담 씨."

"네……. 근데 이상한 건, 이 사람이 이런 영상을 왜 나한테 보낸 거죠? 경찰에 자수한다고 한 사람이 죽어서 발견되고요. 내 원룸으로 온 택배가 진짜인지, 아니면 이 영상이 진짜인지 어떻게 알 수 있죠?"

"소담 씨, 그게 무슨……."

"우리는 잘 모르잖아요. 민 팀장님이 어떤 사람인지요. 지금 밖에 나가서 전화하는 것도 이상하고요. 이진성이라는 사람도 우리 아빠를 죽인 사람을 모른다고 하는데, 그럼 그 사람이 팀 장님일 수 있잖아요. 왜 그렇게는 생각 못 해요?"

"하지만…… 소담 씨, 우리 좀 더 생각해 봐요. 팀장님은……."

"그것 봐요. 오빠도 자신 있게 말 못 하잖아요."

"만약 팀장님이 범인이라면 지금까지 우리와 함께 있었겠어 요? 모든 사실을 알고 있는 날…… 아니, 우리를 가만두지 않 았을 거예요. 그렇잖아요?"

"그건 그렇지만…… 다른 이유가 있을 수 있잖아요."

"우선은 팀장님을 믿고 기다려 보죠. 그리고…… 아니에요. 팀장님은 아니에요."

소담 씨는 여전히 의심을 거두지 못하는 눈치였지만, 잠시 고민하는가 싶더니 살짝 누그러진 표정으로 대답했다.

"알았어요. 오빠는 믿으니까요. 대신 내 옆에 꼭 붙어 있어야 해요.”

“하하. 네, 알았어요. 그거야 어렵지 않죠. 하하하.”

“뭐가 그렇게 즐거워요? 둘이 아주 깨가 쏟아지네요.”

“아, 팀장님. 뭐, 그냥…… 하하. 확인해 보셨어요?”

“딴소리하기는……. 네, 확인해 보고 연락 준다고 했어요. 동작 경찰서에 고남석 경찰이 있는지도 확인해 봤는데 그런 경찰은 없다네요. 고 씨라고는 고인성, 고지선, 고은선만 있다는데. 일단 다른 경찰서도 확인해 보겠다고 했으니 기다려 봐야겠어요.”

“그 친구분은 믿을 만한…… 아, 죄송해요. 실례되는 말을…….”

“하하 괜찮아요. 그럴 수 있죠. 친구 놈들 중에 가장 의리 있는 놈이니까 걱정은 안 해도 돼요. 형사과로 함께 가자고 했던 친군데, 현장이 싫다고 정보과로 가더니 아주 높이 올라가 앉아 있죠. 하하.”

“부러우세요?”

소담 씨는 약간 날이 서 있는 듯한 투로 물었다.

“그럼요. 부럽죠. 하지만 후회하진 않아요. 형사과로 처음 배정받고 얼마나 좋았는데요. 힘들긴 했지만 현장에서 보낸 시간은 정말이지 행복했어요.”

“지금도 후회 안 하세요?”

“지금은 사실 좀 힘드네요. 이런 처지가 될 줄은 몰랐으니 말이죠. 그래도 후회는 하지 않아요. 금방 해결될 거라 믿어요. 그러니 소담 씨도 힘내요. 나도 좀 도와주고요.”

민 팀장은 아빠가 딸을 보듯 소담 씨를 바라봤다.

"그러죠. 옆에서 지켜볼게요."

"네네, 팀장님 힘내세요. 저도 옆에서 도울게요. 소담 씨도 저랑 옆에서 지켜볼 테니 힘내시라는 뜻입니다. 하하, 하, 하하하."

나는 분위기를 어떻게든 수습해 보려 한껏 과장되게 말하며 웃었다.

"네, 고마워요. 소담 씨도 시보 씨도."

"그럼 이만 정리하고 나갈까요? 벌써 저녁 먹을 시간이 다 됐네요. 집에 가서 먹을까 했는데 벌써 이렇게……. 팀장님, 여기 근처에서 저녁 해결하고 들어가시죠?"

"난 상관없지만 괜찮겠어요? 괜히 시보 씨 부모님까지 위험해지는 건 아닐까 걱정이에요. 지금이라도 다른 곳으로 가는 게 좋을 것 같은데요."

"어디로요? 부모님이 모르는 곳에 피신해 있으면 오히려 더 걱정하실 거예요."

"저도 오빠랑 같은 생각이에요. 차라리 부모님께 말씀드리고 도움을 청하는 게 어때요?"

"그건 안 돼요, 소담 씨. 시보 씨 부모님이 더 위험해질 수 있어서요. 그럼 우선은 시보 씨 부모님 집으로 가죠. 대신 우리 일은 비밀로 해야 해요. 그게 시보 씨 부모님한테도 좋을 것 같아요."

"네, 저도 그건 팀장님 말씀에 동의해요. 그렇게 해요, 소담 씨."

"알았어요. 그렇게 할게요, 오빠."

소담 씨는 내 의견에만 동의한다는 듯 '오빠'라는 말을 강조하며 대답했다.

"그럼 나갈까요? 나가서 가까운 식당으로 가죠."

소담 씨는 다시 민 팀장을 의심하는 게 분명해 보였다.

•●

우리는 식사를 마치고 나와 택시를 탔다. 부모님 집 주변에 경찰이 잠복 중일지 모른다며, 집에서 멀리 떨어진 곳에서 내리자는 민 팀장의 의견을 따라 한 블록 정도 떨어진 곳에서 내렸다. 민 팀장은 집 주변을 둘러보더니 특별히 이상한 점은 없어 보인다고 했다.

아직 부모님은 가게에서 오시지 않은 듯 집 안은 조용했다. 민 팀장은 마당으로 들어설 때부터 어색한 표정으로 주위를 살폈다.

"들어가시죠."

"어……. 이거 미안하게 됐네요, 시보 씨."

"아유, 아니에요. 편하게 계셔도 돼요. 아직 부모님은 안 들어오셨나 봐요. 좀 늦으시네요. 저쪽 거실 소파에 잠시만 앉아 계세요. 시원한 물이라도 갖다드릴게요."

"고마워요."

"저도 도울게요, 오빠."

"아니에요. 소담 씨도 앉아서 잠시 쉬어요."

"정말 농담 아니고 두 사람 너무 잘 어울려요."

민 팀장은 흐뭇한 표정으로 우리를 바라보며 말했다.

"네에, 저도 그렇게 생각합니다. 감사합니다, 팀장님."

"아이……. 두 분 다 왜 그러세요, 정말."

소담 씨는 부끄러웠는지 내 방으로 쪼르륵 뛰어 들어갔다.

민 팀장은 나와 소담 씨 관계에 대해 꼬치꼬치 물으며 연애 코치를 해 주었다. 지금이라도 민 팀장에게 시체에 대한 얘기를 사실대로 말해야 할까 고민됐지만, 모처럼 마음 편히 웃으며 얘기하는 민 팀장의 기분을 망치고 싶지 않았다.

민 팀장과 한참을 얘기하다 보니 방에서 나오지 않는 소담 씨가 걱정돼, 방문을 두드리며 살짝 문을 열어 보았다.

소담 씨는 책상에 엎드려 있었다. 잠이 들었나 싶어 다시 나가려던 그때, 소담 씨의 어깨가 들썩거리며 우는 소리가 들렸다. 나는 곧장 소담 씨에게 달려갔다. 책상 위 컴퓨터 모니터가 켜져 있었고, 화면에는 블랙박스 영상이 중간 지점에서 멈춰져 있었다. 아버님 생각에 우는 듯했다.

나는 그녀의 어깨에 손을 올려 살며시 토닥여 주었다. 소담 씨는 그제야 내가 들어온 것을 알았는지 고개를 들어, 잔뜩 부은 눈으로 나를 바라보았다. 그러고는 내 허리를 끌어안더니 얼굴을 묻은 채 더 크게 울음을 터뜨렸다. 나는 그저 아무 말 없이 그녀를 안고, 머리를 쓰다듬으며 달래 주었다.

"시보 오빠……. 어쩌면 좋죠? 우리 아빠 어쩌면 좋아요? 우리 아빠가……."

"소담 씨, 그래요. 아버님 억울함을 빨리 풀어드려야죠. 하지만 범인을 잡을 때까지 이 영상은 다신 보지 말아요. 그럼 소담 씨가 너무 힘들어요."

"오빠…… 그게, 흐으……. 우리 아빠가…… 아빠가 먼저, 잘못을……."

"네? 소담 씨, 무슨 말이에요? 아버님이 뭘 먼저……."

소담 씨는 손가락으로 모니터를 가리키며 말했다.

"흐으……. 대화 좀…… 들어 보세요……."

"대화요? 이 영상, 음성이 들리는 거예요?"

소담 씨는 아무 말 없이 고개를 끄덕였다.

민 팀장은 잠에서 막 깬 듯 운전석 앞으로 얼굴을 내밀었다.

"어……. 저기 아저씨, 저기서 우회전해서 올라가 주세요."

"……."

"아니, 저기요. 저기…… 저기…… 지났잖아요! 저기서 우회전해야 하는데, 아이…… 참. 그럼 여기서 세워 주세요."

"……."

"저기, 기사 아저씨 여기서 세워 달라고요!"

"어디요?"

"여기요. 여기 세워 주세요."

"아니, 지금 어떻게 세워요? 이 양반 술이 덜 깼나. 어디서 헛소리야!"

"뭐? 헛소리? 거…… 말이 좀 심하지 않아요?"

"뭐가 심해? 술이 덜 깬 게 맞는데. 도로 한복판에 차를 세울까, 그럼?"

"그게 아니라……. 하, 알았어요. 갓길에 세워 주세요. 빨리요."

"좀 기다려. 좀 더 가야 해."

"어디까지 가려고요? 아니, 근데 왜 자꾸 반말이에요?"

"뭐? 나보다 어려 보여서 반말 좀 했는데. 왜? 안 돼?"

"뭐요? 아이, 이 기사 양반 이상한 사람이네. 빨리 차 세워!"

"세워? 어린놈의 새끼가 어디서 반말이야! 지금 택시나 운전한다고 사람 무시해?"

"뭐요? 어린놈의 새끼? 내가 지금 나이가 얼만데……. 반말은 그쪽이 먼저 했거든! 하아, 이 양반 웃긴 양반이네. 그리고 내가 언제 무시했다는 거예요. 쓸데없는 소리 말고 빨리 차 세워요."

"뭐? 이 새끼 웃긴 자식이네. 야! 지금 술 처먹고 사람 무시하는 거야? 계속 '기사 양반, 기사 양반' 하면서 택시 운전한다고 사람 무시해? 야, 너 이 새끼야! 너 뭐 하는 작자야?"

"뭐요? 당신 몇 살인데 계속 반말이야! 작자? 새끼? 나 경찰이다. 너 이 자식, 내가 가만두나 봐라. 당장 차 세워!"

"경찰? 웃기고 있네. 네가 경찰이면 난 국정원 요원이다! 뭐 경찰 새끼가 이래?"

"경찰 새끼? 지금 말 다 했어?"

끼이익, 쿵!

택시가 갑자기 정지하는 바람에 민 팀장은 앞 좌석에 머리를 부딪쳤다.

"앗! 아이, 머리야. 기사 양반, 그렇게 갑자기 서면 어떡해? 이 양반 정말 큰일 낼 사람이네."

"그래, 이 새끼야! 큰일 낼 사람이다. 어쩔래? 네가 차 세우라고 했잖아!"

"뭐? 허어, 관두자. 별 미친. 얼마야?"

"미친? 야! 이 새끼가 어디서…… 죽을래? 정말 죽고 싶어!"

"정말 미치게 하네, 이 양반!"

"어허, 그래! 어디 쳐 봐! 어디 쳐 보라고! 에유, 꼴에 경찰이라고. 이거 봐. 뭐? 네가 경찰? 웃기고 자빠졌네. 크하하하."

"정말 이 자식이!"

"그래, 때려! 때려 봐! 못 때리지? 웃긴 새……."

퍽!

"으악!"

퍽!

"으허, 으윽……."

"아, 아이씨……. 저기, 저기…… 저기요. 괜찮……."

민 팀장은 당황하며 허둥지둥 뒷좌석에서 내려 조수석으로 갔다.

"저기요. 저기, 괜찮아요? 아저씨!"

"……으…… 흐……."

"휴우, 다행이다……. 어쩌지?"

"으……. 이 자……."

삑! 치직, 치익.

화면이 손으로 가려지며 전원이 꺼졌다.

"저기…… 소담 씨, 어…… 아버님이…… 이렇게 물어봐서 미안한데요. 아버님이 원래 성격이 좀 다혈질이세요?"

"아니요. 이 영상 속 아빠는 내가 알던 아빠가 아니에요."

"그래요? 그래도 운전하다 보면 거칠어질 수 있다고 하더라고요. 평소와 다르게……. 아, 아버님이 그렇다는 건 아니고요."

"맞아요. 내가 모르는 아빠 모습이 있는 걸지도……. 이 영상을 보고 그렇게 생각하지 않는 것도 이상하죠."

"미안해요. 말이 좀 그랬죠?"

"아빠가 이상해요. 표정도 그렇고. 어색해 보이지 않았나요? 화가 나서 하는 것 같지 않았어요. 하기 싫은 말을 억지로 하는 것처럼 어색해 보이지 않아요?"

"네? 아……. 그렇게 보니, 그런 것 같기도……."

"오빠는 그렇게 안 보였군요. 하지만 전 도저히 믿을 수가 없어요. 아빠라 믿기 어려운 말도 하시고, 욕도 잘 안 하시는데……."

나는 영상을 모두 본 이상 쉬이 소담 씨의 편을 들어 줄 수가 없었다.

"알아요. 운전하면 사람이 거칠어진다고 하더라고요. 아빠도 그런 말씀을 자주 하셨어요. 하지만 아빠는 그러면 안 된다고 제게도 신신당부하셨어요. 운전대 잡으면 힘들거나 짜증 날 때가 많을 거라고, 그래도 그때마다 성질내고 성급하게 운전해선 안 된다고요. 상대방 운전자를 이해하는 마음을 갖고 항상 안전 운전하라고 하셨단 말이에요."

"혹시 그날 컨디션이 안 좋으……."

"아빠는 모범 기사셨다고요. 영업용 택시부터 개인택시까지 한 번도 사고를 내신 적 없었어요. 손님들에게 얼마나 친절하게 잘하셨는데요. 그럼 말로만 그렇게 하셨나 보죠. 됐죠?"

"아니, 그런 뜻으로 말한 게 아니라……. 소담 씨, 화났어요?"

"정말이에요. 우리 아빠는 그럴 분이 아니라고요."

"믿어요. 그럼요. 소담 씨를 봐도 아버님은 절대 그럴 분이 아니죠."

나는 잠시 고민하다 소담 씨에게 말했다.

"팀장님한테 직접 물어보죠."

"그래도 될까요?"

"그게 가장 확실할 테니까요. 내가 물어볼게요."

"네……. 고마워요, 오빠."

"근데 이 영상은 소리가 나오네요. 소담 씨 원룸으로 온 영상에는 소리가 나오지 않았잖아요."

"그럼 이게 진짜 영상이고 원룸으로 온 게 조작된 걸까요?"

"네, 그런 것 같네요. 그럼 정말 민 팀장님 말씀이 맞는 것 같네요. 잠시 여기서 쉬고 있어요. 영상은 그만 보고 일단 쉬어요. 알았죠? 물어보고 다시 올게요."

소담 씨를 안정시킨 뒤 거실로 나와 보니 민 팀장은 피곤했는지 소파에 기대 눈을 감고 있었다. 잠시 쉬게 두는 게 좋을 것 같아 다시 방으로 들어가려 할 때, 바깥에서 대문 열리는 소리가 들렸다. 그 소리에 민 팀장도 눈을 번쩍 떴다. 부모님이 오신 듯했다.

"팀장님, 저희 부모님이 오셨나 봐요."

"아, 네."

"앉아 계세요. 제가 나가 볼게요."

나는 현관으로 뛰어가 문을 열었다. 아빠와 엄마는 손을 꼭 잡고 마당으로 들어서던 참이었다. 나와 눈이 마주치자 아빠가 다급히 엄마 손을 놓아 버렸다. 엄마는 아빠의 행동에 놀랐는지, 아빠에게 뭐라고 하려다 나를 보고 반가운 얼굴로 뛰어왔다.

"아드을, 왔니."

"네, 저 왔어요."

엄마는 어제 봤는데도 오래전에 본 듯 환한 표정으로 날 반겼다. 아빠는 엄마와 나를 못마땅한 얼굴로 바라보며, 아무 말 없이 현관문을 열고 들어갔다.

"아악!"

뒤이어 비명이 들렸다. 다급히 안으로 들어가자, 민 팀장은 연신 고개를 숙이며 아빠에게 인사를 하고 있었다.

"아, 안녕하세요. 죄송합니다. 많이 놀라셨나 보네요."

"아빠, 무슨 일이에요?"

"어…… 어. 뭐냐? 이 사람."

"아버님, 죄송합니다. 놀라게 하려는 게 아니었는데……."

아빠는 머뭇거리는 나를 한 번 보고는 민 팀장에게 다시 물었다.

"누구시죠?"

"어……. 그게……."

"아아, 죄송해요. 미리 말씀드려야 했는데……. 여기 이분은 저랑 같은 학원에 다니는 형님이에요."

"뭐? 공무원 학원?"

"그렇죠. 아니…… 그러니까, 직장 다니다가 그만두고 행정 직 5급 공무원 준비하고 있어요. 네, 그래요. 그렇죠? 형님."

"어? 어…… 어. 네. 시보 아버님, 어머님. 제가 늦깎이 공무원 준비생입니다. 하하. 네."

"네, 형님이 나이가 좀 들어 보여도 또 그렇게 많지는 않아요. 아하하."

엄마는 별일 아니라는 듯 웃으며 말했다.

"아들, 누가 뭐라고 그랬니?"

"네? 아빠가 좀 많이 놀라신 것 같아서……. 뭐, 그렇다고요. 아하하."

"그러게. 당신은 뭘 그렇게 놀라요? 나까지 얼마나 놀랐는지 알아요. 이그, 정말."

"아니……. 현관에 들어섰는데 산만 한 사람이 떡하니 서 있

잖아. 아휴, 참. 아무튼 알겠다. 들어가자. 저기…… 그쪽도 들
어가요."

"호호, 네 아빠 이럴 때 보면 귀엽지 않니?"

나는 새어 나오는 웃음을 참으며 말했다.

"귀여워요?"

"쓸데없는 소리 하지 말고 어서 들어가자고. 흐흠."

"네에, 어서 들어가요. 어머, 소담 씨!"

엄마는 방에서 나오는 소담 씨를 보고, 환하게 웃으며 달려
가 두 손을 덥석 잡고는 끌어안았다. 조금 과한 스킨십에도 그
녀는 당황하지 않고 웃는 얼굴로 엄마에게 안겼다.

"소담 씨도 왔네요. 얼마나 보고 싶었다고."

"저도 보고 싶었어요, 어머님."

덕분에 민 팀장 소개도 얼렁뚱땅 넘길 수 있었다.

엄마는 씻고 나와 저녁 준비를 위해 부엌으로 갔다. 소담 씨
도 엄마를 도우러 부엌으로 들어갔다. 엄마는 소담 씨가 따라
들어오는 것을 이번에는 말리지 않고, 손을 잡아 자신 쪽으로
끌어당기며 무어라 말을 속삭였다. 무엇인지 몰라도 소담 씨는
엄마 말에 크게 웃으며, 우리가 있는 거실을 힐끔 쳐다본 뒤 다
시 엄마를 보고 웃었다. 그녀의 웃는 모습을 엄마는 엷은 미소
로 바라보았다.

부엌에는 웃음꽃이 피었지만, 거실에 있는 세 남자는 어색함
의 끝판을 보는 듯했다. 아무 말 없이 괜히 손톱이나 만지작거
리고 있는 나. 볼 만한 TV 프로를 찾기 위해 리모컨으로 채널

을 이리저리 돌리기 바쁜 아빠. 그런 두 남자를 이상한 눈빛으로 바라보는 한 남자.

어색한 부자의 모습에 민 팀장도 조금은 당황했는지, 옆에서 어찌할 바를 몰라 눈동자만 굴렸다. 한참 채널을 돌리던 아빠는 볼 것이 없었는지 리모컨을 내려놓고 일어났다. 그러고는 안방으로 들어가는 듯하더니, 나를 보며 말없이 검지를 오므렸다 펴기를 반복했다. 민 팀장도 함께 자리에서 일어나려 했지만, 나는 그에게 그냥 앉아 있으라고 말리며 혼자 안방으로 들어갔다.

시험이 얼마 남지 않아 올려 보냈는데 공부는 안 하고 또 내려왔다며 잔소리를 할 줄 알았다. 그런데 대뜸 무슨 일이냐며 묻는다. 혹시 엄마에게 경찰이 찾아왔었다는 얘기를 들으신 걸까? 의외의 물음이었지만, 당황하지 않고 고시원 방 천장에 누수가 생겨 고시원 형님과 잠시 내려온 거라고 말했다. 하지만 아빠는 전혀 믿지 않는 표정이었다.

"아빠, 진짜예요. 금방 올라갈게요. 하루 이틀이면 공사 끝난다고 했어요."

"저 형님이라는 사람, 뭐 하는 사람이냐?"

"말씀드렸잖아요. 회사 그만두고 늦게 공무원 준비하는……."

"시보야, 거짓말 그만하고 사실대로 말해."

"네? 아빠, 혹시 엄마한테 들으셨어요?"

"엄마? 왜? 뭐야? 엄마는 알고 있는 거야?"

"아, 아니요. 근데 무슨 거짓말이라고 하시는 거예요?"

"시보야, 네 말을 믿고 넘기려 해도 저 사람이 공무원 준비하는 공시생 같지는 않아 보여서 그런다. 저번에 경찰서에서 너 데리고 나올 때 봤던 경찰관 같아 보이는데, 아니냐?"

아빠의 눈썰미는 정확했다.

"아……. 네, 맞아요. 기억하시는구나. 죄송해요. 아빠, 사실은…… 저분 형사 맞아요. 고시원도 핑계고요. 죄송해……."

"대체 무슨 일이냐!"

"믿기지 않겠지만 믿어 주세요. 그러니까…… 저 형사분이 누명을 써서 지금 피신해 있어야 하는데, 있을 만한 곳이 마땅치 않아서 여기로 왔어요. 아빠, 죄송해요."

"왜 네가 그걸 돕는 거야?"

"그게…… 좀 사연이 길어서요."

"시보야, 무슨 일인지 몰라도 난 널 믿는다. 그러니 걱정 말고 얘기해도 돼."

"……민우직 팀장님이라고 저번에 경찰서에 갔을 때 담당 형사였고요. 그 이후에 다른 사건이 또 있었는데, 그때도 도움을 받았어요. 그것보다 민 팀장님 누명을 벗을 수 있는 중요한 단서를 제가 우연히 알게 됐거든요."

"무슨 누명이냐? 위험한 건 아니고?"

"네, 위험한 건 아니에요. 제 성격에 위험한 걸 하겠어요?"

"시보야, 남을 돕는 건 좋지만 아빠는 네가 다치는 일은 안 했으면 한다. 시보 네가 감당하기 어려운 일이면 하지 않는 것이 좋아. 만약 그런 일이라면 언제든 이 아빠에게 도움을 청하

렴. 알았지?"

"네, 아빠. 고마워요."

"위험한 일이 아니라니 믿는다만 항상 조심해야 한다. 그래. 언제쯤 올라갈 거냐?"

"한…… 이틀 정도요."

"알았다. 그럼 안방에서 남자들이 자고, 네 방에는 소담이랑 엄마가 자면 되겠구나."

"소담이요? 오우, 아빠! 소담 씨 이름도 기억하고 계셨어요?"

"어? 뭐……. 어려운 이름도 아닌데 뭘 그러냐?"

"네, 그렇죠. 헤헤."

"왜 웃어? 이놈이!"

"헤헤, 아니에요."

아빠는 의심스러운 눈초리로 나를 바라보다 말했다.

"근데 정말 너랑 소담이랑 아무런 사이도 아니냐? 그냥 학원 친구야?"

"아이, 그건 왜 자꾸 물어보세요."

"물어볼 만하니깐 물어보지. 저 아이를 몇 번 본 게 다지만 말이다. 심성이 좋은 아이 같더라. 그래서 말인데……."

"그래서요?"

"엄마한테도 잘하고……. 어떠냐?"

"뭐가 어때요?"

"아니, 색싯감으로 어떠냐고 말이야."

"네? 아빠 뭐…… 색싯감이요? 아빠! 절대 소담 씨 앞에서 그런 말씀 마세요. 아셨죠?"

"알았다, 알았어. 뭐 그렇게 놀라?"

"아니요. 소담 씨가 부담스러워할까 봐 그러죠. 절대 그런 소리 입 밖에도 내지 마세요."

아빠가 너무 앞서가시는 것 같다는 생각이 들었지만, 내심 기분이 좋았다.

"그러니까 잘 좀 해 봐!"

"네네, 알겠습니다. 그러니 이제 그만하시고……. 아! 아빠, 하나 여쭤볼 게 있어요."

"그래. 말해 봐."

"혹시 아빠도 다른 사람이 못 보는 걸 본 적 있으세요?"

"뭐? 다른 사람이 못 보는 걸, 나만 보는 것 말이냐?"

"네."

"있지! 당연히."

"정말요? 뭐가 보이세요?"

"뭐가 보이기는? 사람의 마음이지. 너도 아빠 나이가 되면 보이게 될 거야. 걱정 마라. 하하."

"아니, 아빠! 그런 거 말고요."

아빠는 영문을 모르겠다는 표정으로 나를 바라보았다.

"혹시 사람…… 그러니까 보통 사람이 아니라 죽은 사람이라거나……."

"뭐? 죽은 사람? 뭐냐, 무당들이 본다는 귀신이 보이느냐고 묻는 거야?"

"할아버지가 보셨다는 시체 말이에요. 시체 환영이요."

"아, 어제 내가 해 준 얘기 때문에 그렇구나. 아니다. 아빠는 괜찮아. 왜 그건?"

"아니요. 그냥 아빠도 혹시 그런 걸 보시나 하고……."

"그런 거라면 걱정 안 해도 돼. 아빠는 안 보인다. 그게 신경 쓰였구나. 괜한 얘기를 했나 보다, 내가."

"아, 네. 그럼 다행이에요."

"그래, 걱정 마. 난 괜찮으니."

아빠는 죽은 사람이 안 보인다니 다행이라는 생각이 들면서도, 초자연 현상에 대해 아무것도 알아낸 것이 없어 괜히 아쉬운 마음이 들었다.

이대로 대화를 마무리 지어야 할까 고민하다, 할아버지에 대해 조금 더 물어보기로 했다.

"할아버지가 시체 환영을 본다는 사실은 월남에서 돌아가신 후에 아신 거예요?"

"음……. 그렇지."

"그전에는 전혀 모르셨고요?"

"나도 다 커서 어머니에게 들었어. 내가 국민학교 1학년 때인가? 그래. 그때 좀 이상…… 아니, 의아했지. 네 할아버지가 말이다."

제10화

숨겨진 규칙

아버지는 출근길에 날 학교로 데려다주셨어. 사실 1학년 때라 일찍 갈 필요는 없었지만, 내가 아빠 출근길에 같이 등교하겠다고 떼를 써서 매번 따라나섰단다. 그래서 매번 학교 운동장에서 놀다 시간 맞춰 교실에 들어가고는 했지.

아버지 출근 시간이 항상 같은 때다 보니, 고등학생 형인가 정확히 기억은 안 나는데 한 형이 자전거를 타고 그 시간에 등교를 했었거든. 동네 형이라 매번 만날 때마다 인사를 하고 지나갔어.

그런데 특별히 기억이 남는 건, 그 형이 자전거를 타고 지나가면서 인사를 하는데 아버지가 잠시 휘청거리다 쓰러질 뻔하신 거야. 다행히 넘어지지 않고 무릎 정도 꿇으셨는데, 다음 날인가, 아버지가 형을 보자마자 이 길로는 자전거 타고 다니지 말라며 화를 내시는 거야. 나는 어제 일로 화가 나신 줄 알았지. 그 형 때문에 넘어진 게 아니었는데 말이야.

하지만 형은 그다음 날도 자전거를 타고 그 길을 지나갔단다. 그걸 보시고는 형을 불러 세워서, 한 달이라도 이 길로 자전거를 타지 말라며 좋은 말로 타이르셨어. 근데 다음 날 형이 또 자전거를 타고 나온 거야. 그때는 아버지가 화가 많이 나셨는지, 자전거를 타고 가는 그 형 뒤를 따라 뛰어가셔서는 형 뒷덜미를 잡아 자전거에서 끌어 내리지 뭐냐! 그러고선 자전거 앞바퀴를 그 자리에서 발로 밟아 박살 내 버리셨어.

그 형은 넋이 나간 얼굴로 아버지를 쳐다봤지. 그 눈빛은 아직도 기억이 난단다. 근데 그때 아버지가 한 말씀이 좀 이상했어.

"잘 들어, 동철아. 자전거는 내가 한 달 후에 사 줄게. 그러니 너무 화내지 말고."

"아저씨! 자꾸 왜 그러세요? 지금 저보고 화내지 말라니 말이 돼요? 아빠한테 다 말씀드릴 거예요."

"알았다. 아버지한테 말해도 좋아. 그러니 제발 한 달만 여기로 자전거 타고 다니지 마라. 알았지?"

"또 그 소리세요. 왜 자꾸 그러세요?"

"동철아! 정말 큰일 난다. 너 여기서 자전거 타면 죽어. 정말이야. 아저씨 말 믿고 절대 이 길로 자전거 타지 마라. 아니, 아예 이 길로 등교하지 마. 저쪽으로 돌아서 등교해라. 제발 이 아저씨가 부탁한다. 응?"

"제가 죽는다고요? 하아! 아저씨, 무슨 말씀이세요? 정말 정신이 이상하신 거예요? 동네 어르신들이 아저씨 뒤에서 뭐라고 하는지 아세요? 미친 사람이라고 한다고요. 그거 아세요?"

"그래. 안다, 알아. 미친 사람이라고 해도 좋다. 그러니 한 달만 여기로 다니지 마라. 제발 부탁한다. 알았지?"

자신의 말은 아랑곳하지 않고 이 길로 다니지 말라고 고집을 부리는 아버지를 보고 형은 고개를 끄덕이며 말했어. 아마 본인도 마음이 찝찝했겠지.

"아⋯⋯. 네. 뭐, 알겠어요. 그렇게까지 말씀하시니⋯⋯. 알았어요. 이제 가 봐도 되죠?"

"그래, 고맙다. 어서 가라."

"아! 아저씨, 자전거는 꼭 사 주셔야 해요."

"그래, 그래. 그건 걱정 마라. 꼭 사 주마. 한 달 후에 꼭 사 줄게. 여기 우리 아들도 보고 있으니 거짓말 아니다."

"네, 그럼 전 이만 가 볼게요."

"그래."

형은 미안했는지 가던 길을 멈추고 뒤돌아보며 이렇게 얘기했어.

"죄송해요, 아저씨. 동네 어르신들 말 너무 신경 쓰지 마세요. 정말이요."

"그래, 고맙다. 그렇게 말해 줘서. 어서 가 봐."

작아지는 형의 뒷모습을 바라보다 나는 아버지에게 물어보았단다.

"아빠! 무슨 말이야? 저 형이 죽어? 그리고 아빠가 왜 미친 사람이야?"

"하하. 아니다. 아무것도 아니야."

"……."

"아들, 넌 못 봤지?"

"뭘 봐야 해요?"

"아니, 아니다. 다행이야. 어서 가자."

"네에."

"그런 일이 있고 그 후로 형을 보지 못했어. 아마 아빠 말대로 다른 길로 등교를 하는 듯했지. 근데 그 형이 말이다. 그날로 보름 뒤인가? 정확하지는 않지만, 학교 앞에서 차에 치여 죽었지 뭐냐."

"죽었다고요? 학교 앞에서요?"

"그래. 나도 들은 얘기라 정확히는 모르겠지만, 학교 앞에서 차에 치여 죽었다고 어머니에게 들었다. 그 얘기를 하시면서 나한테도 학교 앞에서 차 조심하라고 신신당부를 하셨단다. 아마 그때도 할아버지가 시체 환영을 본 게 아닌가 싶다."

"아……. 그렇구나. 그럴 수 있겠네요."

"근데 시보야, 혹시…… 너는 뭐가 보이는 거냐?"

"아, 아니요. 아니에요."

"그래? 정말이지? 아빠가 걱정돼 물어본 거 맞지?"

"네, 그럼요. 아빠는 안 보이신다니 다행이에요."

"아들, 내 눈 봐라. 너 혹시……."

아빠는 의심과 걱정이 섞인 얼굴로 가까이 눈을 마주했다.

"아이, 아니에요. 자! 제 눈 똑바로 보세요. 그게 아니고……
요즘 잘 때 자꾸 가위에 눌려요. 귀신이 보이는 것 같기도 하고,
헛것이 보이는 것 같기도 하고요. 아하하."

"뭐? 네가 기가 쇠해졌나 보다. 엄마한테 얘기해서 한약이라
도 지어 먹이라고 해야겠다."

"헤헤, 좋아요. 한약 꼭 해 주세요, 아빠."

"그래. 한약 먹고 공무원 시험 합격해야지? 아들."

"에이, 아빠!"

"하하. 쓸 소리 말고 나가자. 형사님 혼자 무안하겠다."

아빠는 확실히 시체를 보지 못한다. 아빠에게 솔직히 말하려
했지만, 다른 사람에겐 보여 줄 수도 밝힐 수도 없는 이 이야기
를 어디서부터 어떻게 설명해야 할지 난감했다. 솔직히 할아버
지처럼 시체를 볼 수 있다는 사실에 대해 아빠를 이해시키고
설득할 용기가 없었다. 그 사실을 알게 되면 나를 그냥 두지 않
을 것 같았다.

방 밖으로 나오니 거실에 있던 민 팀장이 보이지 않았다. 그
때 부엌에서 웃음소리가 들렸다. 부엌으로 가 보니, 엄마와 소
담 씨 그리고 민 팀장이 화기애애하게 이야기를 나누고 있었
다. 세 사람은 나를 보더니 더 낄낄대며 웃기 시작했다. 무슨 일
로 웃느냐고 물어도 엄마는 아무것도 아니라고만 하고, 소담
씨와 민 팀장도 손사래 치며 아무 말도 하지 않았다. 분위기가
묘했지만, 그냥 밥상만 들고나올 수밖에 없었다.

거실에 상을 펴려 할 때 다시 부엌에서 웃음소리가 들렸다. 꼭 내 얘기를 하며 웃는 듯 보였지만, 아무도 알려 주지 않으니 알 수 없는 노릇이었다. 엄마는 밥상을 차리면서 소주도 몇 병 내놓았다.

"시보야, 집 안에서 언제까지 모자 쓰고 있을 거냐? 벗고 이 술 받아라."

"네, 아빠."

나는 얼른 모자를 벗어 내려놓았다.

"시보야! 머리는 왜 그래?"

"네? 아……. 맞다……."

머리 상처를 깜박 잊고 있었다. 매번 설명하기도 이제 귀찮을 지경이다.

"누구랑 싸운 거냐?"

"아니에요, 아버님. 오빠가 어디에 부딪혀서 다쳤다고……."

"네, 맞아요. 미끄러져서 벽에 머리를 찧었어요. 아하하. 괜찮아요, 이제."

엄마는 걱정스러운 얼굴로 나와 상처를 번갈아 쳐다보았다.

"그럼 상처 덧나지 않게 모자는 쓰지 말고. 약은? 약은 있고?"

"네, 엄마. 가방에……."

"이그! 조심 좀 해, 아드을."

"네, 괜찮으니까 너무 걱정 말아요."

"아! 술은 안 되겠네. 여보, 술 주지 마세요."

"알았어요. 자식, 오랜만에 같이 술 좀 마시려 했더니만……."

"헤헤. 아빠, 팀…… 형님하고 드세요. 하하."

"안 되겠다. 시보야, 상처 좀 봐야겠다. 약 가지고 부엌으로 와."

엄마는 그렇게 말하며 서둘러 부엌으로 향한 뒤, 당신에게 오라며 내게 손짓했다.

"시보야, 이제 말해 봐."

"뭘요?"

"경찰이 왜 너를 찾는 거니? 저기, 저 형님이라는 분은 누구고?"

"아……. 그게, 저 형님은 민우직 팀장이라고, 형사세요."

"뭐! 형사? 무슨 일로? 너 머리 다친 것도 그 일 때문이야?"

"아니에요, 엄마. 머리 다친 거랑 상관없어요. 민우직 팀장님은 몇 번 사적인 일로 뵌 적이 있는 분이에요. 개인적으로 도움도 많이 받았고요. 팀장님이 지금 좀…… 곤란한 상황이라 잠시 숨어 계셔야 해서요."

"왜? 형사가 왜 숨어? 무슨 일이 있는 거야?"

"아니, 나쁜 사람들이 민 팀장님을 범인으로 누명을 씌워서 그래요. 엄마, 드라마 같은 데서 나오잖아요. 죄 없는 사람이 누명 쓰고 도망 다니다가 누명 벗는 거요. 그런 거예요. 한 며칠만 신세 질게요. 네?"

엄마는 근심이 살짝 누그러든 얼굴로 말했다.

"아까 잠깐 얘기해 봤는데 나쁜 사람 같지는 않더라만."

"네, 좋은 분이세요. 그러니 너무 눈치 주지 마세요. 아셨죠?"

"얘는, 내가 언제 눈치를 준다고 그래?"

"혹여나 해서요. 하하. 근데 엄마, 아까 무슨 얘기를 그렇게 재밌게 하셨어요?"

"아, 호호호. 네 어릴 적 얘기했지. 어릴 적 우리 시보가 얼마나 장난꾸러기였는지, 이불에 오줌도 싸고, 바지…… 크흐흐. 너 어릴 때 바지에 오줌 싸고 집에 온 날 기억 안 나?"

"제가 언제요?"

"얘 봐라. 그때 내가 얼마나 놀랐는데. 장난을 쳐도 어쩜 그렇게 눈 하나 깜짝 안 하고 무섭게 장난을 치던지. 정말 기억 안 나?"

"에? 무슨 일 있었어요?"

"정말 기억 안 나니? 하긴, 그럴 수 있겠다. 너 유치원 다닐 때니까……."

"시보야, 무슨 일이야? 왜 울어? 어! 바지는 왜 이래?"

"어엉……. 어, 어엉……."

"왜 그래? 무슨 일이야? 괜찮아. 바지에 오줌 쌀 수도 있지. 괜찮아. 시보야, 울지 마. 응?"

"어…… 어, 엄마. 엄마, 무서워. 저…… 저기 놀이터 어엉……."

"어? 놀이터? 왜? 놀이터에서 누가 괴롭혔니?"

"아, 아니, 그게 아니고……. 흐으……. 놀이터 가는 길에 아저씨들이 쓰러져 있어……. 으어엉……."

"뭐? 아저씨? 아, 놀이터 가는 길에 있는 공사장 말이니? 거기로 다니지 말라고 했잖아. 위험하다고. 알았지? 앞으로 그곳으로 다니지 마. 그리고 쓰러져 있는 게 아니고 잠시 쉬고 계셨던 걸 거야. 우리 시보가 뭘 보고 놀라서 바지에 쉬까지 했을까? 호호호."

"아니야! 엄마, 아저씨 몸이…… 무서워. 이상해……. 몰라! 무서워, 엄마아 으어엉……."

"그래, 그때 네가 좀 고생했지. 그래서 기억을 못 하나?"

"그게 무슨 말이에요?"

"그날 이후로 시보 네가 며칠 아팠거든. 이사 준비로 바빴는데 너까지 아프고, 엄마 그 며칠 정말 힘들었어. 그래서 기억하는 거야."

"이사요? 아팠다고요?"

"그래. 이사하기 사흘 전인가, 나흘 전인가……. 네가 하도 울면서 그렇다고 하니 혹시나 해서 공사장까지 가 봤었어."

"그런데요?"

"뭐가 그런데야? 일하는 아저씨들만 있었지. 잠깐 쉬다가 일하는지 누워 있는 사람은 없더라. 뭐, 다친 사람이 있었어도 벌써 병원으로 옮겼겠지."

"아, 그렇죠."

유치원 때, 그때도 보였구나. 충격으로 기억을 못 하는 걸까?

전혀 기억이 나지 않는다.

"정말 그날 기억 안 나? 7살 때라 기억을 못 하나?"

"그랬어요? 아니요, 기억에 없는데요."

"그래. 어릴 때 일이니 그럴 수 있지."

"혹시 그전에도 그런 적이 있었어요?"

"아니, 그 이후로 그런 적은 없었어. 참, 머리에 상처 좀 보자."

"아, 아니에요. 괜찮아요."

"정말이지? 약은?"

손에 쥐고 있던 약을 내밀어 보이니, 엄마는 그제야 안심된 다는 듯 고개를 끄덕였다.

"그래. 밥 먹고, 잊지 말고 약도 잘 챙겨 먹어. 알았지?"

"네, 엄마."

사실 유치원 때 기억이 아예 나지 않는 것은 아니다. 그곳에 서 살던 기억은 또렷이 난다. 집 근처에 있는 놀이터에 가기 위 해서는 공사 현장을 지나야 했던 것까지도 전부. 원래는 돌아 서 가야 했지만, 빨리 가서 놀고 싶은 마음에 지름길인 공사 현 장을 지나갔었다.

나는 그때 공사장에서 시체를 봤던 것일까? 그날이 시체를 처음으로 본 날이었을까? 그런데 전혀 시체를 본 기억이 나지 않는다.

저녁 식사를 마치고 피곤했는지 모두 일찍 잠자리에 들었다. 늦게까지 장사하느라 힘들었을 부모님, 종일 신경을 곤두세우 고 돌아다닌 민 팀장과 소담 씨 그리고 나. 피곤한 것이 당연했다. 남자들은 안방에, 엄마와 소담 씨는 내 방에 잠자리를 마련했다.

나는 아빠가 잠들면 민 팀장에게 그날 소담 씨 아버지와 택시 안에서 있었던 일에 대해 물어볼 생각이었다. 하지만 민 팀장은 많이 피곤했는지 아빠 코 고는 소리에 아랑곳하지 않고 잠이 들어 있었다. 그것도 코까지 골면서. 다행히 아빠보다는 작은 소리였다.

하지만 양쪽에서 들리는 코 고는 소리에 잠을 잘 수가 없었다. 잠을 설치고 있을 때, 내 방에서 아주 작은 웃음소리가 들려왔다. 엄마와 소담 씨는 아직 잠이 들지 않은 듯 듣기 좋은 웃음소리를 가끔 흘려보냈다. 그러다 웃음소리가 점점 작아졌다. 아니, 듣지 못했다는 것이 더 정확한 표현이다. 내가 그대로 잠이 들어 버렸기 때문이다.

개운한 기분으로 눈을 떴다. 아직 밤인가? 새벽인가? 방 안은 깜깜했다. 그런데 옆에 누워 있어야 할 민 팀장과 아빠가 보이지 않았다. 휴대폰을 찾아 시간을 확인하니, 뭐지? 이제 겨우 11시가 넘어가고 있었다.

"……어?"

맙소사! 오후가 아닌 오전 11시였다. 나는 벌떡 자리에서 일어났다. 창에서 옅은 빛이 새어 들어오고 있었지만 커튼 때문에 방 안은 아직 밤처럼 어두웠다. 서둘러 커튼을 걷으니, 밝은 햇살에 눈이 부셔 잠시 눈을 감고 서 있어야 했다.

집 안은 마치 아무도 없는 것처럼 조용했다. 거실로 나와도 마찬가지였다. 나는 두리번거리다 소담 씨가 있는 방으로 갔다. 바로 문을 열까 하다가, 두어 번 문을 두드려 보았다. 하지만 안에선 아무런 인기척도 느껴지지 않았다. 조심스레 문을 열어 보니, 소담 씨는 아직 잠이 들어 있었다. 다시 방문을 닫으려다 그만 '삐그덕' 하는 소리가 났다. 그 소리에 놀라 서둘러 거실 소파로 뛰어가 앉았다.

괜히 잘 자고 있던 소담 씨를 깨운 것은 아닌지 자책하고 있을 때, 방문이 열리고 그녀가 나왔다. 부스스한 그녀 얼굴에서 환한 빛이 났다. 내 눈이 이상한가? 눈을 비비고 다시 보아도 그녀의 얼굴 뒤로 후광이 빛나고 있었다. 풀어헤친 머리칼에 하얀 피부, 눈부신 햇살까지 더해진 모습에 눈을 뗄 수 없었다.

소담 씨는 살포시 미소를 짓고는 욕실로 들어갔다. 나는 갑자기 목이 타 부엌으로 향했다. 부엌 식탁에는 밥상이 차려져 있었다. 너무 곤히 자고 있어 깨우지 못했다며, 아침 차려 놓았으니 챙겨 먹으라는 메모가 함께 놓여 있었다. 일이 있어 먼저 나간다는 민 팀장의 메모도 남겨져 있었다.

거실 소파에 앉아 있는 소담 씨에게 물 한 잔을 건네고 바로 욕실로 들어왔다. 씻으며 머리 상처를 살펴보니 어느새 상처가 많이 아문 듯 보였다. 욕실에서 나왔을 때 소담 씨는 TV를 보고 있었다. 아침 식사 얘기를 꺼내니, 그녀는 TV를 끄고 부엌으로 와 식탁 의자에 몸을 앉혔다. 마주 앉은 소담 씨를 바라보니 눈이 조금 부어 있었다. 어제 늦게까지 얘기하느라 잠을 설친 걸까? 그녀는 아무 말 없이 밥을 한 숟가락 떠 입에 넣었다.

"소담 씨, 괜찮아요?"

"왜요?"

"눈도 좀 부어 보이고, 혹시 잠을 설쳤나 해서요. 어제 무슨 일 있었어요? 아버님…… 때문에 그래요?"

"아니에요. 눈이 많이 부었나요?"

"아니요. 그냥 조금……. 울었어요? 어제."

"아……. 네, 조금요. 어제 오빠 어머님이랑 얘기하다가……."

"왜요? 엄마가 뭐라고 했어요? 혹시 기분 나쁜 소리 들었어요?"

"아, 아니요. 아니에요. 어제 정말 즐거웠어요. 오빠 어머님이 얼마나 재미있으신데요. 너무 좋았어요. 그래서……."

"……."

"엄마 생각이 나서 울었어요. 오빠 어머님 잠드시고, 나도 자려는데 갑자기 엄마 생각이 나더라고요."

나는 무어라 위로의 말을 해 주고 싶었지만, 해 줄 말이 떠오르지 않아 그저 말없이 시선을 아래로 내렸다.

"오빠, 나는요. 엄마와 추억이 없어요. 아니, 없는 게 아니라 기억이 안 나요. 그래서 더 슬퍼요. 엄마와 함께했던 추억이 조금이라도 남아 있으면 좋겠는데. 그러면 조금은 덜 슬플 것 같은데……."

"소담 씨……."

"아, 제가 밥상 앞에서 쓸데없는 소리를 했네요. 어서 먹어요."

"맛있게 먹어요, 소담 씨. 그리고 고마워요."

"뭐가 고마워요? 제가 고맙죠. 이렇게 맛있는 밥도 먹고."

"그래요. 어서 먹어요."

자신의 속마음을 솔직히 말해 준 소담 씨가 너무 고마웠다. 누군가에게 속마음을 털어놓는다는 것은 나에게 참으로 어려운 일이었다. 내 가족 이야기, 심지어 나에 대한 이야기도 친한 친구에게 잘 얘기하지 못했다. 상대가 부모님이라고 할지라도. 그런데 소담 씨는 나에게 무엇이든 솔직하게 털어놓았다. 그것이 얼마나 어려운 일인지 알기에 그녀가 고마웠다.

소담 씨에게 어제 들은 유치원 때 일을 이야기해 주었다. 그녀도 엄마에게 같은 이야기를 들었다며, 처음엔 그저 장난이 심한 아이인 줄만 알았다고 했다. 어린 나이에 너무 큰 충격을 받아 기억을 못 하는 것일 수 있다고, 소담 씨도 같은 이유로 어린 시절의 나를 안타까워했다.

무의식적으로 날 움츠리게 한 것도 어릴 적 겪었던 일들 때문이었을까? 기억하지는 못하지만 어릴 적 트라우마가 내면 깊숙이 남아서였을까? 그래서 사람들에게 마음을 터놓고 말하지 못하는 것일까? 그녀는 당연히 그럴 수 있다며 나를 이해해 주었다.

그러고 보니…… 내가 시체를 볼 수 있다는 걸 알게 된 때부터였을까. 내가 가진 능력으로 누군가에게 도움이 된다는 걸

느꼈을 때부터였을까? 움츠리고만 있던 나는, 그 후 기지개를 켜고 천천히 일어서는 듯한 기분을 느꼈다. 소담 씨를 구하고 민 팀장을 돕겠다고 했을 때 나는 세상으로 조금씩 나오는 중이었다. 시체를 볼 수 있다는 사실을 알기 전과 후로 내 삶은 달라지고 있었다.

배도 부르고 오랜만에 편하게 소파에 앉아 TV를 보다가 그만 잠이 들어 버렸는지, 갑자기 울리는 전화벨 소리에 깜짝 놀라 잠에서 깼다. 전화를 받아야 할지 말아야 할지 고민하며 소담 씨를 바라보았으나 그녀도 놀라긴 마찬가지였는지 동그란 눈으로 나를 바라보고 있었다.

잠깐 사이 전화벨이 몇 번 더 울리는가 싶더니 그대로 끊겨 버렸다. 그리고 전화는 다시 울리지 않았다. 그런데 이번에는 안방에서 휴대폰 벨 소리가 울렸다. 안방에 들어가 휴대폰을 확인해 보니, 부모님 가게 전화번호가 떠 있었다.

엄마는 이제야 여유가 생겨 전화했다며 점심은 챙겨 먹었는지, 오늘은 집에 있을 건지, 소담 씨는 잘 있는지, 쉼 없이 궁금한 점을 쉴새 없이 물었다. 아니, 대답은 듣고 물어야지. 대답할 시간도 주지 않고 계속 묻기만 한다. 그래도 엄마의 마음이 느껴져서 마음이 따뜻해졌다. 그래서 그저 웃고만 있었다.

"아들, 대답은 안 하고 왜 웃고만 있니? 뭐 하고 있었어?"

"엄마가 대답도 듣기 전에 계속 물어보기만 했잖아요."

그제야 엄마도 웃겼는지 큰 소리로 호탕하게 웃음을 터뜨렸다. 그렇게 모자의 통화는 마무리됐다.

시계를 보니 벌써 3시가 훌쩍 넘어 있었다. TV를 보며 웃고 있는 그녀에게 배가 고픈지 물었다. 그녀는 별로 생각이 없다며, 먼저 먹으라고 식사를 권했지만 나도 역시 그랬다. 우리는 소파에 나란히 앉아 TV를 시청했다. TV에서는 산티아고 순롓길 다큐멘터리가 방영되고 있었다.

소담 씨는 산티아고 순롓길을 죽기 전에는 꼭 한 번은 가 보고 싶다고 했다. 그 말을 하는 소담 씨 얼굴엔 어느새 생기가 감돌고 있었고, 나도 왠지 소담 씨와 함께 산티아고 순롓길을 걷고 싶은 마음에 소담 씨에게 언제가 될지는 몰라도 같이 가자고 말했다. 소담 씨는 꼭 그 약속 지켜야 한다며 환히 웃어 보였다.

소담 씨는 다큐멘터리가 끝나자 리모컨을 들어 채널을 다른 곳으로 돌렸다. 볼 만한 프로그램이 없는지 반복해서 채널을 돌리다가 별안간 놀란 목소리로 다급히 나를 불렀다.

"시보 오빠! 오빠, 봤어요?"

"왜요? 뭘요?"

"못 봤어요? 방금 지나갔는데. 또 하려나. 잠시만요. 다른 뉴스 채널 찾아볼게요."

"뭔데 그래요? 뉴스에 뭐가 나왔어요?"

"잠깐만요. 아이, 다 지나간 것 같아요. 다른 곳에서도 지나갔나 봐요. 뉴스 좀 보세요. 혹시 나올지 모르니."

"도대체 뭔데 그래요?"

"잠깐 봤는데 민 팀장님 관련 뉴스인 것 같았어요."

"팀장님 뉴스요?"

"네, 금방 지나가 버려서……. 아! 인터넷에 검색해 보면 나오지 않을까요?"

"아, 잠깐만요. 내 폰으로 검색해 볼게요."

나는 황급히 휴대폰을 꺼내 들었지만 제대로 검색 한 번 못해 본 채 가만히 들고만 있었다.

"아직이에요?"

"잠시만요. 뭐라고 검색해야 할지 몰라서요. 어, 팀장님 이름으로 검색해 봤는데 포털 사이트에는 아직 안 나온 것 같아요."

"뭐지? 잘못 본 건가……. 혹시 모르니 좀 더 찾아보는 게 좋겠어요."

포털 사이트 메인 뉴스를 찾아봤지만 민 팀장 관련 뉴스는 보이지 않았다. 소담 씨가 본 게 진짜라면 아마 방금 막 나온 속보인 듯했다. 무슨 일인지 몰라도 민 팀장 관련 사건이 뉴스에 나왔다는 것이 신기하면서도 걱정이 되었다.

민 팀장에게 전화해서 알려야 하나? 확실한 내용을 확인한 후에 연락하는 것이 좋을 것 같은데……. 혹시 관련 뉴스가 나오지 않을까 채널을 돌려 가며 계속 뉴스를 찾았다.

그때 또 휴대폰 벨이 울렸다. 김범진 형사 전화번호였다. 받아야 할까, 아니면 무시해야 할까? 소담 씨가 다가와 휴대폰을 보더니 받지 말라며 고개를 가로저었다. 전화는 금세 끊어졌다. 그런데 끊겼던 벨 소리가 곧바로 다시 울린다. 역시 김 형사였다.

소담 씨는 내 손목을 잡더니 받지 말라며 나를 말렸다. 그녀의 마음이 얼굴에 고스란히 드러났다. 하지만 계속 받지 않으면 피하는 것으로 의심받을 수 있었다. 나는 소담 씨 손을 살며시 잡아 내리고 통화 연결 버튼을 눌렀다.

"어! 시보, 받았네? 나야, 김 형사."

"네, 알아요. 무슨 일이세요?"

"지금 어디야?"

"네? 왜요?"

"혹시 뉴스 봤어?"

"무슨 뉴스요?"

"아이, 못 봤구나? 조금 전에 속보로 떴는데."

"속보요? 뭐가요?"

"민우직 형사, 공개 수배로 전환됐다."

"네? 공개 수배요?"

나와 소담 씨는 놀란 얼굴로 눈을 맞추었다.

"그래. 뉴스에 살인 사건 용의자로 공개 수배됐다고 나왔잖아. 그래서 말인데, 혹시 민 형사 연락 없었어?"

"아……. 아니요. 왜 저한테 민 형사님을……."

"아니, 민 형사가 갈 만한 곳은 다 찾아봤는데, 어디로 사라졌는지 코빼기도 안 보여. 이거 답답해서 말이야. 혹시 우리 시보한테 연락이라도 했나 싶어서 그러지."

"아, 네. 아니요. 연락 없었어요. 그럼 이만 끊어도 될까요?"

"뭐? 아니지. 시보! 뭐가 그리 급해? 지금 어디야? 고시원이야?"

"네? 어……. 네."

"아, 그래. 고시원이면 지금 좀 볼 수 있을까? 내가 밑에 와 있는데."

"네? 아, 고시원에 계시는구나. 하하……. 사실은 제가 고시원이 아니고요. 친구 집에 있어요, 친구네."

"뭐? 친구 집? 허어, 어디?"

"왜요? 제가 나중에 다시 연락드리고 찾아갈게요. 민 팀장님한테 연락 오면 바로 연락드리고요. 그럼 저……."

"아니, 아니! 잠깐만!"

전화를 끊으려는 나를 김 형사는 황급히 불렀다.

"왜 그러세요, 자꾸?"

"시보야, 잘 생각해. 살인범을 숨겨 주면 범인 은닉죄로 큰 죄를 짓는 거야. 그러니까 괜히 엮이지 말고. 너 아끼는 마음에 하는 말이다."

"왜 저한테 그런 말씀을……."

"에이, 혹시 마음 착한 우리 시보가 민 형사 꼬임에 빠져서…… 아니, 아니지. 협박에 신고를 못 할까 봐 그러지. 그리고 말이야……."

"아니, 아니에요. 연락 오면 신고할게요. 걱정 마세요."

"그래, 그래. 그리고 강소담이랑은 아직 못 만났나? 나한테 연락 좀 하라고 전해 달라고 했었잖아."

"아……. 네, 아직 못 만났어요."

"그래? 그럼 만나게 되면 아버지 살인범이 민 형사라고 전해. 혹시 알고 있나?"

"네? 아니……. 그걸 왜 저한테……."

"왜 그래애? 우리 사이에 자꾸 이럴 거야? 나 강력계 형사야. 시보야, 좋게 말할 때 좀 도와줘라."

"네, 도…… 도와야죠. 알겠습니다."

"시보야, 소담이한테 꼭 전하고, 민 형사 보면 바로 신고해라. 그게 너한테도 너희 부모님한테도 좋아. 알았지?"

"네?"

뚜 뚜 뚜.

김 형사는 경고 같은 마지막 말을 내뱉고는 전화를 끊어 버렸다. 내가 민 팀장과 함께 있다는 걸 김 형사는 다 알고 있는 걸까? 소담 씨와 함께 있는 것도? 설마 여기까지 미행을 했나? 그렇다면 당장 우리 집으로 왔을 텐데……. 아니다. 아직은 아닐 것이다.

빨리 이 사실을 민 팀장에게 알려야 했다. 휴대폰을 다시 집어 들자, 소담 씨는 미간을 찌푸린 채 날 가만히 쳐다보고 있었다. 아무래도 옆에서 대화를 듣고 많이 놀란 듯했다. 나는 그녀가 안심할 수 있도록 통화 내용을 차근차근 설명해 주었다.

어쩌면 김 형사가 여기로 곧 찾아올지도 모른다. 위치 추적을 하고 있었던 것은 아닐까 하는 생각이 들어, 집에 아무도 없는 것처럼 TV를 끄고 집에 켜져 있는 모든 전등을 껐다. 그리고 민 팀장에게 전화를 걸었지만, 여전히 민 팀장은 전화를 받지 않았다. 무슨 바쁜 일이 있는 걸까? 벌써 붙잡힌 것은 아닐까? 초조한 마음으로 다시 전화해 보지만, 역시나 받지 않는다.

날이 점점 어두워지고 있었다. 혹여 말소리가 밖으로 새어 나가지는 않을까. 조심스러워 말도 제대로 할 수가 없었다. 으스스한 거실 분위기만큼 마음도 위축되었다.

그때, 대문이 열리는 소리가 들려왔다. 깜짝 놀라 시계를 보니 어느새 부모님이 귀가할 시간이었다. 우리는 반가운 마음에 현관문 쪽으로 뛰어갔다. 그런데 현관문 앞에 섰을 때, 문득 부모님이 아닐 수도 있다는 생각이 들었다.

소담 씨 손을 잡고 다시 방으로 들어가려 뒤돌아선 순간, 세찬 소리를 내며 현관문이 열렸다. 깜짝 놀라 무의식적으로 뒤를 돌아보자, 열린 현관문 사이로 검은 무언가가 불쑥 튀어 들어왔다. 내 옆에 바짝 붙어 서 있던 소담 씨는 소리를 지르며 날 껴안았다. 소담 씨 비명에 놀라 나도 그만 짧게 소리를 지르고 말았다. 우리가 낸 소리에 놀랐는지 현관문이 '쾅!' 하며 닫히고, 동시에 검은 물체도 사라졌다. 놀란 소담 씨와 나는 곧장 방 안으로 뛰어 들어갔다.

쾅!

소담 씨를 옷장 뒤로 숨긴 후, 방 안에서 급히 무기가 될 만한 것을 찾을 때였다. 누군가 내 이름을 부르며 다급히 현관문을 열고 들어왔다.

"시보야! 무슨 일이야? 시보야! 어디 있어?"

엄마 목소리였다. 나는 어리둥절한 표정으로 방 밖을 내다보았다.

"엄마, 엄마셨어요? 아휴……. 소담 씨, 괜찮아요. 나와도 돼요."

"시보야, 비명을 왜 질렀어? 무슨 일이야?"

"엄마, 놀랐잖아요! 검은 거 뭐였어요? 아니, 현관문으로 불쑥 검은 물체가 나타나서 얼마나 놀랐는데요."

뒤따라 들어온 아빠가 땅에 떨어진 봉지를 집어 들며 말했다.

"아아, 이 검은 봉지 말하는 거냐? 두 손에 한가득 짐이어서 어쩔 수 없었다. 그래도 그렇게 놀라면 어떡해?"

"당신도 놀라서 문을 그렇게 닫아 버리고선. 크흐흐."

"갑자기 비명이 들리니깐 나도 모르게 깜짝 놀라서 그만……. 하하하."

"엄마! 아빠! 진짜 얼마나 놀랐는데요. 소담 씨, 많이 놀랐죠?"

엄마는 소담 씨에게 다가와 손을 잡으며 말했다.

"아이구, 많이 놀랐나 보네. 정말 괜찮아요?"

"소담 양, 미안해요. 일부러 그런 건 아니에요."

"아니에요. 저는 괜찮아요."

나는 잔뜩 긴장했던 것이 풀린 듯 크게 한숨을 내쉬며 물었다.

"아빠, 들고 계신 건 뭐예요?"

"아, 이거. 네 엄마가 아들이 손님 데리고 왔는데 제대로 대접을 못 했다고 소고기에 돼지고기에 과일까지……. 이것 봐라. 잔칫상을 차려도 되겠다. 잔칫상. 하하."

"별거 없는데 유난은. 소담 씨, 조금만 기다려요. 맛있게 해 줄게요."

"근데 시보야. 무슨 일 있었어? 불은 왜 죄다 꺼져 있는 거야?"

"아니요. 아무 일도……."

"혹시…… 우리가 눈치 없이 일찍 들어온 거냐?"

나는 잠시 의아한 표정으로 아빠를 바라보다 황급히 두 손을 휘저었다.

"무슨? 아니요! 빨리 오셔서 얼마나 좋았는데요!"

"맞아요, 아버님. 빨리 오셔서 너무 다행이에요."

"아이고 참. 소담 양, 소담 양은 여기 앉아서 쉬고 있어요. 금방 해 줄게요."

"아니에요. 저도 도울게요."

"아니야. 괜찮으니까 쉬어. 내가 그러고 싶어서 그래. 알았지?"

"아……. 네. 고맙습니다, 어머님."

"엄마, 이건 뭐예요?"

"아드을, 그냥 둬. 내가 할게. 근데 민 형사…… 아! 우직 씨는 아직 안 들어오셨니?"

"네, 아직……. 그리고 편하게 말씀하세요. 아빠도 알고 계세요."

"알고 계셔? 근데 이 양반은 얘기도 안 해 주고……."

"엄마도 아빠한테 비밀로 하신 거 아니에요?"

"그런가? 호호. 우직 씨한테 언제 들어오는지 연락 좀 해 봐라. 저녁 식사 같이 하게."

나는 민 팀장에게 다시 연락해 보았지만, 역시나 전화를 받지 않았다. 신호음이 들리는 걸 봐서 배터리가 없는 것은 아니었다. 무슨 일이 생긴 건 아니겠지? 혹시 또 휴대폰을 잃어버린 건가?

그 후로도 여러 번 전화를 걸어 봤지만 민 팀장은 받지 않았다. 아무 연락 없는 민 팀장이 걱정도 되었지만 슬슬 화도 났다.

푸짐하게 차려진 밥상 앞에 앉아 몇 숟가락 들다, 시계를 보니 어느덧 9시가 다 되어 가고 있었다. 혹여 9시 뉴스에 민 팀장과 관련된 내용이 나올지도 몰랐다. 아빠는 마치 기다렸다는 듯 리모컨을 들어 뉴스 채널을 틀었다.

조용히 식사 중이어서 뉴스 소리가 유독 더 크게 들렸다. 민 팀장 관련 뉴스가 나오면 부모님이 어떤 반응을 보일지 걱정이었다. 뭐라고 설명해야 할지 고민하던 그때였다.

"네, 다음 뉴스입니다. 노량진에서 발생한 살인 사건의 용의자로 지목됐던 민우직 형사에 대한 수사가 아직까지 별다른 진척이 없는 것으로 알려졌습니다."

"저…… 저 사람 민 형사 아니냐?"
"아, 아빠. 그게…… 사실 저……."
"뭐예요? 여보, 그게 무슨…… 어머, 정말이네. 우직 씨……."

"지금 보시는 영상은 살인 용의자 민우직이 최근 CCTV에 찍힌 영상입니다. 다음 사진은 용의자 민우직의 인상착의인데요. 변장했을 때 예상되는 사진들도 함께 보여드리겠습니다. 현재까지도 용의자 소재 파악이 안 되고 있으며, 용의자 민우직이 베테랑 형사인 점이 검거에 어려움을 겪고 있는 이유라는 전언입니다. 또한 경찰 관계자의 말에 따르면, 또 다른 살인 사건의 용의자일 가능성이 높다고 전해지고 있는데요."

"엄마, 아니에요. 아빠! 저 좀 보세요. 아니에요. 저 뉴스 다 거짓말이에요. 그렇죠, 소담 씨?"

"조용히 해라. 더 들어 보게."

"지금 서울 지방 경찰청에 나가 있는 이소라 기자를 불러 보겠습니다. 이소라 기자?"

"네, 이소라 기자입니다. 여기 서울 지방 경찰청 앞에 나와 있습니다. 살인 용의자 민우직에 대한 수사가 공개 수배로 전환되었다는 속보를 전해드린 바 있는데요. 현재까지도 용의자의 소재 파악이 안 되고 있어, 공개 수배 전환이 너무 늦은 것이 아니냐는 비난 여론이 일고 있습니다. 서울 지방 경찰청 광역 수사대 팀장의 말을 직접 들어 보시겠습니다."

"네. 이 모 씨 살인 사건 용의자 민우직을 수배하는 가운데 2건의 살인 사건이 추가 확인되었습니다. 혹시 모를 추가적인 범행을 막기 위해 불가피하게 공개 수배로 전환하여 수사하게 되었습니다. 용의자를 보셨거나, 용의자 소재를 알고 계신 분은 바로 112로 신고해 주시기 바랍니다. 이 자리를 빌려 같은 동료 경찰관으로서 이런 불미스러운 일이 발생한 점 국민 여러분께 심심한 사과 말씀드립니다.

빠른 시일 안에 용의자를 검거할 수 있도록 최선을 다하겠습니다. 수사에 많은 협조 부탁드립니다. 감사합니다."

"아니, 잠깐만. 저 사람……."

"아들, 조용히 좀 해 봐."

"저 사람 이름이 뭐래요? 저기 지금 막 인터뷰 한 사람이요."

"오빠, 왜요? 광역 수사대 채비로 팀장이에요. 자막에 그렇게 나왔어요."

"채비로 팀장이요?"

아빠는 걱정만큼이나 목소리도 커졌다.

"근데 시보야! 정말 괜찮은 거야? 민 형사라는 사람 말이다. 살인범…… 그것도 여러 명을 죽인 살인범이라고 하잖아."

"그래, 시보야. 엄마도 걱정이다. 정말 우직 씨를 믿어도 되는 거니? 우리한테 무슨 일이라도 저지르면……. 지금이라도 경찰에 신고를……."

"엄마, 죄송해요. 하지만 믿어 주세요. 정말 아니에요. 두 분 모두 절대 신고하시면 안 돼요! 아셨죠?"

"시보 오빠, 저도 어머님 말씀이 맞는 것 같아요. 이제라도 경찰에 신고해서 사실대로 말하면 문제없을 거예요. 지금 우리가 할 수 있는 것도 없잖아요."

"하지만……."

"민 형사를 믿는다고 해도 이건 너희들에게 위험한 일이야. 여기까지 민 형사를 도와준 것으로도 충분해."

"그래, 시보야. 소담 씨가 말한 대로 너희가 할 수 있는 게 없잖니? 그러니……."

부모님과 소담 씨는 돌아가며 나를 설득하려 했다. 복잡한 마음에 머리가 터질 것만 같았다.

"엄마, 아빠, 소담 씨. 무슨 말인지 알겠어요. 하지만 제가 봤어요. 제가 분명히 사건과 관련된 사람을 봤다고요. 실제 범인일 수도 있는 사람 얼굴을요. 민 팀장님이 아니라고 확신할 수는 없지만, 살인 사건과 관련된 사람이 누구인지 이제 제가 안다고요."

"시보야, 무슨 말인지 모르겠지만 네가 관련된 사람을 알고 있다면 경찰에 신고하는 게 맞다. 그게 살인범이라면 더욱 그래야 해."

"그래. 아빠 말 들어라, 아들."

"엄마 아빠, 조금만 시간을 주세요. 일주일…… 아니, 며칠만 지나면 확실해질 거예요. 그때까지만이라도 기다려 주세요."

"어쩔 생각인 거야? 네가 무슨 도움이 된다고 그래?"

"그래, 그러다 네가 다칠까 걱정이다. 너뿐만 아니라 여기 예쁜 소담 씨도 위험해지는 거 아니니?"

상황을 지켜보던 소담 씨는 궁지에 몰린 나를 가만히 바라보더니, 이내 마음을 먹었다는 듯 굳게 다물고 있던 입을 열었다.

"어머님, 저는 괜찮아요. 오빠가 그러는 덴 이유가 있을 거예요. 어머님 아버님도 같이 믿고 기다려 주시면 안 될까요? 저도 사실 확신이 있는 건 아니지만 오빠 옆에서 도울게요."

"소담 씨……."

"소담 양, 그런 소리 말아요. 소담 양도 이 일에서 빠져요. 내 아들도 그렇지만 소담 양까지 위험에 빠지는 걸 그냥 보고 있을 수는 없지. 안 그러냐, 아들!"

"그래요. 소담 씨는 우리랑 같이 있어. 우리 아들이 알아서 잘 할 거니까. 소담 씨까지 위험해지는 건 못 봐요."

"아니에요. 전 오빠랑 같이……."

"네, 소담 씨. 소담 씨는 저희 부모님이랑 같이 여기 있어요. 그게 저도 안심돼요. 부탁할게요."

"아니……. 그렇지만 이번 일은 저랑도 관계가……."

"이게 무슨 말이니?"

"소담 씨, 말 안 해도 괜찮아요."

"아니에요, 오빠. 제가 말씀드리고 싶어서 그래요. 사실 저희 아빠도 민 팀장님이…… 아니, 민 팀장님에게 누명을 씌운 범인에게 살해당해 돌아가셨거든요."

"어머!"

"소담 양……. 그런 일이 있었어요?"

나는 더 얘기하지 않아도 된다는 눈빛을 보냈지만 소담 씨는 옅은 미소를 지어 보이며 말했다.

"괜찮아요, 오빠. 그래서 저도 여기서 가만히 기다리고만 있을 수 없어요."

"소담 양, 무슨 말인지 알겠어요. 하지만 돌아가신 아버님도 원하지 않으실 거예요. 귀한 딸마저 위험에 처하는 걸 저 하늘

위에서 보고 싶어 하시겠어요? 그러니까……."

"그래요. 맞아요, 소담 씨. 아서요. 우리 아들이랑 우직 씨에게 맡기고 여기에 있어요. 알았죠? 아휴……. 얼마나 속이 상했을까……."

"어머님……."

소담 씨는 금방이라도 눈물이 맺힐 것 같은 얼굴로 고개를 떨구었다.

제11화

드러난 실체

"시보야, 그래서 넌 앞으로 어쩔 셈이야? 민 형사는 연락이 안 된다면서. 기다리기만해서 되겠니?"

"그래도 기다려 봐야죠. 무슨 사정이 있을 거예요. 꼭 여기로 돌아올 거니까 믿어 주세요, 아빠."

"후우, 그래. 알았다. 그럼 당장은 서울로 올라가지 않을 거지?"

"네, 아빠. 일단 상황을 좀 보고요."

"다른 생각이 있는 거야?"

"아뇨, 엄마……. 저도 아직은 어떻게 해야 할지 모르겠어요. 그래도 경찰이 여기로 찾아올지 모르니 우리가 좀 입을 맞춰야 하지 않을까요?"

"어떻게 맞출 거냐?"

"제 생각에, 민 팀장님은 여기에 내려온 적이 없는 걸로 했으면 해요. 혹시 경찰이 찾아와서 물으면요. 일단 영장 없이 오면 집에는 못 들어오게 하고요. 만약에 영장을 가지고 오면 뭐…… 들어오겠죠. 하하."

"그게 뭐냐? 그래서 지금 뭘 맞추겠다는 거야? 거 참……."

"저라고 뾰족한 수가 있나요. 그냥 서로 생각을 얘기해 보자는 거죠. 아빠는 정말……."

엄마는 더이상 못 봐 주겠다는 듯 끼어들며 말했다.

"여보! 매번 애를 잡지 못해 안달이에요. 아들이 경찰도 아닌데. 참 못됐어."

"아니……. 그게 아니고, 지가 뭐 있는 것처럼 말해 놓고 고작 그렇게 얘기를 하니……."

"됐어요. 아들, 내 생각엔 말이야. 경찰이 가게에도 찾아왔잖니. 그러니 집에도 곧 올 것 같아. 그래도 우리가 아는 게 없으니 크게 문제 될 건 없겠지만……. 근데 시보 네가 문제지."

"시보가 왜?"

"아니, 시보가 우직 씨랑 같이 있었다는 걸 경찰이 의심하고 있으니 여기까지 왔겠죠. 경찰이 할 일 없이 우리 가게까지 왔겠어요? 시보야, 경찰이 너를 강제로 잡아가려 할지 몰라. 그런데 여기 있어도 괜찮겠어?"

나는 잠시 고민하다 대답했다.

"제 생각에도 그럴 것 같아요. 여기 오래 있진 못할 거예요. 내일이나…… 아니, 오늘이라도 민 팀장님이랑 연락되면 다른 곳으로 피해야 해요. 팀장님이랑 연락되면 바로 움직일게요. 그렇게 아세요."

"그래? 그럼 저기, 전라도 장흥으로 가 있으면 어떠냐? 할아버지 고향이라 친척분이 몇 분 살고 계셔서 연락하면 너 하나 쯤은 기거할 수 있을 거다."

"전라도 장흥이요? 너무 멀어요. 사건을 어떻게든 풀어야 하는데 장흥에 가는 건 그냥 피해 있는 거나 마찬가지잖아요."

"아! 여보! 서울에 당신 친구 있잖아요. 완구 씨 말이에요. 완구 씨한테 부탁해서 잠시만 있게 하면 안 될까요?"

"아, 완구! 그 자식 천호동에 살고 있지. 내가 한번 부탁해 볼게. 어떠냐?"

"지금은 연락하지 마세요. 아직 어떻게 될지 모르니까요. 제가 다시 부탁드릴게요."

"그래, 알았다. 언제든 얘기해라."

"어머! 벌써 시간이 이렇게 됐네. 이제 씻고 잘 준비해야겠다. 소담 씨, 어서 들어가요. 난 설거지하고 금방 들어갈게."

"아니에요. 제가 할게요."

엄마와 소담 씨의 얘기를 듣던 아빠가 해결책을 제시하듯 말했다.

"아들, 설거지는 네가 해라. 오늘 엄마 힘들었다."

"넵, 제가 할게요. 엄마 먼저 씻으세요."

"그래? 나야 좋지! 야호! 아들이 설거지도 해 주고 조오타!"

"그렇게 좋으세요?"

"그럼 좋지. 여보, 고마워요. 크크."

"아버님 센스쟁이세요. 크흐흐."

"센스쟁이? 카하하."

"뭐예요, 다들? 나만 일 시키고."

어째 아들인 나보다 세 사람 합이 더 잘 맞는 것 같다.

"그럼 잘 부탁한다, 아드을. 우리는 들어가요, 소담 씨."

"네, 어머님."

"오늘은 무슨 얘기해 줄까요? 고등학교 때 얘기해 줄까?"

"엄마, 쓸데없는 얘기는 하지 말아 주세요."

"여자들 얘기에 끼지 좀 마라, 아드을! 그릇 깨끗이 닦아!"

"네에!"

심각한 상황에도 부모님이 믿고 이해해 주셔서 다행이었다. 민 팀장은 무슨 일이 있는 걸까? 혹시 공개 수배로 전환돼서 더 꼭꼭 숨어 버린 건 아닐까? 설마 나쁜 생각을 하고 있는 건 아니겠지…….

설거지를 끝내고 거실로 나오니, 아빠가 TV를 켜 놓은 채로 피곤한지 꾸벅꾸벅 졸고 있었다. 조용히 욕실로 들어가 씻고 나올 때까지도 아빠는 그 자리에 그대로 앉아 있었다. 아무래도 팀 팀장에게 다시 전화해 봐야겠다 싶어 핸드폰을 가지고 방으로 들어가려 할 때였다.

"아들! 잠깐 보자."

"깜짝이야. 아빠, 주무시는 거 아니었어요?"

"자기는 누가 자?"

나는 아빠 앞으로 다가가 물었다.

"무슨 하실 말씀 있으세요?"

"시보야, 아까는 그냥 넘어갔다만 네가 봤다는 게 뭐냐? 무슨 증거를 알고 있다는 거야?"

"아니, 그건 말씀드리기가…… 아빠가 알고 계시면 안 될 것 같기도 하고요."

"왜? 내가 알면 안 되는 거야? 아니면 내가 경찰에 불까 봐 그래?"

"에이, 아니요. 그게 아니고요……. 알았어요. 말씀드릴게요. 아까도 말씀드렸지만 제가 범인일지도 모르는 사람의 얼굴을 봤거든요. 하지만 그 사람이 진짜 범인인지는 아직 확실하지 않아요. 그래도 분명 이번 살인 사건과 연관 있는 사람이라고 생각해요. 그게 저에게 준……."

"준…… 뭐냐? 왜 말하다 말아?"

"아니, 제가 본 그 사람이 누군지 이제 알게 됐거든요."

"그래? 이제 알았다면…… 혹시 아까 뉴스에서 네가 물었던 그 사람이냐? 그, 광…… 뭐 수사 팀장?"

"네, 채비로 팀장이라는 형사가 이번 살인 사건과 연관 있는 게 분명해요."

"시보야! 그럼 범인일 수 있다는 거야? 그 팀장이라는 사람이 이번 살인 사건 수사를 담당하고 있잖아. 네가 직접 본 거긴 한 거야?"

"그건 아니고……. 범인일 수 있다는 거지 아직 확실한 범인인지는 몰라요. 그냥 그런 촉…… 네, 그런 촉이 느껴……."

"촉? 네가 경찰도 아니고. 아니, 경찰이라도 촉으로 범인이라고 하면 그걸 누가 믿어 주겠어? 직접 본 것도 아니라면서?"

"맞아요. 경찰은 믿지 않을 거예요. 특히나 지금 광역 수사대에서는 더요. 하지만 민우직 팀장님은 절 믿어 주실 거예요. 이번 사건의 중요한 단서가 될 테니까요."

아빠는 잠시 내 말을 곱씹는 듯하더니 의아한 표정을 지으며 말했다.

"도통 무슨 말인지 모르겠다. 시보야, 네가 민 형사를 돕는 건 말리지 않으마. 대신 가능한 한 년 뒤로 빠져 있어라. 그냥 네가 알고 있는 것만 알려 주고 직접 나서지는 말라는 말이야. 제발 그렇게 해라. 알았지? 부탁이다."

"그래도…… 네, 제가 직접 나설 일도 없을 거예요. 그저 제가 알고 있고, 알게 된 것만 팀장님에게 알려드리면 돼요. 그게 제가 할 일이고요. 그러니 너무 걱정 마세요, 아빠. 고마워요."

"뭐가 고맙냐? 당연한 걸. 자식이 위험한 일을 한다는데 걱정하지 않는 부모가 세상에 어디에 있겠어. 너도 부모가 되면 알게 될 거다."

"넵, 알겠습니다. 걱정 마시고 이제 들어가서 주무세요. 내일도 일 나가셔야 하잖아요."

"그래, 그래야지. 이거야 일이 손에 잡힐지 모르겠다. 너도 어서 들어와 자라."

"저는 전화 한 통만 하고 들어갈게요."

"그래. 그럼 먼저 들어가마."

아빠에게 결국 말하지 못했다. 시체를 본다는 말을 입 밖으로 꺼내지도 못했다. 언젠가는 말해야겠지만 지금은 아니었다. 당분간 모르고 있는 것이 모두에게 좋을 것 같다는 생각이 들었다.

뉴스에 나온 채비로 팀장을 본 순간 바로 알아볼 수 있었다. 이연우 경위 눈에 비친 사람이라는 것을. 그리고 민 팀장 시체의 눈동자에서 본 사람도 확실히 그 사람이었다. 민 팀장 시체 눈에 비쳤던 얼굴에는 입 밑에 점이 없었는데, 아마 옆으로 비스듬히 서 있어 점이 보이지 않았던 것 같다. 거기다 안경까지 쓰고 있어 다른 사람일지도 모른다고 생각했다. 그런데 채비로 팀장 얼굴을 뉴스에서 본 순간, 시체 눈 속에서 본 얼굴과 횡단보도에서 스치듯 지나치며 본 얼굴이 번개처럼 떠오르며 마지막 퍼즐이 맞춰지듯 명확해졌다.

이연우 경위와 민 팀장 죽음에 채 팀장이 모두 관련되어 있다는 걸까? 혹시 이진성 씨 시체에서 본 선글라스 인물과도 동일 인물이거나, 아니면 어떤 연관이 있을 수도 있지 않을까. 채비로 팀장이 이연우 경위를 죽인 뒤, 그 사실을 알게 된 민 팀장까지 죽이는 걸까? 그리고 나까지? 정말 채비로 팀장이 진범일까?

그러고 보니…… 내 눈엔 누가 있었을까? 나를 확인해 볼 생각은 미처 하지 못했다. 그래, 힘들겠지만 그래도 확인해 봐야 할 것 같다. 누가 진범인지 알 수 있는 단서가 될지도 모르니까.

그런데 나는 도대체 왜 이런 게 보이는 걸까. 단순히 내게 보이는 하나의 환영일 뿐일까. 나에게만 보이는 무슨 이유가 있기는 한 걸까? 영혼의 간절한 신호일까?

갑갑한 이 상황에 민 팀장은 계속 연락이 안 되고 있었다. 다시 휴대폰을 들어 전화를 걸어 보았다. 신호음이 들리지만, 역시나 또 받지 않는다. 깊은 한숨과 함께 전화를 막 끊으려 할 때였다.

"시보 씨?"

"어! 팀장님! 지금 어디세요?"

"미안해요. 먼저 연락을 해야 했는데……."

"무슨 일 있는 거죠? 도대체 무슨 일이에요?"

"자세한 얘기는 나중에…… 내가 다시 연락할게요."

"아니요. 지금 어디세요?"

"시보 씨, 고마워요. 믿어 주고…… 도와준 거 잊지 않을게요. 그러니 이제……."

"왜 그러세요? 혹시 포기라도 하시게요? 팀장님! 지금 어디냐고요?"

"이제 다 끝났어요. 끄윽! 더는 힘…… 힘들어요."

"팀장님, 왜 그러세요? 도대체 무슨 일이 있었던 거예요?"

"미안해요. 내일…… 아니……."

"잠깐만요, 팀장님. 나쁜 생각하시는 거 아니죠? 그러면 절대 안 돼요! 팀장님, 잠시만요! 끊지 마세요! 잠시만요!"

민 팀장은 술에 취한 듯 딸꾹질을 하며 횡설수설 얘기했다. 그런 민 팀장을 설득하려 하다 보니 나도 모르게 목소리가 커졌다. 나는 신발도 제대로 신지 못하고 서둘러 밖으로 나갔다.

"팀장님, 나쁜 생각하시면 안 돼요. 절대! 팀장님이 그러시면 안 되죠. 저는 어쩌라고요? 소담 씨 아버님은요?"

"시보 씨……. 미안해요. *끄윽!*"

"아니, 미안하다고만 하지 마시고요. 혹시 저희 부모님 때문에 그러세요? 아니에요. 저희 부모님도 팀장님 믿어요. 집으로 오셔도 돼요. 네? 그러니 절대 포기하시면 안 돼요. 저 구해 주신다고 했잖아요. 방법을 강구해 보자고 하셨잖아요. 그런데 이렇게 포기하시면 전 어떡해요? 소담 씨 아버님을 죽인 진범도 잡아 주신다고 했잖아요."

"……시보 씨."

"절대 안 돼요! 지금 어디세요? 제가 갈게요."

"미안해요. 하지만 방법이…… *꺼억!* 없어요. 온 세상 사람들이…… 다아, 내가 범인이라고 알고 있어요. 심지어 내 가족들까지도……. 더는 견디기 힘드네요. 억울하고 미치겠는데…… *끄윽!* 더 이상 버티기 힘들어……."

"팀장님, 술 드셨죠? 많이 취하신 거예요?"

"그래요. 마셨어요. 많이 마셨지. *꺼억!* 술이라도 마시면 어떻게라도 버틸 수 있지 않을까 했는데……. *끄윽!* 미안해요. 미안해……."

"팀장님! 절대 딴마음 먹지 마세요. 절대 포기하시면 안 돼요. 혹시 자수…… 자수하시면 안 돼요. 절대. 저랑 만나서 얘기해요. 그다음에 포기하든 말든 알아서 하시고, 일단 저랑 만나요. 네?"

"……."

"팀장님! 누가 범……."

뚜 뚜 뚜.

"인…… 이런."

공개 수배 때문일까? 모든 사람이 알게 된 게 힘들어서? 그 정도로 약한 분이었나? 아니다. 단지 그 이유 때문은 아닐 거야. 내가 모르는 뭔가가 더 있는 게 분명하다. 도대체 무슨 이유일까.

"설마……."

설마 진짜 살인범인 건 아니겠지. 우발적으로 죽였던 거라면? 설마 자수를 할 생각인가? 다 포기하고 그냥 자수를? 그럼 지금까지 날 속였다는 건데……. 하지만 그것도 아니다. 그럼 노량진역에서 시체로 보이지도 않았을 텐데 앞뒤가 맞지 않는다.

그런데 만약 상황이 바뀐 거라면? 중간에 변수가 생겨 다른 미래로 바뀌었다면? 이렇게 된 이상 노량진역에 가서 민 팀장 시체를 확인해 봐야 하는 걸까. 나는 파도처럼 밀려오는 생각들에 마른 세수만 연신 해 댔다.

《2권에서 계속》

시체를 보는 사나이 1부. 더 비기닝 ①

2022년 4월 5일 초판 1쇄 발행

지은이 공한K
펴낸이 최세현   **경영고문** 박시형

책임편집 김명래   **디자인** 정아연   **교정교열** 전해림
마케팅 권금숙, 양근모, 양봉호, 이주형, 신하은, 정문희
디지털콘텐츠 김명래   **해외기획** 우정민, 배혜림
경영지원 홍성택, 이진영, 임지윤, 김현우
펴낸곳 팩토리나인   **출판신고** 2006년 9월 25일 제406-2006-000210호
주소 서울시 마포구 월드컵북로 396 누리꿈스퀘어 비즈니스타워 18층
전화 02-6712-9800   **팩스** 02-6712-9810   **이메일** info@smpk.kr

ⓒ 공한K(저작권자와 맺은 특약에 따라 검인을 생략합니다)
ISBN 979-11-6534-493-1(03810)

쌤앤파커스(Sam&Parkers)는 독자 여러분의 책에 관한 아이디어와 원고 투고를 설레는 마음으로 기다리고 있습니다. 책으로 엮기를 원하는 아이디어가 있으신 분은 이메일 book@smpk.kr로 간단한 개요와 취지, 연락처 등을 보내주세요. 머뭇거리지 말고 문을 두드리세요. 길이 열립니다.